헝가리의 연극배우이자 작가, 시인
율리오 바기의 체험적 자전소설

희 생 자
《Viktimoj》

율리오 바기 (Julio Baghy) 지음

텍스트:

JULIO BAGHY

《Viktimoj》

코펜하겐, 1971년판(제5판)

헝가리의 연극배우이자 작가, 시인
율리오 바기의 체험적 자전소설

희 생 자

《Viktimoj》

율리오 바기 (Julio Baghy) 지음
장정렬(Ombro) 옮김

진달래 출판사

희생자 <Viktimoj>

인   쇄 : 2021년 10월 20일 초판 1쇄
발   행 : 2021년 10월 27일 초판 1쇄
지은이 : 율리오 바기(Julio Baghy)
옮긴이 : 장정렬(Ombro)
표지디자인 : 노혜지
펴낸이 : 오태영(Mateno)
출판사 : 진달래
신고 번호 : 제25100-2020-000085호
신고 일자 : 2020.10.29
주   소 : 서울시 구로구 부일로 985, 101호
전   화 : 02-2688-1561
팩   스 : 0504-200-1561
이메일 : 5morning@naver.com
인쇄소 : TECH D & P(마포구)

값 : 13,000원
ISBN : 979-11-91643-22-0(03890)

목 차

주요 줄거리

이 소설은 제1차 세계대전 때 시베리아 수용소에서 체험한 사건들을 자전적으로 그린 작품이다. 수용소에는 정치적인 이유로 포로가 된 사람들도 섞여 있다. 어찌할 수 없는, 고립무원의 희생자들에게 희망이라고는 여기서 살아남는 것이다.

권력자들도 때로는 제 욕심의 희생물이 되기도 한다. 잔혹하기로 소문난 '호랑이'라는 별명을 가진 수용소 소장은 강력한 야생동물과 비슷하다. 그는 불쌍한 포로들의 위엄과 개성을 짓밟고서 즐거워한다. 그의 목소리는 늘 명령이고, 그의 행동이란 고문이고, 그가 가진 도구는 회초리이다. 일단의 폭도들이 수용소로 몰려오자, 그는 황급히 자기 아내와 아들을 데리고 피난한다.

그렇게 도망을 치다, 그의 아들인 아이가 내빼는 마차에서 밖으로 떨어진다. 하지만 소장은 아내의 절망적 고함마저 무시하며 계속 도주한다. 하지만 그는 죽임을 당한다. 그가 죽임을 당한 사건은 지금까지 억압받던 이들에겐 해방이고, 이젠 자식을 잃고 절망하던 아내는 어린 자식을 되찾게 되어 사랑을 누리고는 마침내 평온을 되찾는다.

또 다른 권력자로 등장하는 검사는 지체 높은 집안 출신의 '카챠'라는 아주 아름답고 매력적인 여성과 결혼해 살아간다. 하지만 그는 그녀를 사랑하지 않는다. 검사에겐 결혼은 직위를 얻기 위한 수단 정도로 여긴다. 검사는 자신의 상급 권력자들이 아내와 놀아나고 있다는 사실에도 전혀 개의치 않는다. 되려 그런 만남을 주선하려고 한다. 그게 그의 사회적 지위를 누리는 데 도움이 되기 때문이다.

'카챠'는 무력하다. 남편의 말이라면 곧이듣고 남편의 희망대로 행동한다. 왜냐하면, 그게 그녀가 할 수 있는 일이라고 여겼기 때문이다. 그러다가 그녀는 예술가인 요한을 만나면서 연극 공연을 준비하게 된다.

'카챠'는 요한을 만나면서, 지금까지 알고 지낸 다른 남자들과 다르다는 것을 알게 된다. 하지만 습관적으로 그와도 연인이 되는 자신의 역할을 하고 싶다. 그러나 '요한'은 기필코 거부한다. 그는, 저 먼 고국에서 자신을 기다리고 있는 아내를 사랑하고 있기에.

'요한'에게, 사랑은 지속적인 헌신과 충직함을 요구하는 숭고한 감정이다. '카챠'는 조금씩 정서적으로 사랑의 가능성과 도덕적 감정이 자신에게서 생겨나는 것을 느낀다. 그녀는 '요한'을 사랑하게 되는데, '요한'이 그에 응해 줄 수 없음에도 말이다. 그러자, 그녀의 행동은 변한다. 그녀는 지금까지 순종적으로 대해 오던 남편에게 반항하게 된다. 그러자 이젠 남편도 하는 일에 도움이 되지 못하는 '카챠'에게 화를 내고 복수심으로 '요한'을 죽음의 열차에 실어 결코 돌아오지 못할 곳으로 보내버린다. '카챠'는 쓰러진다. 실수 때문에, 또 죽음으로 이르게 된 폭행으로 쓰러진다. 검사는 꼼짝 않는 아내의 시신 앞에서 마침내 울음을 터뜨리고, 자신의 복수심을 털어놓는다.

'요한'은 아내가 자신을 배신한 사실을 알게 된다. 또 '카챠'가 갑자기 죽자 깜짝 놀란 그는, 그 죽음의 열차에 실려 신체적 고통으로 도덕적 고통을 완화할 결심으로 열차를 더욱 기다린다.

이 소설에서 가장 감동을 불러일으키는 주인공은 '피자'다. 그녀는 비천하고, 식구가 많은 집에서 태어났다. 13살 무렵부터 그녀는 자신과 형제들의 음식을 구하러 수용소로 온다. 이미 들짐승 같이 변해 버린 포로들은 그 비천한 소녀가 거부할 수 없는 것을 요구한다. 그렇게 '피자'는 점점 모든 포로의 연애 놀이의 희생자가 된다. 아무도 그녀를 사랑하지 않는다. 하지만 '피자'의 마음은 누군가에 주고 싶은 강력한 사랑의 감정이 숨어 있지만, 그 감정을 요구하는 이는 아무도 없다. 우연히, 그녀는 '호랑이'의 아이를 좀 돌봐 달라는 요청을 받는다. 그녀는 자신이 되살아난 느낌을 받지만, 그 기쁨도 오래 가지는 못한다. 그녀는 '요한'을 사랑하게 된다. 그가 그녀를 '사람'으로 대해 주는 유일한 사람이기 때문이다. 그러나 그녀는 그에게 그 비밀을 밝힐 수는 없다. 밝히면 그를 더욱 난처하게 만들기만 할 뿐이기 때문이다. 하지만, 그녀는 사람들이 그를 죽이려고 한다는 것을 알자, 그녀는 그 열차가 떠나는 역으로 달려가, 그와 함께, 그

죽음의 열차에서 고통을 함께 나누려고 한다. 하지만 '피
자'가 도달했을 때는, 그녀의 마지막 희망마저 사라졌음
을 늦게야 깨달았다.
그런 재앙의 희생자들에게 정당하고 더욱 소중한 가치는
위안, 사랑, 아픔과 후회(자책감)이다.

제1장. 포로수용소 막사 제10호실

포로수용소 막사의 제10호실 창가에서 **요한**은 별이 보이지 않는 밤하늘을 바라보았다. 창밖은 시베리아의 매서운 바람이 휘몰아치고 있었다. 죽음의 천같이 사방은 두꺼운 눈으로 덮여 있었다. 창 안쪽 방은 같은 처지의 사람 열 명이 내쉬는 입김으로 공기가 따뜻하였다. 사람들은 자고 있었다. 누군가 자면서 갑자기 잠꼬대로 외치거나 신음을 낼 때는 단조로운 코 고는 소리가 간혹 멈출 뿐이었다. 그 사람들은 각자 자면서 뭔가 꿈꾸고 있었다. 포로수용소 막사에는 불침번인 중사가 졸리는 듯한 발걸음 소리만 메아리 되어 안쪽 복도에서 들려 왔다. 중사도 전쟁 포로였다. 막사 책임자는 믿을 만한 인물이 못 되었다. 러시아인들조차 책임자를 믿지 않았다. 불침번은 걷다가, 또 잠시 멈추기도 하였다. 닫힌 출입문 너머 소곤대는 소리가 간혹 들려 왔다. 문장 조각들이지만, 언제나 같은 소리였다.

"춥다. 정말 춥다!"

"그래! 춥다. 영하 36도⋯⋯"

"겨우? 지난해 '**이르비트**'[1])에서는 영하 52도였지만 견디어냈어. 알았나, 동포야. 52도였어! 그건 장난이 아니었지. 이가 수천 마리가 우리를 물어뜯어도. 우리가 숲에

---

1) 역주: 러시아 중부 대도시이자, 우랄 지역의 가장 큰 도시이자 산업의 중심지 예카테린부르크에서 약 200km 떨어진 소도시.

들어가 나무를 베야 할 때도 특히."

"하긴 그랬었지, 그래……"

"언제 고향 갈 수 있을까?"

"러시아인들은 이제 더는 못 버틸 거라던데……"

"거짓말이야, 거짓말! 동포야, 알겠어? 말짱 거짓말이라고. 우린 결코 고향엔 돌아갈 수 없어. 결코!"

"아직은 좀 더 참고 지내지 뭐. 당장 희망을 버릴 필요는 없다고. 곧 고향에 갈 수 있을 거야."

"이젠 결코 못 돌아가! 결코. 내가 장담해. 여기서도 벌써 3년째야. 곧……곧, 곧 또 곧 돌아간다고 언제나 말해 왔어. 우린 이젠 고향에 못 가네!"

이렇게 말한 사람은 아주 날카롭게 논쟁할 것 같았다. 요한은 그것을 알 수 있었다. 그는 침상에서 일어나 출입문 쪽으로 걸어갔다. 출입문을 여니 혹독한 밤공기가 방안으로 확 들어왔다. 막사의 넓은 강당이 더 따뜻했다. 당연한 일! 400명의 포로가 마치 청어들처럼 엉겨 붙어 지내기에, 사람 10명이 내는 이곳의 온기보다는 훨씬 더 큰 온기를 내뿜고 있었다.

"잡담하지 마! 사람들이 자고 있어. 우리 같이 비참한 사람들에겐 잠이 하나님이 주신 둘도 없는 선물이지."

요한은 거침없이 말했다.

"그래 그러지 뭐……좋아……그렇게 급하게 말하지 마!"

요한에게 그 말을 들은 이가 말했다.

"난 급하게 말하진 않았어, 하지만, 하지만……"

"에헤! 자넨 그 말은 끝까지 못 할걸. 내가 싫은 소릴 좀 했어. 에헤!! 곧 그만하지 뭐, 이 사람아!"

그 사람은 술 취한 듯 맹한 소리를 하며 웃었다.

"또 술 마셨어? 브랜디 냄새……"

"브랜디 냄새라, 브랜디 냄새라…… 설교하지 마! 내 술 내가 마시는데 간섭하지 마! 그게 내 유일한 낙이라고. 또 내겐 술 마시는 기회도 많지 않아……"

"하나님 덕분이지!"

"하나님 덕분이라니. 왜 하나님 덕분이지? '왜'라고 내가 물었다고? 어서 말해 봐! 왜? 어서 말해 봐!"

"소리 지르지 말게! 들어와서 잠자게!"

"빌어먹을! 아직 자고 싶지 않아. 자네와 이야기 하고 싶어. 왠지 알아? 가장 동정심이 많은 친구니까. 안 그래? 그렇지! 그-럼! 이보게!……난 방금 도시에 갔다 오는 길이야. 또……"

"그래! 이야기해. 하지만 이곳 복도에서 말고. 방안으로 들어 와!……자, 페트로, 정신 차려!"

"곧 가! 곧! 곧 간다고! 이 동포가 틀렸다는 걸 말해 주고 싶단 말야. 이 친구는 정말 잘못 생각하고 있단 말이야!"

그리고 그는 불침번을 향해 돌아서서 말했다.

"우린 결코 못 돌아가! 이 친구야, 절대로! 또 그런 하찮은 소리로 날 흥분시키지 마. '뭐, 좀 더 참자, 희망을 가지자, 좀 더 힘내자'고……빌어먹을! 우린 결코 돌아가지 못해! 이해가 돼?”

불침번은 자신의 모자에 손을 올렸다.

“알았어! 알았다고, 자원입대자 선생, 우린 고향에 못 갈 거야.”

“헤헤에헤! 저 불침번은 내가 화났다고 생각하는데, 요한, 우리 내기할래. 내기할 수 있어. 전혀 아냐! 전혀 아니라고, 불침번 친구! 자네에 대한 내 관심을 증명해 보여야지……난 지금…… 지금, 조금만 기다려!……조금만 더 참고 있어 봐……에헤에에흐!”

그는 호주머니에서 반 리터짜리 술병을 꺼내, 불침번에게 보여 주었다.

“자! 보드카 몇 모금 마셔!”

불침번은 술병을 받았다. 그의 두 눈은 탐욕스럽게 빛났다. 그는 옷소매로 병마개 부분을 조심해 닦고는 조금 생각하다, 한입 가득 들이켰다.

“푸푸푸! 아주 독한 술이군.”

“그게 교회 성수(聖水)는 아니지.”

“자네 건강을 위해!”

착한 불침번은 그렇게 말하고는 다시 한 모금 마셨다.

“후! 정말 목이 뜨거워! 이런 추운 날씨에는 이게 도움이 돼……”

“하하하! 요한, 들었지? 이런 추운 날씨에 도움이 된다는 말. 정말 아주 맛좋은 술이지……흐-음! 그건 아주 귀한 집에서 내가 들고 왔지. 내가 그 도시의 시내에 있었을 때, 또……"

"이젠 잡담 그만해!"

요한은 끼어들었다.

"하! 자넨 내가 자네 일에 대해, 커피점의 늙은 마담처럼 험담이나 늘어놓을까 겁이 나는 모양이지……흐흐흐! 난 그 정도로 취하진 않았어. 아마, 이 술 다 마신다고 해도……"

그리고 그는 자신의 호주머니에서 다른 술병을 꺼냈다.

"그렇지만 난 그런 말은 안 해. 왜냐고, 난 정직하니까. 이 술병은 네가 가져, 이것하고 ……이것과 함께……빌어먹을! 갖고 온 꾸러미는 어디 두었지?……저어 어디 두었지? 아하! 여기 있구나! 가져……자아 가져가! 그 여자가 주었어!"

그는 벽에 기대어 꾸러미를 집으려고 했다. 그 꾸러미는 비단 종이로 아주 세심하게 싸여 있었다. 그가 균형을 잃고 불침번 앞으로 넘어지자, 불침번이 두 팔로 그를 안았다.

"흐흐흐 요한! 흐흐…… 자넨 얼마나 이 동포가 나를 사랑하고 있는지 봤지? 그가 나를 껴안았어. 저어 키스도 해 줘, 동포야! 키스도! 키-스도! 제기랄!"

보초는 할 수 없이 그에게 키스해 주었다. 요한은 그를 방안으로 끌고 들어왔다.

"잠깐! 잠깐만, 요한! 이 꾸러민 내가 조심해서 가지고 가야 해. 또 술병들도……저어, 한 모금 더 마셔, 동포야…… 그래! 자넨 이름이 뭐야? 난 자네 이름도 모르는 군."

"**요제프 바코쉬**, 헝가리 경기병(輕騎兵) 제5연대 중사."

"알았어. 요제프 바코쉬, 헝가리 경기병 제5연대 중사라구. 자네 건강을 위해 마셔!"

그는 요제프에게 술병을 내밀었지만, 그의 손에도 술병이 있음을 보고는, 큰 소리로 웃어버렸다.

"하하! 이것은 못 주겠군! 이건 요한의 몫. 안 그래, 요한?"

"그래, 그래! 들어와, 하나님의 사랑이 있는 곳으로! 사람들이 잠에서 깨면 우린 욕먹을 거야!"

"그들이 욕을 하도록 내버려 둬! 욕해! 내버려 둬! 내가 기분 좋은데, 누가 나를 욕하지?! 더욱이, 여긴 우리 친구 요제프 바코쉬, 헝가리 경기병 제5연대 중사가 우리를 지켜 주고 있는데 뭐. 안 그래, 동포야?"

"그럼요, 자원입대자 선생,"

보초가 자신 있게 말했다.

"**페트로**, 쓸데없는 소리 이젠 그만하지 않으면 내가 화낼 거야."

"자, 자네가?!"

"그래! 내가 바로. 이젠 그만하면 족해! 술병은 불침번에게 맡기고, 이만 자러 가자. 술 취한 돼지 같은 녀석!"

"돼지라고? 그 말은 하지 않는 게 좋을걸! 그 말만은 말아! 난 자네의 둘도 없는 친한 친구인데……모든 것을

……모든 것을…… 함께 걱정하는 사이인데……”

울음보가 터진 그의 입술은 삐쭉거리며, 두 눈엔 눈물을 글썽였다. 울먹이며 그는 불평을 늘어놓았다.

“이게 보답이군! 보고 있나, 요제프 바코쉬? 이 친구가 바로 폭군이라고. 정말 폭군이라고. 하지만, 동포야, 그래도 난 이 친구에겐 화낼 수 없단 말이야. 난 정말 착한 사람이니……정말 착하다고. 그래서 난 이 친구 정말 사랑한다고. 요제프 바코쉬, 헝가리 경기병 제5연대 중사. 자네가 직접 듣고, 판단해 봐. 자넨 정말 현명하니. 지성인이잖아. 안 그래? 자넨 정말 중사야. 난 그 시내에 바로 그의…… ”

“그만하고 가자고 해도!”

요한은 화를 참지 못하고 그를 방안으로 떠밀었다.

불침번은 요한과 함께 그를 옆에서 부축해서 방안으로 들어와, 말없이 술병과 꾸러미를 받침대에 놓았다. 불침번은 이제 방을 나가려고 했다. 그때 페트로가 그를 불러 세웠다.

“요제프 바코쉬, 헝가리 경기병 제5연대 중사, 자네는 친구가 이렇게 당하는 걸 그대로 내버려 두지? 자네에게 그건 부끄러운 일 아닌가? 하지만 고마워!”

불침번은 경례하고 난 뒤, 나오는 웃음을 참으며 밖으로 나갔다.

방 안에는 이미 몇 사람이 깨어 있었다. 그들은 헝클어진 머리카락에, 잠이 고픈 듯 찡그리는 얼굴로 이불 밖으로 얼굴을 내밀었다.

"어이! 시내에서 벌써 돌아왔나 보군?" 누군가 침대에서 묵직한 목소리로 말을 걸었다.

"그럼. 다녀왔지. 자넨 안 보이나? 어리석은 질문이군!"

"또 술도 마셨네?"

"그래 술 취했어. 그래 그게 자네에게 어떻다는 거야? 더구나 내가 자네 일도 걱정하고 있는데. 일어나, 보드카 마셔!"

그 말에 기적이 일어났다. 굳어 있던 표정들이 좀 온화해지고, 입가에는 잠 오는 듯 웃음이 미끄러져 나왔다. 방안이 온통 시끄러웠다. 이불을 박차고 나오는 사람, 남아 있는 장작으로 커다란 난로에 불을 붙이러 가는 사람, 침착하게 말을 걸어오는 사람도 있었다.

"그래도 나쁜 사람은 아니군, 페트로."

"왜 내가 나쁜 사람이야? 요한의 말에 고분고분하여 시내에 갔다 와서 그런가? 그래! 요한, 들어 둬, 난 그녀와 함께 있었어. 하나님께 맹세코! 정말 매력 넘치더군. 아주 잘 생겼어. 그녀는 자네를 끔찍이 사랑하고 있다고. 하지만 예술가인 자네를 사랑하지 않는 여자가 어디 있었나?"

"칭찬은 그만두게!"

"그런 소린 마, 요한. 반박하지 마! 여자들이 자네를 사랑하는 줄은 천하가 다 아는 일이야. 장군이자 의사의 딸은 매일 우리 막사 앞에 와, 배회하지. 자네가 인사하면 특별히 친절하게 대하지. 사령부 대위의 아내는 대단한 열성으로 자네의 예술을 논하더군. 또 사령관 부인의 여동생도, 어여쁜 과부인데, 지난 공연 땐 자네에게 꽃다발도 보내 주었지. 그 과부의 찬사에는 배우에게 보내는 영광 이상의 뭔가가 있어. 포로수용소의 여자들 모두는 자네가 춤을 가르쳐 주기를 고대하고 있고."

"춤이라니!"

묵직한 목소리의 동료가 의심스럽게 되풀이해 물었다.

"또 있지. 특히 검사 아내가 자네와 친해 보려고 아주 친절하게 대하더군."

페트로가 계속 말했다.

"그래, 맞아……그녀는 거의 매일 그 도시에서 자네 만나러 오지……"

"그건 춤 배우러."

요한이 그 문장을 끝냈다.

"더구나 자선 무도회에선 내 춤 파트너니까."

"반박하지 마, 요한, 아주 수상한 반박이군. 그 아름다운 여인의 따뜻한 관심은 자네를 유혹하고 있다고. 그리고 자네에게 말하지, 나는, 이 **페트로 도슈키**는, 자네의 가장 친하고 믿을 만한 친구로 말하건대, 그녀는 정말 미친 듯이 자네를 사랑하고 있다네."

"내가 외국 사람이라, 히스테리 여성이 갖는 순간적인 변덕이라고나 보지."

"그래! 이제야 자네가 스스로 실토를 하네……"

"난 아무것도 실토하지 않았어. 실토할 게 있어야 실토 하지."

"그렇다 해도……"

"그렇다 해도라니. 내가 그런 뭔가를 가졌다면, 난 내 스 스로를 증오할 거야. 난 아내와 사랑하는 딸이 고국에 있다고. 자넨 나를 현재를 위해서만 살아가는 그런 동물 로 착각하고 있는 모양인데?"

"여느 때처럼 이번에도 자네는 꿈의 세계에서 방황하며, 실제의 삶은 옆에 둔 채 뛰어가고 있다 구. 여보게 친구 들, 저 친구가 얼마나 대담하게 말하는가를. '난 현재를 위해서만 살아가는 그런 동물이 아니란다.'하고. 하하하! 웃기는 사람이군, 요한. 정말 웃기는 사람이군. 자넨 남 자 아니냐? 남자란 특권이 있다고."

"부끄러운 특권이지. 남자의 약함을 가려주는 가면이지. 내가 여자에게서 뭔가 요구한다면, 나는 내 자신으로부 터도 같은 것을 요구하고 있다고. 그게 내가 지키고 있 는 원칙이야."

"또 자네는 <포티파르 부인>에서 아름답지만, 우둔한 요 제프 역할을 하고 있군……왜냐하면 자네가 그런 역할을 하고 있기 때문이지. 숨어 있는 열망이 자네 눈에 반짝 이니, 여자들은 그 점을 알아차리고 있어. 자연적으로 여자들은 감이 오지. 여자들은 무엇을 위해 있는지 알 아? 남자들의 열망을 이해하기 위해서 이지. 그런고로 난 여자들이 미워. 철저하게 난 그 여자들이 미워. 사람

들이 나더러 여자를 대표하는 상징물을 만들라고 한다
면, 난 머리 속에 밀짚을 넣은 공작을 만들어 보겠어."
방에 있던 포로들은 그 이상한 상징물을 상상하고는 크
게 웃었지만, 요한만은 아픈 표정으로 사람들을 바라보
았다. 그러자, 갑자기 모두 조용해졌다. 몇 사람은 이미
아내가 있는 처지라 그를 이해하고, 또 다른 사람들은
같은 처지의 요한이 갖는 감정을 존경했다. 잠시 뒤에
묵직한 목소리의 **케체멘**이 말을 꺼냈다. 그의 목소리에
는 후회가 섞여 있었다.
"페트로, 자넨 술 취하면 아주 저속해지는군."
"위선자 같으니라고! 날 너무 저속하다고 하지만, 자네도
내 말이 진실함을 스스로 느끼고 있어. 빌어먹을! 여자들
이란 몹쓸 지옥 문턱이자, 욕정 주머니라고. 난 그런 말
을 해도 돼. 난 그 근거가 있어. 여자들은 나쁜 카멜레온
이야."
"페트로, 네 어머니를 생각해 봐!" 요한은 페트로의 하찮
은 말을 멈춰 보려고 말했다
"하하하! 어머니라고! 하하하!……지랄 같은 소릴 하고
있네!"
페트로는 극도로 난폭하게 외쳤다. 그는 두 눈엔 화가
치민 듯, 술병을 단번에 확 낚아챘다. 그는 마치 호랑이
처럼 요한을 향해 돌진했다. 손에는 높이 술병을 치켜들
고, 그의 앞에 위협을 주려고 멈춰 섰다.
요한은 깜짝 놀라, 그를 쳐다보았다.

일순간의 침묵.

페트로 도슈키는 폭압적 얼굴을 조금씩 누그러뜨리더니, 두 눈엔 눈물이 어렸다. 그는 병을 바닥에 떨어뜨렸다. 갑작스런 소동에 모두 혼비백산해지고 분위기마저 굳어졌다. 잠시 뒤에야 그들은 정신을 차렸다. 근육질의 케체멘이 그들을 향해 달려갔다. 그러나 이젠 그럴 필요가 없었다. 페트로는 요한의 눈을 한동안 바라보고 있었다. 그의 시선에는 깊은 아픔과 진지한 후회가 나타났다. 갑자기 그는 자신을 붙잡고 있는 케체멘을 밀치며, 울음을 터뜨리며 요한을 와락 껴안았다. 요한은 용서하며 친구의 머리카락을 쓰다듬어 주었다. 무슨 일이 있었는가? 요한은 모르고 있었다. 페트로를 향해 던진 말은 그를 마음 상하게 할 의도는 아니었다. 요한은 자신이 의문의 눈길로 회답을 구하는 것처럼 주위를 둘러보았다. 8명의 남자가 그 두 사람 주위에 있었다. 모든 사람의 얼굴에는 놀라움과 전혀 이해하지 못한 표정이 교차로 나타났다.

"저어, 페트로, 그만 자러 가세!"

케체멘은 말을 꺼냈다.

"자넨 술을 너무 많이 마셨어……"

"아냐! 아냐!……내버려 둬! 자넨 몰라……요한도 몰라."

페트로는 울먹이고는 힘껏 요한을 껴안았다.

"무엇을 자넨 이해할 수 있어? 무엇을?"

"좋아, 페트로, 우린 이해하지 못해도 좋다고. 좀 전의 일은 이해하고 싶지도 않네."

지금까지 한 마디도 하지 않았던 뚱뚱한 동료가 침상에 웅크리고 앉아 말했다.

"자네 말이 맞아. **하임뮬러**. 우리에게 그런 갈등은 필요하지 않지."

불 지피기에 바쁜, 짱구 머리의 남자가 찬동했다.

"요한! 날 용서해 주겠어?"

페트로는 마음속의 흥분으로 떨고 있었다. 요한은 친구의 손을 세게 잡았다.

"용서할게 뭐 있나. 페트로. 아무것도. 자네가 그렇게 말하니 내가 그런 말을 하게 된 내게 잘못이 있어. 이렇게 고통 속에 살아온 지난 3년의 우정을 이 하찮은 일로 깰수는 없지."

페트로는 울음을 터뜨렸다.

"요한, 자네가 안다면야……자네가 추측하기라도 하면야……"

"자아! 이제 진정해! 자넨 어린애가 아니잖아. 우는 것이 부끄럽지 않은가? ……저어, 페트로……. 이 친구야……"

그래도 더욱 커져버린 울먹임으로 페트로는 온 몸을 더욱 세게 흔들었다. 같은 처지의 사람들은 처음에는 그를 위로해 주려고 했다. 그러나, 잠시 뒤 하나둘씩 잠자리에 들어 얇은 이불을 당겼다. 케체멘은 자신의 침상 끝에 앉아, 두 친구를 호기심의 태도로 간혹 바라보았다. 요한은 몇 마디 따뜻한 위로의 말로 페트로를 달래려고 애썼다. 그러나 이제 페트로는 갑자기 욕을 내뱉고는 뛰어가, 잠

자리로 몸을 던졌다. 요한은 그에게 다가가, 머리를 만져 주었다. 페트로는 잠들었다. 같은 처지의 사람들이 단조 롭게 코 고는 소리만 방안에 들려 왔다. 요한은 방 한가 운데 서서, 한참 생각에 잠겼다. 깨진 술병이 놓여 있는 바닥을 내려다보았다, 꾸러미가 놓인 곳도 보았다.

그는 물건들을 내려다보고는 침상에 앉아, 별마저 보이 지 않는 어두운 밤의 창문에 그려진 얼음꽃만 바라보고 있었다.

제2장. 피자의 방문

누군가 포로수용소 막사의 제10호실 문을 조심스럽게 두드렸을 때, 먼동이 트고 있었다.

"어어어어!"

이불 속에서 묵직한 목소리로 잠이 덜 깬 것 같이 누군가 대답했다.

다시 노크 소리가 들렸다. 이번에는 더 세게 들려 왔다.

"누구요?"

"들어가도 됩니까?"

밖에서 여자 목소리가 들려 왔다.

"들어와요!"

문이 열렸다. 문턱에 아가씨가 나타났다. 아가씨는 예쁘게 생겼고, 키도 훤칠했다. 금발의 곱슬머리와 바다 같이 푸른 빛깔의 두 눈은 동그란 얼굴에 온화한 매력이 되었다. 이른 아침의 찬바람이 **뺨**을 붉게 만들어 놓았다.

"아흐! 당신은, **피자**군요!"

그리곤 그렇게 말을 한 사람은 무관심하게 잠을 더 자려고 벽으로 돌아 누었다.

아가씨는 어떻게 해야 할지 모르는 듯 잠시 가만히 서 있다가, 능숙하게 그리고 활달하게 청소를 시작했다. 그녀는 난로에 불을 지핀 뒤, 조용히 방을 쓸기 시작했다. 요한은 조용히 아가씨의 청소하는 모습을 보고 있었다. 때때로 두 사람의 시선이 마주쳤다. 아가씨는 관자놀이까지 얼굴을 붉히더니, "안녕하세요"라고 약하게 말했다. 요한은 고개만 한 번 끄덕였다.

"안녕히 주무셨어요, **요한 바르디 선생님**?"

"한 숨도 못 잤어요."

"어디 편찮아요?"

"아뇨."

또 두 사람은 말이 없다. 아가씨는 자신의 모피 옷의 단을 부끄러운 듯이 만지고 있었다.

"잠은 어디서?"

요한이 물었다.

"의료진 막사에서요."

"음. 그 사람들은 점잖은 분들이지요."

"그래요, 하지만 그분들도 지겨워요. 너무 우쭐대서요……찻물 한 주전자 가져가도 돼요?"

"아직 차주전자 받아오지 않았소."

아가씨는 탁자에 가까이 와, 주위를 둘러보았다. 눈길이 이 물건 저 물건으로 옮겨가다가, 깨진 술병을 발견하고 말했다.

"여기 분들은 어제 즐거운 시간을 보냈군요, 요한 바르디 선생님?"

"그렇진 않구요."

"술병이 깨져 있어서 하는 이야기에요…… 혹시 도슈키 선생님이?"

"그렇소!"

요한은 담배를 피우려고 한 대 말았다. 아가씨가 그에게 불을 갖다 주려고 종이쪽지를 찾았다. 아가씨는 난로로 가서 종이에 불을 붙여, 침대에 있는 요한에게 가져갔다. 요한은 고개를 숙이며 감사를 표하고는 불을 받았다. 아가씨의 부드러운 손이 의도적으로 그의 손을 건드렸다. 하지만 요한은 그 점을 모르는 체했다.

"저 때문에 화났어요, 바르디 선생님?"

"왜요, 피자?"

"저와는 이야기도 하고 싶지 않나 해서요."

"그건 틀렸소. 내가 당신에게 할 말이 없을 뿐."

"저는 예술가들이 좋아요. 그중에서도 특히 바르디 선생님을 매우 좋아해요. 선생님은 정말 좋은 예술가예요."

"무슨 근거로 그런 소리를?"

"무대에 선 선생님을 여러 번 보았어요. 선생님은 다재다능한 분이더군요. 춤도 잘 추고, 연극에서도 제 몫을 다 하시더군요. 또 직접 대본도 썼다면서요."

"그 때문에 나를 진짜 예술가라 하는가요? 누구나 재주 있는 사람이라면 그런 일은 해낼 수 있어요."

"그렇죠! 하지만, 사람들이면 누구나 할 수 있지만, 선생님처럼 할 순 없지요……"

"하지만 아가씬 내용도 이해하지 못하지 않소?"

"그건 중요하지 않아요. 나는 선생님 얼굴을 보고, 선생님 목소리를 들어요. 그것이면 내게 충분해요."

"그렇구나."

"그럼요."

요한은 앞만 멍하니 쳐다보았다. 아가씨는 침상의 끝에 앉았다.

"그리고 선생님은 예술가일 뿐만 아니라, 아주 좋은 사람이죠."

요한은 아이러니를 느끼며 웃었다. 아가씨는 마음이 상한 듯 계속 자신의 주장을 굽히지 않았다.

"맞아요. 맞다고요, 바르디 선생님. 그 점은 나만큼 잘 아는 사람이 없어요. 난 그걸 느껴요. 제가 누굽니까? 텐트의 헝겊 조각에 지나지 않아요. 그래도 선생님은 저를 언제나 잘 대해 주시구요. 내가 그런 대접을 받을 가치가 없는데도 말이에요. 그러나 저 같은 사람도 살아있을 필요가 있어요. 안 그래요?"

"쓸데없는 소릴 다 하는군요. 피자."

"제가 쓸데없는 소릴 왜 해요? 인생이 그런 걸요. 저는 텐트의 천 조각에 지나지 않고, 검사 부인은 공주처럼 뽐내며 다니는 것이 운명이지요."

"그 검사 부인 이야기는 왜 해요?"

"저는 말만 할 뿐이에요. 그 부인 얘기하면 안 되나요? 왜 안돼요? 더구나 모두가 그 부인은 선생님을 흠모하고 있다 던대요."

"누가 그런 소릴 하던가요?"

"소문에…… 선생님이 부인과 무대에서 춤 연습하는 것도 난 봤어요. 그 부인은 선생님을 사랑하고 있어요. 저어! 누군가 선생님을 사랑하면 안 되나요, 저도 선생님을 사랑해요. 그뿐이에요. 어때요?"

"쓸 데 없는 소리만 하는군, 피자."

"제가 선생님을 사랑한다는 건 쓸데없는 일이 아니라고요. 선생님이 저를 사랑하지 않는 줄도 전 알아요. 선생님은 다른 사람들보다 더 좋은 분이니까요."

"정말 쓸데없는 소릴 하고 있소! 내가 피자를 좋아하지 않음으로, 내가 좋은 사람이 되다니? 그걸 누가 이해하겠어요?"

"오호, 아주 쉽게 이해되지요. 선생님이 저를 좋아하시지만, 다른 사람들이 좋아하는 그런 사랑은 아니지요. 선생님은 제 몸을 탐하는 그런 사람들보다 더 저를 사랑하고 있어요. 그건 맞아요! 그리고, 선생님 스스로 저를 원해도, 저는 선생님께 제 몸 주지 않을 거예요. 선생님은 한번도 저를 원하지 않으니."

"무엇 때문에 그런 걸 생각하오?"

"우리 도시에서 가장 아름다운 여자가 그 검사 부인이지만, 검사 부인조차도 선생님은 원하지 않으니까요."

밖에서, 불침번이 고함지르는 소리가 들려 왔다.

"일어나욧! 찻물 가지러 모여요!"

갑자기 큰 소란이 일어났다. 그 명령에 따라 여기저기로 사람들이 뛰어다녔다. 불침번 선 군인들이 막사 앞에 모인 사람들을 정렬시켰다. 이렇게 줄 선 사람들의 손에는 제각기 큰 냄비나 차를 담는 통이 들려 있었다. 그들은 단단한 눈 위에 선 채, 추위에 떨며 발을 동동 구르고 있었다. 출입문이 열리자, 예술인 방을 항상 맡아 일하던 사람이 나왔다. 굽은 콧수염과 턱수염이 난 촌 노인이 "안녕하시오, 자원입대자 여러분!"이라고 했다. 그는 금방 잠에서 깬 사람들이 꿈마저 달아나도록 큰 소리로 인사했다.

"안녕하세요, 스테판."

요한은 자기 방 인원 모두를 대표해서 대답했다.

노인은 모퉁이에서 차를 담을 통을 들고 와서는 바삐 가 버렸다. 같은 방에 있던 사람들이 하나둘씩 잠자리에서 일어났다. 아가씨가 있어도 사람들은 아랑곳하지 않았고, 그들의 아침 세수도 아가씨를 괴롭히는 일은 아니었다. 아가씨는 아무 당황함도 없이 침대의 끝에 앉아 있었다. 숨을 똑같은 속도로 깊이 쉬고 있는 요한과 페트로를 제외하고는 모두 자리에서 일어났다.

"어, 피자, 뭐 새로운 소식이라도?"

케체멘은 물었다.

"특별한 일은 없어요. 유럽 쪽 러시아에는 혁명에 반대하는 무리가 아주 많다고 해요."

"혁명이라, 반(反)혁명이라, 정치 변화라……하지만 우린 여기 이쪽에 있고."

하임뮬러가 중얼거렸다.

"에흐! 독일 동무, 자넨 우릴 이렇게 사심 없이 대해 주는 러시아인들의 환대에 불만이군."

키 작고, 대머리의 미술가가 피식 웃으며 말했다.

"그래! 러시아인은 우리를 때-때-때려서 대접하지."

더듬거리던 사람이 말했다. 그는 밀밭의 부식토 같은 색깔의 큰 빵을 잘랐다.

"바르가, 자넨 언제나 쓸데없는 이야기만 하는군. 우리가 그 매에 맞으면, 잘 순환되지 않는 피가 잘 해주는데 뭘."

"친구들! 누가 내게 가장 어리석은 일을 말해 줄 수 있나요?"

케체멘은 묻고, 바르가를 쳐다보았다.

누군가 큰소리로 외쳤다.

"이 세상에서 가장 어리석은 일이란 '바르가'라구요!"

"자네가 꼭 그 말을 해야 해? 좀 더 어리석은 말을 정말 할 줄 모르는군."

바르가는 자신이 놀리는 대상이 된 걸 알지 못한 채, 갑작스럽게 놀라면서 말했다.

한 바탕 웃음소리가 온 방을 떠들썩하게 했다. 한편, 늙은 스테판은 뜨거운 찻물을 들고 돌아왔다. 너나 할 것 없이 모두 자신의 작은 주전자나 차주전자에 찻물을 부었다. 차를 마실 때, 모두 조용했다. 아가씨는 자리에서 일어났다. 아가씨는 침대 밑에 있는, 요한이 쓰는 차주전자를 들어 그 안에 차를 조금 부었다. 요한은 설탕이 담긴 캔을 집어, 아가씨에게 건네주었다.

"자! 아가씨 몫으로 가져가요."

아가씨는 차주전자에서 차를 저어, 두 잔으로 나눠 담아, 한 잔은 요한에게 주고, 다른 하나는 자신의 무릎에 조심스레 올려놓았다.

"자아, 설탕 넣어요, 피자!"

"고맙습니다."

아가씨는 각설탕을 집어, 차를 마실 때마다 각설탕을 깨물었다.

"페트로 도슈키 선생님 것은 준비해놓지 않아도 돼요?"

"준비해 줘요."

아가씨는 페트로 도슈키의 차주전자를 찾아보았다. 그 차 주전자를 찾고는 그를 조심스럽게 깨웠다.

"도슈키 선생님! 여기 차 마셔요!"

"뭐라고? 무슨 이야기요?"

도슈키는 그렇게 말한 뒤, 갑자기 침대에 앉았다.

"차 마셔요, 도슈키 선생님!"

"아! 그래요! 좋아, 좋아요……"

그리고 그는 아가씨가 들고 있던 잔을 받고, 그의 눈길이 요한과 마주치자, 그는 그 찻잔을 되돌려 주었다.

"차 안 마셔요?"

"입맛이 없어요."

"그래요, 선생님은 밤새 좀 즐겼나 보군요."

"그래, 난 좀 즐겼소."

그는 입을 삐쭉하며 웃음을 보이며 입을 다물었다.

"마셔, 페트로 도슈키! 좀 따뜻한 걸 마시면 나쁜 게 없어."

요한은 그를 격려했다.

페트로 도슈키는 다시 잔을 받아 쥐고는 차를 훌훌 다 마셔버렸다.

밖에서 다시 시끌벅적한 소리가 들려 왔다. 포로수용소의 러시아인 막사 책임자는 큰 목소리로 명령했다.

"장작을 마련하러 간다! 정렬해! 빨리! 빨리!"

"빌어먹을! 이렇게 이른 시각에?"

케체멘은 불만을 토로했다. "자, 친구들, 일하러 가세!"

케체멘은 이 방 책임자이기에 언제나 모범을 보여야만 했다. 그 때문에 그가 제일 먼저 옷을 입고, 서둘러 방 밖으로 나갔다. 다른 사람들도 좀 머뭇거리다가 하나둘씩 그를 따라 나갔다. 방에는 요한 바르디, 페트로 도슈키와 아가씨 세 사람만 남았다. 요한은 리듬에 맞춰, 그 리듬에 즐기듯 차를 젓고 있고, 슬픈 멜로디로 휘파람을 불었다. 아가씨는 불이 꺼지지 않도록 난롯가로 갔다. 차를 한 모금 마신 페트로 도슈키는 바닥에 빈 찻잔을 놓고 다시 자리에 누웠다. 그는 한 번도 요한을 쳐다보지 않았다.

"바르디 선생님, 그 노래는 선생님의 새 오페라에 들어가나요?" 아가씨가 먼저 말을 걸었다.

"그래요. 중요한 **<아리아>**라구요."

"언제 공연합니까?"

"아직 모른다오."

"정말 바로 볼 수 있었으면! 맨 처음 공연한 오페라처럼 아름답겠지요?"

"더 아름다워요."

"더 아름답다고요! 어머나! 아주 흥미롭겠군요."

"그건 곧 보게 될 거요."

"하지만 잘 모르겠어요. 아마 저는 '이르쿠츠크'로 가야 할 것 같아요."

"무엇 때문에요?"

"군인이 되려고요."

"하하하! 당신과 군인이라! 무슨 그런 말을!?"

"그 일이 그렇게 우스운 일은 아니라구요,"

피자는 양 볼에 열기를 내비치며 반박했다.

"이르쿠츠크에는 공화국을 지키기 위해 여군을 모집한다고 해요."

"그래서 군인이 되려는군요."

"그럼요. 난 군인이 되고 싶어요. 그럼 뭘 하면 좋겠어요? 말해 보세요, 무슨 일을 하면 좋을지 말해 주세요, 바르디 선생님? 저는 고아나 다름없어요. 김나지움에서도 저를 내쫓았다고요. 내 운명은 확실히 죽음의 길에 있어요. 하지만 난 질질 끌며 죽고 싶진 않아요. 어느 총알에 맞으면, 난 끝낼 겁니다. 안 그래요?"

"피자는 아주 패배주의자 기분을 갖고 있군요. 내일이면 다른 말을 할 거요. 여자의 결심이란 단 한 순간을 위해서만 가치 있는 일이라고요."

"바르디 선생님은 틀렸어요. 왜냐하면, 여자가 원하고, 진정으로 원하는 것이 있으면, 이 세상천지가 그 여자에게 반대해도, 여자는 세상없이도 원하는 것은 해요. 특히 선생님은 러시아 여자들을 모르시군요. 난 여자들 잘 압니다. 나 자신이 바로 그들 중 한 사람이지요."

"그럴 수도……"

요한은 생각에 잠긴 듯이 말했다.

"진짜랍니다, 바르디 선생님, 아주 정말이지요…… 선생님은 누군가로부터 피해 왔지만, 만약 그 여자가 당신을 꺾으려 한다면, 그 여자는 선생님을 꺾을 겁니다. 여자란 바로 천사이자 악마 같은 존재입니다. 언제나 여자는 자신에게 필요한 면만 보여줍니다. 왜 그렇게 놀라운 눈으로 저를 쳐다보십니까? 선생님은 믿지 않으시는군요? 아니면, 제가 이상한 말 한다고 판단하시는가요?"

"아뇨. 전혀. 난 피자를 보고 놀랐습니다."

"도슈키 선생님도 저를 보고 놀라는가요?"

"아니오." 페트로는 낮은 목소리로 말했다.

"도슈키 선생님이 선생님보다 더 여자의 마음을 깊이 알고 있다고 보세요?"

"난 피자 같은 여자들만 알고 있소. 요한은 전혀 다른 여자들을 알고 있소."

"도슈키 선생님은 바르디 선생님이 알고 계시는 여자들을 전혀 모른다고 말씀하시고 싶은 거죠?"

요한은 비난의 눈길로 그 아가씨를 쳐다보았다. 좋은 친

구로서 페트로는 이 눈길의 의미를 알아차리고는 대화를
그만하고 싶었다.

"피자! 난 이제 일어나야겠소."

그는 말을 꺼냈다.

"그럼 나중에요?"

"당신은 남자들이 옷 입는 걸 바라보는 것이 부끄럽지
않소?"

"하하하! 도슈키 선생님, 선생님은 좀 더 솔직하게 말씀
하셔요. 이젠 제가 말 그만하고 나가 달라고 왜 말씀하
지 않으세요? 이제 저도 가야 해요. 그럼, 다음에 또 봐
요!"

그녀는 출입문으로 가다가 잠시 멈추어 서서, 요한에게
몸을 돌려 말했다.

"요한 바르디 선생님, 저 때문에 화나셨나요?"

"무엇 때문에요?"

"제가 선생님을 화나게 하지 않았나요?"

"무슨 말?"

"제가 선생님의 기분을 상하게 한 것 같은 느낌이 방금
들어서요. 절 용서해 주세요. 제가 말이 너무 많은 편이
라."

"아무 나쁜 말은 하지 않았어요, 피자. 아무것도. 건강해
야 해요!"

요한의 목소리가 그녀의 관심을 끌었지만, 그녀는 벌써
출입문의 손잡이를 잡고 있었다.

"피자!"

"저어, 왜요?"

"동생들 있어요?"

"그럼요, 아주 작은 애들이라 아직 선생님의 일을 도와주지 못해요. 극장에 그 아이들 필요해요?"

"아뇨! 전혀. 하지만 저기 탁자에 놓인 꾸러미엔 맛있는 과자와 빵이 들어있을 거요. 그것들을 그 아이들에게 갖다 줘요. 아이들이 좋아할 겁니다."

아가씨는 망설이는 걸음으로 탁자로 다가갔다. 그녀는 꾸러미를 집어 들고는 몸을 숙여, 요한의 손에 키스했다.

"이젠 정말 내가 화를 내야겠군, 피자!"

요한은 놀란 표정을 지으며 진지하게 말했다.

행복한 웃음을 짓고 아가씨는 출입문으로 달려가, 그 출입문에서 요한에게 소리쳤다.

"화내세요. 그래도 저는 선생님 손에 입을 맞추었는걸요!"

요한은 닫힌 출입문을 바라보고는, 아가씨의 멀어져가는 발걸음을 듣고 있었다.

"희생자, 불쌍한 희생자."

요한은 입속에서 그 말을 중얼거렸다.

"우리와 같은 희생자야."

도슈키가 대화를 계속 이어 갔다.

"두 해 전에 그녀가 손에 양동이를 들고 음식 찌꺼기를 얻으러 매일 드나들 때부터, 그녀를 잘 기억하고 있지.

그때 열세 살이었는데, 이제 겨우 뭘 알려고 할 소녀였어. 천진난만한 눈으로 세상을 바라보았지만. 우리 안에 갇혀 굶주린, 흑심 품은 짐승들이 넘어진 아이를 바라보듯이, 그녀를 바라보는 남자들 사이를 천진스럽게 다녔지. 육체! 육체! 그래 그들이 그녀를 버려놨어.”

“증오해야 할 짐승은 남자야.”

“증오해야 할 정도로 잔인한 것도 남자이구. 저 아가씨는 전쟁의 희생자야. 세계에 불길이 솟아오르지 않았다면, 많은 자식을 거느린 정직한 어머니가 될 터이고, 큰 감동 없이도 자신의 여생을 살아갈 수 있을 날개 부러진 인생이지.”

“난 이유는 모르겠지만, 저 불행한 아가씨에게 끝없는 동정심이 가네. 내가 그녀를 보면, 언제나 **도스토예프스키**의 소설 속에 나오는 ‘**소냐**’라는 인물이 생각나. 자넨 러시아인에 대한 나의 동정을 이해하겠지.”

“어느 민족이라도 동정을 보내지 않는 곳이 없는 자네 아닌가? 모든 민족에게. 자넨 **에스페란티스토**이자 인류인(人類人)이지.”

그리고는 페트로의 입가에 가벼운 웃음이 일었다.

“놀리지 말게! 그게 자네가 나를 곧장 괴롭힐 수 있는 나의 약한 면이라는 점을 잘 알잖아.”

“내키지 않는 웃음으로 자넬 괴롭힐 의도란 없네. 나는 한 남자를 생각하고 있었어.”

“어떤 남자라니?”

"자네가 그 언어를 가르쳐준 그 남자, 그 남자의 아내가 기회만 있으면 자네와 정을 통하려 했지. 시내에서 열린 지난 번 마지막 연극의 밤이 생각나는군. 그건 인생살이에 있어 인상이 실로 찌푸려지는 것 같았어. 남자는 무용실에 혼자 진실로 마음속 이상을 품고 배움에 열중하고 있고, 그 남자의 아내는 지하의 배우들이 쓰는 의상실에서 그 강사와 달콤한 말로 속삭이고 있구. 하하하! 정말 이맛살이 찌푸려지는군!"

"웃지마! 그는 내 친구야. 난 결코 친구를 속일 수 없어."

"그 점은 나도 알지만, 동시에 그것은 그 장면에서의 악마적인 코미디라구. 요한, 코미디란 것이 바로 그런 것이야. 손톱 밑의 진실성조차도 그 일에 있어 존재하지 않아. 그 남자는 아무것도 추측하지 않아, 그렇지 않으면 그 남자는 우정을 너무 믿고 있어. 자넨 언제나 양보함으로 스스로 괴로워하고 있군. 후우! 코미디라!"

"자넨 또 어제처럼 시작하네……"

페트로 도슈키는 말을 중단했다. 그는 어제 일에 대한 기억으로 이맛살이 찌푸려졌다. 요한은 양심의 가책을 좀 느끼고는 말없이 침대에서 빠져나왔다. 그는 옷을 주섬주섬 입기 시작했다. 페트로는 잠시 주저하다 자신도 옷을 입었다. 그들은 뭔가 생각을 하며 기분 전환하며 옷을 입고 있었다. 요한이 먼저 옷을 입고, 자신의 외투를 들고 방을 나가려 했다.

페트로 도슈키가 그에게 말을 걸자, 그는 멈추어 섰다.

"요한!"

"왜?"

"자네하고 말하고 싶은데. 아주 진지하게…… 내가 저질렀던 이해되지 않은 행동에 대해 자네에게 설명해 주고 싶어."

"필요 없네, 페트로. 정말 자네는 자네 나름의 이유가 있겠지. 더구나, 난 지금 바빠. 수비대 극장에서 연습하려고 사람들이 나를 기다리고 있어."

"자네에게 한 나의 행동에 대해 자네가 진정으로 용서할 수 있으려면,내 말을 반드시 들어야 해, 요한."

"그런 해명 없이도 자네를 이미 용서한걸."

"하지만……그래도 난 자네에게 요청하네……"

요한은 얼굴표정으로 간청하는 자신의 친구를 오랫동안 바라보았다. 그는 옷걸이에 다시 외투를 걸어 두고는 탁자에 앉아 기다렸다. 페트로는 요한이 있는 쪽으로 다가와 함께 앉았다. 침묵. 요한은 담배를 말아서는 페트로에게 피우겠느냐고 제안했다.

"고맙군. 지금은 아냐…… 난 무슨 말부터 해야 할지 잘 모르겠어. 괴로운 일이야."

"우리가 좀 더 좋은 기회에 이야기하면 어때!"

"아냐! 난 지금 해야 해. 우리 우정에 가시가 커 가면 안 되니까."

"자넨 너무 상상력이 풍부하군."

"아냐, 아냐! 난 그걸 느껴. 그리고 자네 말도 맞아. 전혀 마음이 상하지 않는 말을 친구가 했는데, 술병으로 친구를 공격하는 사람은 정말 경멸을 당해도 마땅해."

"자넨 언제나 사건을 확대하길 좋아하군…… 자넨 술이 좀 취했어.."

"전혀 아닐세! 기분이 좋을 정도였어. 자네가 우리 어머니를 들먹이자, 난 그만 기분이 잡쳐 버렸어."

페트로 도슈키는 잠시 자신을 한 번 쳐다보는 것이 마치 처음 말할 때의 적절한 말을 찾고 있는 것 같았다. 요한은 말없이 그러나 위로하듯 그 친구가 말을 찾으려고 애쓰는 것을 바라보고 있었다.

"요한!"

페트로가 말을 시작했다.

"자넨 마음이 넓은 줄 알고 있네. 자넨 좀 전의 피자라는 아가씨도 동정하고 있어. 그러니 내게도 그런 동정심으로 들어 주게. '인생'이란 그 운명이 써둔 원고의 9할을 망치고 있음은 자네가 더 잘 알지. 그 운명이란 피자의 인생도 망쳐놓았고, 자네 인생도, 우리 같은 수천 사람의 인생도 망쳐놓았어. 그러니, 그 운명이 나를 용서해 주지 않는다고 해서 놀랄 일도 아니지. 자넨 내가 배우가 되기 전에는 신부(神父)였다는 것 알지."

"그래! 알지. 자넨 이미 이야기를 했어……"

"난 거짓말했어. 난 하나님의 성당에서 예술 사랑해서가 아니라 우리 가족의 비극 때문에 탈리아2)의 성당으로 바꾸어 버렸어."

"그 점은 내가 몰랐군."

"더구나 난 못난 배우이듯이 못된 신부였지. 난 용서할 줄 몰랐으니. 진정한 성직자라면, 자기 자신을 제외하고는 모든 사람을 용서할 줄 알아야 해. 그런데 난 그렇게 못했지. 난 그 점 때문에 힘이 나지 않았어. 배우들은 자기 자신만 용서해 주지 않으면 돼. 때문에, 나에겐 이 배우라는 직업이 꼭 맞아."

"자넨 쓸데없는 이야기를 하는군, 페트로."

"자네는 그렇지 않지. 친구. 자넨 예외더군. 자넨 배우라기보다는 성직자가 더 어울리겠어. 자넨 공동의 선을 위해 희생할 줄 아는 이상한 사도 같아. 마치 자넨 이 세상에 박애 정신이란 사회가 만들어 놓은 거짓말이 아니라는 것을 증명하려고 하는 듯이. 자네가 바로 참다운 사람이야."

"아냐! 난 사람으로 살아가고 싶지만, 이 땅의 모든 것이 나를 가두어 놓고 있어."

"태양도 흠이 있는데, 흠 없는 사람이 어디 있어. 하지만 난 내 이야기를 끝내려고 하네. 사람들이 자네를 기다리고 있다 하니……한 번은 내가 일요일 새벽에 성당에 가서 고해성사를 준비했어. 자네는 성당의 고해성사 자리를 알지. 그곳은 높고, 작은 창문이 한 개 있어도 창살은 여럿 있어. 그래서 어두운 시간엔 고해성사하는 사람의

---

2) 역주:Thalia: 그리이스 신화 속에 나오는 희극의 신

얼굴을 잘 분간키 어렵지. 내가 의자에 앉아, 그 의자의 뒤쪽으로 꼭 붙어 앉아 법의로 내 얼굴을 가리고 있었어. 어떤 여인이 들어서더군. 처음 그 여인이 말을 꺼냈을 때, 난 그 여인이 내 어머니라는 것을 알게 되었어. 내가 그 점을 어머니에게 알려드려야 했지만, 빌어먹을 그 호기심 때문에 그렇게 하진 못했어."

"잔인하군!"

"아직은 아냐. 그 잔인한 것이 이제 와. 난 온전히 내 얼굴을 가리고는 그 고해를 기다리고 있었어…… 그리고……그리고 나는 내가 가진 성이 아버지와는 다른 성이라는 사실과, 내가 이상적으로 사랑했던 어머니가 다른 남자의 더러운 첩이었다는 사실을 알 수밖에 없었어……"

"페트로!"

"빌어먹을! 날 동정하지 말게. 난 벌을 받아 마땅하네. 그 호기심이 유죄야. 어머니가 고해를 끝내고, 용서를 기다리며, 그 창 앞에 기다리고 있을 때, 내가 광란 속에 그 나무 칸막이를 부수고는, 헐떡거리며 말했지. '용서란 없소, 저주만 따라 다닐거요!'라고."

깜짝 놀란 눈으로 요한은 친구를 쳐다보았다.

"어머니는 기절하였고, 난 그 성당에 더는 돌아오지 않으려고 뛰쳐나왔지. 그때 나는 내 이름을 바꾸기로 했어. 다행히 기회가 좋았어. 그런 운명으로 나는 먼 도시로 오게 되었어. 나는 폐병을 앓고 있던 어떤 젊은 사람과

친하게 되었지. 젊은 친구는 고아였어. 이 세상에서 아무
도 도움을 주는 이 없이 홀로 서 있더군. 우리는 함께
교외의 어느 구역에 셋방을 하나 구했지. 몇 주간이 흐
른 뒤 그는 죽음의 동정을 받았고, 나는 그 청년의 신원
증명서를 취하고 내 신원 증명서는 그의 호주머니에 넣
어 버렸지. 도슈키는 내 이름이 아니라, 벌써 육년 전에
영원한 잠에 든 그 젊은이의 이름이지⋯⋯이제 자넨 나
의 비극을 알았으니, 스스로 판단해 보게!"
두 줄기 눈물이 요한의 얼굴에 흐르고 있었다.
"난 자네 우정을 들먹일 자격이 없어, 하지만 아마도 동
정은 기대할 수 있겠지."
"그리고⋯⋯그리고⋯⋯자네 어머니는⋯⋯"
"그 뒤 어머니에 대해선 아무것도 몰라. 아마 나의 죽음
을 알았을지도, 진정한 도슈키는 죽었다는 것이 맞겠지.
그리고 난 지금도 죽은 사람이라고 생각해. 그렇게 있는
편이 더 나아!"
"그리고 우연이 자네와 어머니를 만나게 해줄 수도 있
지."
"그런 우연은 결코 오지 않아."
"이제 그분을 용서할 수 있어?"
페트로는 오랫동안 생각에 잠기더니, 갑작스런 결정을
말하듯이 대답했다.
"결코! 난 여자를 용서할 수 없어. 이상한 성격인지 모르
지만 그렇게 되었어. 나로서 가장 증오하는 동물이 고양

이야. 고양이는 알랑거리기도 잘하고, 교활하고, 위선적이고, 믿지 못할 존재거든. 모든 것이 그 고양이에게 숨겨 있어. 만약 어느 여인에게서 고양이 같은 천성을 보면, 난 그녀가 메스꺼워 고개를 돌리고는, 그런 여자를 결코 용서하지 못해."

요한은 따뜻한 웃음을 지었다.

"페트로, 자네는 자네가 말한 바를 믿지 않는 사람이군. 자넨 자신을 검정을 더 검게 칠하고 싶은 거야. 그래도 자넨 여자들을 사랑하기도 하구."

"미치도록 난 그들을 사랑하지. 그리고 그게 그 사랑하는 여인한테 다소 일찍 또는 늦게 고양이 같은 천성을 발견하게 된다는 점이 나의 비극이지."

"그래도 여자가 자네 인생을 구해 줄 걸세."

페트로 도슈키는 큰 소리로 드러내놓고 웃었지만, 웃음은 더 씁쓸한 아픔이 들어있고, 천성이 주는 즐거움보다는 억지에 가까웠다. 요한은 그 점을 느낄 수 있었다.

"여자란 천사이기도 악마이기도 하다고 했지. 피자가 그런 말 하였지."

요한은 그에게 그 말을 다시 상기시키고는 자기 친구의 손을 잡았다.

"하지만 피자는 여자란 필요할 때마다 자기가 원하는 면을 보인다고 했어."

페트로는 계속 웃었다.

"여자가 악마의 모습으로 변한다면, 원인은 언제나 남자가 제공하지."

"아니, 꼭 그렇지만 않지."

그 두 사람은 말이 없었다. 페트로는 타고 남은 성냥개비로 자신의 손톱을 청소했다. 페트로의 눈길을 피하려고, 요한은 창문에 핀 얼음 꽃을 긁었다. 페트로는 갑자기 자리에서 일어나, 옷걸이 쪽으로 다가가, 자기 외투의 한 호주머니에서 어제 탁자에 놓아두려 했던, 깜박 잊은 보드카를 한 병 꺼냈다.

"다행히 이 술병은 피자에게 주진 않았군. 요한, 한 잔 마시지. 자네 건강을 위해."

"아냐! 내가 술 안 마시는 걸 자넨 알잖아."

"그럼 검사 아내의 건강을 위해 술을 마시지!"

"아닐세! 그만하게!"

"그럼, 자네 아내의 건강을 위해 술을 들지!"

요한은 머뭇거리다가 그 술을 받아 들고는 한 모금 좍- 마셨다. 술은 아주 독해, 그의 두 눈은 빛이 나기 시작했다. 익살꾼 같은 악의로 페트로 도슈키는 웃으면서 그 술병을 받아 쥐고는 술을 자작할 참이었다. 요한은 그의 손을 잡았다.

"그만 마셔, 페트로 도슈키! 이건 다른 사람들을 위해 남겨 둬. 이 '보드카' 한 병은 그들에게 주자."

"한 모금만! 자네 아내의 건강을 위해!"

"벌써 마셨는걸!"

"그럼 자네가 사랑하는 딸을 위해 내가 마시면 되지."

요한은 더는 제지하지 않았다. 페트로는 한입 가득 **빨았다.**
"요한, 자넨 나의 본명에 대해 어째 관심이 없다는 것이 흥미로운데."
"자넨 좀 전에 호기심이 바로 죄가 된다며."
"더구나 자네 말이 맞아, 내가 자네를 아는 것처럼, 자네는 어머니와 나를 화해시키려고 뭔가를 할 것처럼 보이기 때문이야."
"그건 나의 임무가 아냐. 하나님이 섭리대로 그걸 해 주실 걸세."
"섭리라! 이런 천진한 친구 보았나!"
그가 술을 계속 못 마시게 요한은 그의 손에서 술병을 **뺏었다.** 페트로 도슈키는 저항 없이 그에게 양보하고는, 아이러니한 웃음으로 말했다.
"요한, 내가 보기론 말이야, 자네가 내 인생을 구해주기로 맹세한 것 같군. 자넨 성공하지 못할 것이라고 말하고 싶네. 무엇을 위해 내가 살지, 아니 더 정확히 누구를 위해서?"
"난 그래도 희망을 버리지 않아. 자네는 자네가 보여주는 만큼 그렇게 나쁜 사람은 아냐."
"내가 전쟁터에서 상처를 입은 채 쓰러져, 고립되어 있었을 때, 자네가 내 생명을 구해주었지만, 우린 지금 그런 전쟁터에 있지 않아."
"그럼 우린 어디에 있지?"
페트로는 대답하지 않고, 가벼운 마음으로 휘파람을 불었다. 요한은 친구의 두 눈을 따뜻한 마음으로 쳐다보았다.

"나의 인생은 깨졌다고."

페트로는 큰 공상을 하기 시작했다.

"내 인생은 정말의 페트로 도슈키가 누워 쉬는 곳에, 그 도시 묘지에 묻혀 있지. 우린 관련 신원증명서만 바꾸었을 뿐만 아니라, 우리 운명도 바꿨어. 난 그런 인간관계를 계속했더라면 지금쯤 높은 직위의 신부가 되었을 거야. 교구의 가장 부유한 사람들 가운데 한 사람으로 그리고 지금은……"

다시 그는 짧게 휘파람을 불었지만, 의미심장했다.

"자네가 무엇이 되었을 거라는 그런 공상은 하지 마. 그런 것 대신, 그런 실수를 고치려고 노력해 봐!"

"하하하! 요한, 자네가 신부구나, 정말 신부야! 자네는 정말 설교법을 능숙히 알고 있군."

요한은 의도적으로 그에게서 신경질적으로 몸을 돌렸다.

페트로 도슈키는 친구의 어깨에 손을 짚으면서 후회되는 목소리로 말했다.

"화내지 말게, 요한! 화내지 말게! 극장으로 가게! 아름다운 검사 부인이 어쩔 줄 모른 채 자네를 기다리고 있을걸!"

"오늘은 그녀가 연습할 것은 없네."

누군가 출입문을 두드렸다.

"저어! 들어 와요!"

페트로 도슈키가 큰 소리로 말했다.

출입문이 열렸고, 보초가 방에 들어왔다.

"바르디 선생님! 어느 귀부인께서 극장에서 선생님과 춤 연습하려고 기다리신다는 전갈이 있었습니다."

페트로 도슈키는 승리한 듯 웃었다.

"그래, 내가 그 말 했지?! 그 검사 선생의 귀부인은 극장에서 노심초사하며 춤 연습하려고 자네를 기다린다네!"

"오늘 자넨 아주 심하게 자극하는군."

"전 이만 가도 되지요?"

그 보초가 물었다.

"좀 기다리게, 바코시!"

요한은 그렇게 말하고, 탁자에 놓인 술병을 들어 그에게 권했다.

"한 모금 하게!"

"고맙습니다. 자원입대자 선생님."

그리고 그도 한 모금 마셨다.

요한은 바삐 외투를 집어 들고는 그 방을 나섰다. 그러나 그는 페트로 도슈키의 소리치는 것도 들을 수 있었다.

"그 아름다운 여자에게 내 안부도 전해주게!"

제3장. 연극 공연 준비

시원한 바람이 요한의 양 볼을 스치고 지나갔다. 그는 포로수용소 막사가 있는 도시의 인적이 드문 거리를 바삐 걸어가고 있었다. 두꺼운 얼음이 낀, 큰 창문들이 무심하게 그를 쳐다보는 것 같았다. 그는 그 창문들을 지나갔다. 다른 도로로 접어들었다. 출입문을 활짝 열어 놓은 막사들이 길 양편으로 자리하고 있다. 막사들은 희생자를 기다리며 하품하는 토굴처럼 보였다. 그 막사들도 지나갔다. 방금 서쪽으로 출발하던 기차가 보인 역사가 먼발치에 보였다. 기차는 8일 뒤에 **페트로그라드**[3)]에 닿을 것이다. 그 앞에는, 어깨에 두툼한 목재들을 들고 긴 줄로 오고 있는 포로들이 보였다. 그를 만나는 포로들이 친절하게 인사를 건넨다.

"요한 바르디 선생님, 안녕하십니까! 연습 있습니까?"

"안녕하세요! 새 연극의 초연은 언제입니까?"

"입장표를 받을 수 있어요?"

그는 질문해 오는 사람들에게 짧게 대답해 주려고 애썼다. 같은 처지의 사람들에게 아름답고, 잊을 수 없는 순간들을 만들어 준 이 유명인사와 잠시라도 대화하려고 멈춰 서는 사람도 몇 명 있었다. 러시아인 막사 책임자

---

3) 역주: 러시아 북서쪽에 있는 연방시로서, 네바강 하구에 있다. 오늘날 상트페테르부르크로 불림. 그 이전에는 페테로그라드(1914년~1924년)와 레닌그라드(1924년~1991년)로 불리기도 함.

는 끊임없이 외치고 있었다.

"서둘러! 서둘러!"

포로들은 그를 지나갔다. 그는 가까운 광장에 자리한 극장 건물을 향해 계속 걸어갔다. 이 극장은 1200명을 수용하는 원형 건축물이다. 시베리아수비대 극장이라 장식은 볼품이 없다. 극장은 한때 러시아군대의 연대 병력이 사용하던 유흥장이었지만, 지금은 이곳을 쓸 러시아 예술가들과 러시아 군인들이 별로 없자, 포로들이 사용하도록 마음씨 좋은 사령관이 배려해 주었다. 요한은 넓은 계단을 바삐 올라가, 넓은 현관 안으로 들어섰다. 현관에는 벽돌과 양철판로 만든 대형 난로들이 놓여 있어, 추위를 조금 녹여 주었다.

대강당 내부에서 즐거운 잡담이 크게 들려 왔고, 포르테피아노의 요란한 연주 소리도 들려 왔다. 그가 강당 문을 열었다. 그러자 일시에 소란과 음악은 중단되었다. 포로수용소 예술가들은 이 무대 지휘자가 도착하자, 존경의 눈으로 바라보며 그를 기다리고 있었다.

"지금 무슨 연습 하고 있나요?"

 요한은 물었다.

"새 오페라에 나오는 노래와 춤을요."

극단의 프리마돈나였던, 앳된 얼굴의 청년이 대답했다.

"오케스트라는 어디 갔나요?"

"음악을 하던 사람들은 시내 갔어요. 내일쯤 오케스트라와 함께 연습할 수 있을 것 같아요."

모여 있던 사람 중에 누군가 설명했다.

"그럼 좋아요! 그 드라마 연습해 봅시다!"

"페트로 도슈키는 여기 안 계세요."

"스테판이 가서 페트로 도슈키를 모셔 와요!"

"그럴 필요 없을 것 같군요. 제 생각은 선생님도 연습할 수 없잖아요."

프리마돈나 역을 맡았던 젊은이가 그렇게 말하고는 의상실을 가리키며 장난의 윙크를 했다.

"시내에서 선생님 파트너 되는 분이 와서 기다리고 계십니다."

"그래요?"

요한은 놀라는 체하며 말했다.

"그럼요."

요한은 의상실 출입문으로 갔다. 그는 그곳 사람들에게 각자 할 일을 지시했다.

"음악 연습이 끝나면, 제1막 연습에 들어가요. 비하이! 자네가 내 역할 대신해 줘요!"

"그렇게 하지요!"

요한이 의상실 출입문을 열자, 작은 쇠난로 앞에 앉아 있는 여자가 눈에 들어왔다. 여자는 이미 재가 된 불의 온기를 찾아, 웅크린 채 앉아 떨고 있는 작은 새처럼 보였다. 난로는 불이 이미 없었다. 난로는 공연이 있을 때만 피운다. 요한은 자신이 도착한 걸 알아차리지 못했거나, 못 알아차린 체하는 그 여자를 쳐다보았다. 여자는 아름답다. 섬세한 도자기 인형처럼 아주 아름답다. 여자의 입가에는 젊음의 속삭임을 알리는 웃음이 일었고, 그녀의 모자 아래 날아갈 것 같은 금발의 고수머리가 뽐내고 있었다.

"안녕하세요, 부인!"

요한은 의상실 바깥에 있는 사람들이 들리도록 아무 의미 없는 인사를 큰소리로 했다.

"안녕하세요, 요한 바르디 유로비치!"

여인은 그에게 인사를 하면서, 하얗고 따뜻한 예쁜 손을 내밀었다.

요한은 그녀 손을 살짝 잡았다. 그 여인의 눈은 반짝거렸다. 그녀 두 눈의 하염없이 방황하는 격정은 그의 마음속 저항의 불꽃을 몰래 보고 있었다.

"제가 왜 왔는지 아세요?"

"추측도 못 했는걸요."

"오늘 우리 도시에서 춤을 춰야 하는 일이 있어서요. 고아들을 위해 모금 활동하는 자선 무도회에 저더러 참가하라고 했어요. 제가 거절할 수가 없었어요."

"하지만 우린 새 춤을 선보일 게 없는걸요."

"그건 중요하지 않아요! <요정과 악마> 발레를 하면 되잖아요. 그럼 되었지요?"

요한은 지하 의상실에서 있던 일을 생각났다. 그때도 그들은 똑같은 발레를 선보였다. 그의 마음은 떨렸다. 그는 대답대신 여인의 두 눈을 탐색하듯 바라보았다. 생기 있는 금강석들이 반짝이고 있었다.

"싫은가요?…… 어쩌지요, 제가 이미 약속해 놓았어요. 또 선생님 이름으로 확약해두고, 포로들을 위한 선생님 공연도 오늘은 없는 걸 알고 그랬는데, 이를 ……또 선생님을 존경하는 사교계에선 선생님도 잘 해 낼 것으로 생각하고 있는데……그리고 저는……"

여인은 계속 말을 이어 갔지만, 요한의 고집스런 침묵에 그만 어쩔 줄 모르고 있었다.

"왜 저를 뚫어지듯 바라보고 있어요?"

"부인보다 부인의 마음을 바라보고 있어요."

"이상하시네!"

그녀는 얼굴을 붉혔다.

"그런데, 그 마음 보여요?"

"그렇소, 부인의 알랑거리는 성격에 자리하는 마음이 두 눈으로 나를 바라보며 반짝이고 있소."

요한은 갑자기 자신의 말투를 확 바꾸었다. 그는 화가 부글부글 끓고 있었다.

"왜 거짓말합니까?"

"하지만, 요한 바르디 유로비치, 무슨 말씀이세요? 거짓말하다니요? 무슨! 얼토당토않은 말씀을!"

"그렇소. 부인은 거짓말했어요. 부인은 댁으로 나를 끌어들이려고 오늘 무도회 궁리까지 짜냈군요. 부군은 어디 계십니까?"

"이른 아침에 '**토쯔코에사브스크**'로 떠났어요. 그이는 그곳에 공무가 있어요.”

“그럼 부인이 거짓말했군요!”

“아뇨, 아닙니다! 난 거짓말하지 않았어요. 다만 주위에서 하도 참석해 달라 간청하기에……”

“하지만 오늘 저녁은 아니었지요?”

여인은 눈썹을 아래로 내리깔고는, 용서를 청하는 미소로 속삭이듯 말했다.

“무도회는 일주일 뒤에 있어요.”

요한은 팔짱을 끼며, 여러 감정으로 그 여인을 바라보았다. 여인은 그를 두려움 속에 두 눈을 들고, 매력적으로 또 혼돈 속에서도 웃고 있었다.

“화났군요?……요한 바르디 유로비치, 화내지 마셔요!……요한 유로비치, 제게 화내지 않으셔도…… 거짓말을 조금 했다는 것은 잘 알아요.”

“조금 했다고요? 어찌 그리 잘 모면하려고 하나요?”

“그럼 좋-아-요! 제가 거짓말했어요. 하지만…… 그래도……요한 바르디 유로비치, 선생님은 제게 화내면 안 됩니다……난 그저 선생님을 한 번 뵙기만 하려고……”

“또, 부군께서 출타 중일 때가 적당한 때로 알고 있기도 하구요.”

“저를 질책하지 마세요. 신성한 십자가에 맹세코 저는 넓은 세상으로 갈 거예요!”

요한은 격정에 휩싸였다.

“가요! 가버려요! 하지만 나와 코미디를 하지 말아요.”

"제가요? 포로 앞에서 수모를 당하면서 마치 선생님의 사랑을 구걸하는 그런 코미디를 한다고요? 제가 만사를 잊고, 만사를 제쳐 두고, 세상 사람의 입으로 돌진해 가는 그런 코미디를 한다고요? 허망한 험담을 생각 않고, 선생님이 외로워하는 걸 잊게 해 드리려고 우울하고 낯선 사람을 방문하는 그런 코미디나 하는 여잔 줄 아시나요? 제가 코미디하고 있나요? 아니면 선생님이? 우리 두 사람 중에 누구지요?"

여인은 훌쩍거리기 시작했다. 요한은 자신이 무장 해제 당한 것 같았다. 그의 전횡적인 표정이 간청으로 바뀌고, 그의 목소리에는 흥분이 함께 들어있었다.

"부인!"

"그 증오스런 '부인'이라는 말은 언제나 말하지 말아요!"

"그럼……좋아요……카탸……!"

"한 번 더 말해 줘요!"

"카탸!"

"한 번만 더 말해 봐요!"

그리고 그녀는 눈물을 흘리면서 웃었다.

"한 번만 더 말해 줘요! 한 번만 더요, 한 번만 더요! 앙코르! 앙코르! 앙코르!"

"카탸! 카탸! 카탸!……이제 만족하오?"

"충분하진 않아요!"

"아직도 더 뭘 원하오?"

"키스를!"

요한은 출입문을 향해 가, 그곳에서 냉랭한 목소리로 대답했다.

"곧 돌아오겠어요. 난 내 일을 대신할 사람에게 몇 마디 지시해 두어야 해요. 그리고 당신을 역으로 데려다주겠소."

"소용없는 일이라구요!"

그녀는 얼굴을 매력적으로 찡그리며 말했다.

"가장 빠른 기차라도 오후에라야 와요. 저는 여기서 더 머물 수밖에 없어요."

"감기 들어요."

"괜찮아요. 감기 들어도 곧 나을 겁니다."

"한심한 여자의 낭만주의군요."

"선생님은 **<포티파르 부인>**에서 요제프 역을 하면서 로맨틱하더군요."

"그 표현은 도슈키에게 힌트를 얻었지요, 그렇지요?"

"기억 안나요. 그럴지도. 또 그건 정말 꼭 맞는 표현이라구요."

"어제는 그 친구가 카탸의 손님이 되었지요!"

"그랬어요!…… 왜 같이 안 왔어요, 선생님?"

"난 급한 일이 있었소. 노래 파트에서 아직 부족한 마지막 두 악보가 새 오페라 때문이오."

"그 때문에 내가 보낸 선물꾸러미도 그 창녀에게 선물했나요?"

요한은 얼굴을 붉혔다.

"누가 그런 말을?"

"아무도! 역사에서 나올 때, 내가 보낸 선물꾸러미를 손에 들고 가던 창녀를 만났지요. 나는 그녀를 불러 세워, 나쁜 일인 줄은 알면서도, 물어보았어요. 오, 그 아가씬 얼마나 건방지게 내게 웃던지!"

"그 아가씨와 말을 걸지 않은 편이 더 나았소."

"고맙군요! 또 그런 경우라면 주위의 모든 것이 나를 비웃을지 몰라요. 왜냐하면, 존경하는 선생님께서 그 안에 든 편지도 읽어 보시지 않았더군요. 꾸러미 안에 내 편지를 넣어 두었거든요……그리고 이게!"

그녀는 자신의 모피 옷 호주머니에서 편지를 꺼내, 요한에게 건넸다. 완전히 놀란 그는 잠시 머뭇거리다가, 편지를 받았다.

"오, 불쌍한 내 편지여! 창녀에게 이 갈망하는 사랑의 외침을 줘 버리다니. 선생님은 내게 저지른 아픔은 상상할 수도 없거든요. 선생님이 제 마음속 깊이 아프게 했거든요. 만약 여자 사랑이 그런 마음을 상하는 것보다 더 깊다면, 여자가 그건 용서할 수 있어도 잊진 않을 거예요…… 결코."

요한은 절망적으로 물었다.

"내게서 원하는 게 뭡니까?"

자신이 승리했음을 확신한 여인은 남자의 고군분투를 즐기며 웃음을 지었다.

"아무것도요, 요한 바르디 선생님! 선생님과 얘기를 좀 나누고 싶은 마음 밖에는요. 그것밖엔, 요한 바르디 선생님, 얘기 좀…… 얘기라도."

요한은 갑자기 문을 열어 스테판을 불렀다. 노인인 스테판은 시중들듯이 와서, 그의 앞에 멈춰 섰다.

"스테판! 막사로 가서 도슈키 선생에게 어서 극장으로 오라고 전해 주세요. 알아들었나요? 어서 오라고요!…… 또 그 장작 때는 사람에게 가서 이 의상실에 불을 피우라 해요. 장교식당에 가서 3인분 식사를 준비하도록 해요. 알아듣겠어요? 세 사람 분을요……여기 돈이 있어요. 식탁보와 식기와 접시를 갖고 오는 것을 잊지 말아요! 알아 들었나요?"

"그럼요! 도슈키 선생. 의상실에 불 피우기, 세 사람을 위한 점심, 식탁보, 접시, 식기."

"좋아요, 스테판! 내가 하는 말 잘 챙겨 주세요!"

노인은 출발하면서, 자신의 콧수염 아래서 중얼거렸다.

"여자 하나를 위해 이 무슨 수고람!"

요한은 출입문을 닫았다. 의문의 표정으로 여인은 그의 설명을 기다리고 있었다. 왜냐하면, 여인은 그 대화를 이해하지 못했다. 그는 스테판과는 헝가리어로 말했다. 요한은 솜이 든 안락의자에 앉고, 가벼운 웃음으로, 좀 자극적 복수를 의도하는 웃음으로, 점잖음을 과장하여 말했다.

"숙녀분께서 저와 이야기를 하고 싶다고 하시지만 애석하게도, 저는 그런 여유가 별로 없습니다. 그래서, 숙녀분이 좀 더 즐거운 시간을 즐기도록 저를 대신할 사람을 오게 했습니다. 도슈키 선생이 곧 이곳으로 오시면 당신 뜻대로 하십시오."

여인의 화난 홍조가 양 볼에 반짝였다.

"선생님이 바로 코미디언이군요."

요한은 자리에서 일어나, 몸을 깊이 숙여 사의를 표했다.

"숙녀님, 말씀이 맞습니다. 저는 제 직업을 아주 자랑스럽게 생각합니다."

"그런데 무대에서만 그런 줄 알았더니, 실제 생활에서도."

"그 역할을 하게 만드시니."

"제가요?"

"그렇지요! 난 내 아내를 사랑한다고 부인께 말했어요. 그것은 코미디가 아닙니다. 부인은 아름답고, 걸출한 분이라, 정말 살아있는 유혹 그 자체지만, 난 모든 방법을 써서라도 나 자신에게 절제해야 합니다. 그건 이미 코미디입니다. 왜냐하면, 내가 당신과 만나는 순간마다, 당신을 못 만나는 시간에도 더욱, 나의 피는 반항하고, 뜨거워지고, 요구합니다. 그러나 어떤 노인의 말씀엔, 양보가 사람을 강하게 만든다고 했어요. 지금 난 그걸 따르고 있어요."

"그런 어리석은 소리는 '노인만' 할 수 있어요."

출입문을 두드리는 소리가 들렸다. 불 피우는 사람이 들어섰다.

"불을 지피라 했나요?"

"그렇소! 이 얼음같이 찬 공기에는 당신도 감기들 수 있어요. 더구나 우린 여기서 점심 먹을 작정입니다. 스테판이 장교식당에서 음식을 날아올 겁니다. 우린 3인분을 시켰거든요."

"난 먹고 싶지 않아요. 나도 원칙 있는 사람이에요. 결코 적군이 주는 것은 아무것도 받지 않아요."

"내가 당신과는 적군인가요? 왜요?"

여인은 불 피우는 사람을 바라보았고, 요한은 그녀를 이해했다. 불 피우는 사람은 평범한 농부였다. 또 뚱보이고, 둥근 얼굴의 힘센 청년이었다. 그는 사람들이 거의 알아듣지 못하는 지독한 사투리로 말했다. 그는 난로 앞에 웅크리고 앉아, 아주 천천히, 아이들에게 작은 집을 만들어 주는 것처럼, 난로 속으로 작은 장작을 하나씩 밀어 넣었다.

요한은 무거운 침묵을 깨려고 그에게 말을 걸었다.

"저어, 요쵸, 뭐 새로운 소식이라도?"

"아무 새로운 소식도 없어요, 선생님!"

청년은 성냥을 작업복 주머니마다 뒤져 찾으면서 대답했다.

"여기, 성냥!"

요한은 성냥을 그에게 전해 주었다.

"사람들이 새 전쟁포로들이 도착했다는 말이 있던데요?"

"언제요?"

"방금 내가 그걸 내 친구한데 들었지요. 극장 옆 막사에 포로들이 온다던데요."

"아하! 알겠소. 내가 극장으로 올 때, 몇 군데 막사 문이 열려 있어, 새로 들어올 사람을 기다리고 있는 것을 본 게 생각나는군요."

"사람들이 그러던데요, 그 포로들은 러시아군대에서 2 아니 3개월 전에 붙잡았다고요."

"그들 중에 우리 고향 사람들도 있겠구먼."

"우후우움!"

그는 동감을 표시하고는 온힘을 다해 불을 피우기 시작했다.

"그리고 예수 그리스도여, 어서 장작을 재로 만들어 버려라! 이 장작은 빨래하여 널어놓은 내 팬티만큼이나 젖었네!"

청년은 욕을 해댔다.

여인은 작은 소리로 요한에게 물었다.

"저 사람은 러시아말 할 줄 아나요?"

"아뇨! 그렇지만 난 그에게 물어볼 수 있어요. 요쵸, 자넨 러시아말 할 줄 알아요?"

"많이는 못해요…… 크폰세오스 펠라토오스는 가득하나요. 그걸 수프로 가져가, 그걸 장작으로 만들어 와야겠네, 그런지! 이게 불이 잘 붙지 않아요……난 러시아 말은 많이 알아듣지 못해요."

요한은 그 여인에게 몸을 돌려 통역해 주었다.

"그는 러시아 말을 잘은 못해요. 많이 이해하진 못한대
요."

"저 사람은 농부인가요?"

"그렇소!"

"저 사람은 정말 건강하군요. 그는 짐승처럼 사나 봐요.
골치 아픈 생각으로 고민하지는 않겠군요…… 아, 나도
저이처럼 감정도 느끼지 못하는 사람이 되어 봤으면."

"평범한 사람에겐 아픔도 없고 염원도 없다는 말은 틀렸
어요. 그들도 당신처럼 사랑할 줄 알고, 온 마음을 다해
충직한 사람으로 있을 수 있어요."

"하하하! 나를 너무도 순진한 사람으로 취급하시는군
요!……저 청년에게 물어봐요, 러시아 아가씨들을 사랑하
는지요?"

요한은 웃으면서, 그 이상한 바람을 통역해 주었다.

"요쵸! 이 부인이 자네더러 러시아 아가씨들을 사랑하는
지 물으시는데."

"적당히 만요."

"적당히 만이라네요."

요한은 통역해 주었다.

"저이에게 물어봐요, 내같은 사람도 마음에 드는지?"

여인은 청년을 향해 애교스럽게 웃었다.

"이 부인께서, 요쵸, 마음에 드는지 묻는데?"

청년은 잠시 동안 여자의 웃음 짓는 얼굴을 바라보고,
혀를 차고는, 귀를 긁으면서 대답했다.

"참한 분이라서, 내겐 어울리지 않네요. 저분의 코는 트란실바아니아에 사는 내 약혼녀 코와 비슷하네요…… 그렇지만 그녀가 더 아름답다고요. 난 그렇게 생각해요. 저분의 손으로는 소젖을 짜지도 못할 거고, 매일의 빵도 반죽하는 것도 못해요."

그는 그런 말을 하다가, 다시 온 힘을 다해 불을 피우려고 입김을 불었다. 요한은 착한 젊은이의 의견을 반복해 통역해 주었다.

"저 친구 말은 **트란실바니아**에 사는 자기 약혼자만큼 당신이 예쁘지 않다고 하네요. 당신 손으로는 젖 짜는 일도, 반죽하는 일도 적당치 않대요."

여인은 즐겁게 웃고는, 핸드백에서 지폐를 꺼내, 청년에게 주었다. 청년은 손에 지폐를 쥐고, 이해하지 못하는 듯이 한번은 여인을, 한번은 요한을 바라보았다.

"솔직함에 고맙군요."

여인은 말했다.

"저분이 원하는 것이 무엇인가요?"

청년은 물었다.

"부인은 자네의 찬사에 고맙다고 하는구먼."

요한은 설명했다.

"그런 것은 내가 하고파서 한거신데!"

청년은 고개를 끄덕이며 강조하고는 지폐를 조심스럽게 자신의 수첩에 넣고 불을 피우는 일을 계속했다.

"성모 마리아 님께서 이 불을 빨리 피워 주시면 좋을 텐데!"

그때 갑자기 출입문이 열리더니, 극단의 프리마돈나가
방에 들어왔다. 그는 여인에게 겸손하게 인사를 하곤, 요
한과 몇 가지 일을 소곤대며 의논했다. 그는 그런 대화
도중에 몇 번이나, 여인을 쳐다보았다.

여인은 두 사람이 그녀 자신을 두고 이야기하는구나 하
고 추측했다.

"저이가 뭘 원해요?"

여인은 요한에게 묻고는, 그 얼굴을 붉히고 있는 젊은이
에게 다정하게 웃었다.

"연극에 관한 일요, 숙녀님. 이 친구는 자신의 희망사항
을 내가 통역해 주도록 부탁했소. 이 친구는 새 오페라
에 여주인공 역할을, 여자무용수 역할을 맡을 겁니다. 이
친구는 무도복이 있었으면 한대요. 그리고……"

"아하! 좋아요. 당신이 오늘 저녁 제 옷장에서 저이의 옷
으로 맞는 걸 고르면 되겠네요."

그녀는 그렇게 말하고는, 암시하는 듯한 눈길로 요한의
눈을 바라보았다.

"오늘 저녁이라구요?"

"그럼요! 당신은 오늘 저녁 무도회에 참석할 것이니. 당
신은 약속했습니다. 안 그래요?"

요한은 좀 혼돈되어 망서렸다.

"그래요, 하지만…… 나는……"

"하지만이라고는 그만 말씀하세요! 당신은 그러겠다 했

으니, 진정한 남자라면 자신이 한 약속은 지켜요. 약속이 자신이 원하는 것과 다르다 해도."

여인은 입가에 승리의 미소를 내보였다.

요한은 가볍게 고개를 숙여 못 이기겠다고 하고는, 젊은 이에게 몸을 돌렸다.

"오늘 내가 시내 가서, 자네에게 맞는 옷을 골라 오겠네."

"옷을 고르실 땐, 좀 밝은 노란색이면 좋겠어요! 그 색상이면 나의 금발 가발과 아주 잘 어울릴 겁니다. 또, 반지 몇 개도 좀 사다 주십시오. 반지들이 내 손을 더 작게 보이게 할 겁니다."

"좋아, 좋아. 내가 신경 써 보겠네."

"또 존경하는 감독님, 제게 **<라이츠네르>** 화장용 분 한 개 사주시는 것도 잊지 마십시오. 왜냐하면, 이렇게 여기서 만들어 쓰는 분은 깨끗이 면도한 이 얼굴에는 잘 묻지 않아서요. 사람들이 내 발아래 몸을 숙일 수 있도록 요란하게 바르고 싶어요." 아양을 떨면서 그 젊은이는 계속 떠들었다.

"그럼요! **프로케치** 대위가 반짝반짝하는 구두를 갖다 주셔서 나를 놀라게 했다는 점을 제가 감독님께 말씀드리지 않았군요. 구두는 뒷굽이 높아, 제 발을 깜찍하게도 작게 만들었답니다."

"그래, 알았네."

"감독님, 기분 상하셨습니까?"

"그래, 하지만,…… "

"알았습니다. 곧 가죠, 감독님!"

그는 짐짓 웃음을 지으며 여인에게도 인사를 했다. 그리고 요한과 악수하고는 방을 나갔다. 출입문이 닫혔지만, 그것도 잠시뿐이다. 왜냐하면, 젊은이가 다시 문을 열어 고개를 내밀었다.

"존경하는 감독님, 가능하면, 저 숙녀가 지난번 시내에서 열린 무도회에 입었던, 어깨와 목이 드러나 보이는, 그 장미빛 무도복도 가져와 주시면 좋겠어요. 그 옷은 맵시가 좋더라구요. 잊지 말아 주세요!"

"알아, 알았네."

다시 출입문이 닫혔다. 요한은 의상실 작업대 앞에서, 공연에 쓰는 짧은 끈을 이용해 남자 몸에 묶도록 만들어 놓은 여인의 엉덩이들과 젖가슴들을 바라보고 있는 여인에게 몸을 돌렸다.

요한은 여인의 뒤편에서 멈추어 섰다.

"보고 있군요, 부인은 환상 속의 우리를 달래려고 만들어 놓은, 우리 자신들을 속이는 것들을. 왜냐하면, 인생이 우리에게서 실재성을 뺏어가 버렸기 때문이지요."

"그리고, 인생이 당신에게 실재성을 보여 줘도, 당신들은 메추라기가 더 되고 싶지요. 그게 당신들의 비극이지요."

그녀는 슬픈 표정으로 웃으며 말했다.

"그래요! 정말! 그게 우리 포로들의 공통된 운명이지요."

"하지만 모두가 꿈이 있는 사람들은 아니더군요."

청년은 마침내 불을 피우는 데 성공했다. 불길이 난로에서 타닥거리고 있었다. 청년은 여전히 몇 개의 장작을 더 넣어 불길을 세게 하고, 이제 이 의상실을 나갈 준비를 하고 있었다. 청년은 할 말이 있는 듯, 아무 말이 없이 서 있는 두 사람 앞에 멈추어 섰다.

"요쵸, 뭐 할 말 있어요?"

"저는 저분께 러시아에서는 트란실바아니아에 사는 내 약혼녀를 잊고 지낼만한 아가씨는 없다고 말씀을 해드리고 싶어요. 러시아 여자는 러시아 남자에게, 헝가리 여자는 헝가리 남자에게."

청년은 그 방을 나갔다.

"저 사람이 뭐라 했어요?"

"저 사람이 나 대신 대답해 주었소…… 러시아 여인에겐 러시아 남자가, 헝가리 여인에겐 헝가리 남자가 어울린다고요. 또 그는 자신의 약혼녀를 버릴 만큼 아름다운 러시아 여자는 없다는 말도 하더군요. 저런 농민도 꿈이 있고, 아파하고 보고픈 마음도 있다는 것을 보았겠지요."

여인은 여자용 의상 소품을 하나 집어 들어 신경질적으로 찢어서는 그걸 요한의 발 앞으로 던졌다.

"자, 봐요! 당신과 같은 꿈을 갖고, 인생길 옆을 내달리는 사람들은 이 헛된 환상의 산물처럼 찢기게 될 거예요."

"카탸! 당신은 공평하지 못하군요. 당신은 이해하지 못하는 감정을 판단하고 있군요."

"내가 왜 이해를 못 합니까?"

"당신은 한 번도 진심으로, 헌신적으로, 아픔의 양보 속에 사랑을 해본 적이 없었기 때문이오."

여인은 울음을 터뜨렸다.

"왜 울어요? 진실을 이야기해 그로 인해 아픈가요?"

여인은 갑자기 요한을 껴안고는, 격렬한 울음으로 한탄을 늘어놓았다.

"요한, 당신이 나를 괴롭히고 있군요. 정말 저는 고통스러워요……제가 사랑을 모른다고 왜 그런 말씀을……양보할 줄 알면서도 아픈 사랑을 모른다고요?"

"당신은 오로지 원하는 것만 알고 있으니까요."

"당신은 틀렸어요! 당신이 틀렸음을 말하고 싶어요. 난정말 헤어질 수 없을 정도로 당신을 사랑하고 있어요. 이 사랑을 위해선 모든 것을, 모든 사람을 양보할 수도 있다고요……"

"나를 예외로 두고요, 카탸. 안 그래요? 그게 대단한 실수라고요."

"화를 내지 마세요, 요한 바르디 유로비치. 저를 용서해 주세요."

"난 화 나지 않았소."

"키스해 줘요! 한 번이라도 키스해 줘요!

요한은 자신을 온 힘으로 꼭 껴안는 여인의 양팔에서 벗어나려고 했다. 그러나 그는 그렇게 하질 못했다. 여인은 요한의 머리를 자기 쪽으로 당기고는 울먹이며 말했다.

"키스를, 요한!……한 번만이라도……한 번이라도, 짧은 키스라도."

요한의 얼굴은 열이 났다. 요한은 갑자기 모든 것을 잊은 듯, 여인을 자신에게 와락 끌어당겼다.

그때 출입문을 두드리는 소리가 들려 왔다. 그제야 여인은 이국적인 극장 단복의 스카프를 만지면서 무관심한 체했다.

요한은 방에서 이쪽으로 저쪽으로 서성거렸다.

출입문을 두드리는 소리가 다시 들려 왔다. 요한은 큰 소리로 말했다.

"들어 와요!"

페트로 도슈키가 방 안으로 들어섰다. 그는 잠시 두 사람을 쳐다보고 좀 아이러니한 감정으로 말을 꺼냈다.

"아마 내가 적당하지 못한 순간에 찾아왔나 보군요. 두 분의 춤 연습을 방해했으니. 요한, 하지만, 자네가 나를 곧장 극장에 오라 했으니."

요한은 그의 말 속에 놀리는 것을 느꼈지만, 모른 체했다.

"바로 적당한 시각에 왔네."

"나도 그렇게 생각해."

페트로 도슈키는 그렇게 말하고는, 그를 괴롭히는 억지 웃음을 없앴다. 그는 여자에게로 몸을 돌렸다.

"숙녀께 인사 올립니다. 이렇게 일찍이 다시 뵙게 될 줄은 엄두도 못 냈는데요."

"안녕하세요, 도슈키 선생님,"

그리고 그녀는 페트로 도슈키에게 손을 내밀었다.

페트로 도슈키는 몸을 숙여, 그녀의 뻗은 손에 입을 맞추었다.

"자! 보세요, 요한 바르디 유로비치. 도슈키 선생님은 정말 신사이군요. 이 분은 손의 키스를 아까워하지 않아요."

"요한! 요한! 자네가 숙녀의 아리따운 손에 키스도 하지 않았다니?! 아! 아! 아!"

페트로 도슈키는 열정적으로 질책했다.

"그것 보십시오! 저런 친구가 내 친구입니다. 숙녀께서 저 친구를 용서해주십시오……숙녀분의 섬세하고 아리따운 손에, 눈처럼 하얀 저 손에 키스하지 않다니 부끄러운 일 아닌가요?! 내가 자네라면, 아침부터 저녁까지 저 분의 손에 키스할 걸세."

"무슨 말인가? 나도 그렇게 할 수 있어!"

요한은 그렇게 흥분한 듯이 말하였다.

"곰입니다. 저 친구는 곰입니다. 숙녀님. 제 말 믿으세요! 내가 저 사람의 친굽니다. 저 사람을 난 잘 알아요."

여인이 웃고, 페트로 도슈키도 웃자, 요한도 그들과 함께 내키지 않는 웃음을 보였다.

출입문 앞에서 구둣발로 문을 차는 소리가 났다. 늙은 스테판이 점심을 가져 왔다. 그는 존경의 눈길로, 뭔가 예식을 거행하듯 출입문을 열고, 연극 공연에서 하는 것처럼 태연하게 말했다.

"점심식사를 대령했습니다요!"

"어디에, 스테판, 어디에요?"

페트로와 요한은 동시에 물었다.

"내 손에요."

노인은 위엄스럽게 대답했다.

요한과 페트로는 무대 위로 가, 그곳에서 탁자와 의자들을 가지러 갔다. 배우들은 이미 막사로 가고 없었다. 한편, 노인은 난로 위에 프라이팬을 놓고, 호주머니에서 식기를 꺼냈고, 자신의 오버코트에서 접시를 조심스럽게 꺼냈다. 식기는 식탁보에 조심스럽게 싸여 있었다. 여인은 모자와 모피 옷을 문에 박혀 있는 못에 걸었다.

여인의 우아하고 아름다운 몸매는 이제야 완전하게 드러났다.

페트로와 요한은 탁자 1개와 의자 세 개를 가지고 왔다. 그들은 하얀 식탁보로 탁자를 서둘러 덮은 뒤 접시를 올려놓고, 접시 위에 식기를 놓았다.

늙은 스테판은 난로 앞에 시중을 들 준비를 하고 서 있었다. 그러나 요한은 그에게 이제 가 봐도 좋다고 했다.

"스테판! 막사로 가도 됩니다. 몇 시간 뒤, 그릇들을 가지러 오십시오. 아시겠어요? 오늘 난 시내로 가봐야 합니다. 내 몫의 저녁 식사는 바르가 씨께 주십시오. 그 사람은 언제나 음식이라면 다 먹어치우거든요."

"그렇게 하지요! 막사 갔다가, 그릇들을 가지러 옵니다. 선생님은 시내로 가시고, 저녁 식사는 바르가 씨에게. 알았습니다."

그는 인사한 뒤 나갔다.

요한은 옆에 서 있는 여인에게 정중하게 의자를 권했다. 그리고 그도 앉았다. 나누어진 숟가락을 집어든 여인은 여전히 선 채 있었다.

"요한 바르디 유로비치 선생님, '제가' 안주인이 되라는 말씀인가요?"

그리고 여인은 천진스럽게 덧붙였다.

"적군으로부터는 아무것도 받지 않겠다고 제가 전에 말했지만, 적군에게 제가 아무것도 주지 않겠다는 이야기는 하지 않았어요."

요한은 미소 짓고는 자신에게 수프를 한 숟가락 가득히 떠 주는 여인에게 자기의 접시를 내밀었다.

"여자의 논리이지만, 매력적이군요."

"여자의 논리란 언제나 매력적이지요, 아주 틀리지만요."

페트로 도슈키는 그렇게 말하고는 여인 앞으로 자신의 접시를 내밀었다.

여자는 자신이 먹을 수프를 뜨고서 자리에 앉았다. 몇 분 뒤에 그들은 조용히 먹었다. 갑자기 고기를 먹을 차례가 되자, 페트로 도슈키가 갑자기 식탁에서 벌떡 일어나, 그의 오버코트 호주머니에서 포도주 2병과 잔 3개를 꺼냈다.

"오호, 난 형편없단 말이야! 포도주를 까먹을 뻔했어."

그가 소리쳤다.

"어디서 포도주를 구했나요?"

여인이 물었다.

"우리 막사 지하실에서요. 이 감로수는 의사들이 사용하는 막사에서 가져 왔거든요. 하지만 어떻게 구했는지 물었어요?! 간단해요. 건포도에다 설탕을 좀, 또 물을 첨가하면 돼요. 이건 우리 용감한 의사들의 특산품이지요."

"달마다 의사들과 당신 군대의 군목이 그렇게 많은 건포도를 왜 사는지 이제야 이해가 되는군요."

"아! 신부님! 우리의 유능하신 신부님! 그분 재미있는 분이군요. 특히 내가 그분을 만나지 않을 수만 있다면, 그분을 정말 존경합니다. 그분은 악마의 경전인 카드놀이 때도 한 장 한 장 넘기는 정말 경건한 분입니다. 그분은 술을 하마처럼 마시고, 자선기금으로 쓰라고 보낸 돈에 관심을 두고, 눈보라 때문에 불행한 군인들이 그 신부를 분간하지 못해 인사 못 했다고 군대 규율에 따라 뺨을 때리기나 하고, 밤마다 온 세상의 쾌……"

"흠! 아흠!"

요한은 경고하듯 기침을 했다.

"쾌-락-을 거장답게 단념하기를 시험하지요. 저어!"

"그분에게 화가 매우 난 모양이군요, 페트로 도슈키 선생님."

"난 그분에게 화내진 않아요. 무한으로 경멸할 뿐이라구요……더구나 이 불고기는 맛이 정말 좋군요. 안 그래요?……아, 난 얼마나 서툰지. 또 난 뭔가를 잊어버렸군요……잔에 술을 부어 주는 것, 그건 나의 임무인데.”
그리고 그는 그 잔들을 가득 채우고는, 자신이 잔을 높이 들고 건배를 제안했다.
“숙녀님! 사랑하는 친구! 오늘, 1917년 1월 18일에.”
“1918년이네요!”
요한은 그의 말을 정정해 주었다.
“그래, 좋아!” 도슈키는 자신의 잔을 다 비우고는 자리에 앉았다.
여인과 요한은 웃었다.
“재능 있는 웅변가이군, 페트로 도슈키! 안 그런가요, 숙녀님.”
“저 숙녀껜 그런 질문 필요 없네. 언제나 자네와 같은 의견이시니.”
“꼭 그렇진 않지요!”
여인은 반박했다.
“‘언제나이지요’, 숙녀님, 다만 ‘모든 일엔’ 아니지요!”
페트로가 고집스럽게 말했다.
여인은 얼굴을 붉혔다. 요한은 자신과 여인을 거만하게 바라보고 있는 페트로 도슈키를 책망하는 듯이 노려보았다. 그러자 갑자기 페트로 도슈키는 뭔가 아이디어가 떠오른 듯, 자리에서 일어나, 문을 향해 갔다.
“자네 어딜 가는가?”
요한은 물었다.
“요쵸에게! 저 불이 곧 꺼질 것 같아서. 장작이 모자라니까. 곧 내가 돌아오리다. 두 분만 있어도 지겹진 않겠지. 오늘 저녁 시내에서 발표할 발레 이야기는 아직 하지 않은 것 같군. 그렇지! 오늘 뭘 발표할 건가요?"

"<요정과 악마>를."

요한이 솔직히 그간 사정을 말하지 않으려고 여인이 재빨리 대답했다.

"아! 그건 정말 매력적인 발레입니다……요한은 그 곡 정말 좋아해요……그럼, 내 곧 돌아오리다."

그는 잠시 자리를 떴다. 용서 구하는 표정의 여인은 요한에게 살짝 웃었다. 그는 혼돈되어, 바닥만 내려다보았다.

"왜 거짓말해요?"

"조금만 거짓말했을 뿐인데요…… 조금 거짓말했을 뿐인데……"

"내가 그 친구에게 진실을 말할 거란 것은 알고 있지요."

"그러나 지금은 아니에요. 큰 차이점은……뭔가 받아들일만한 걸 생각할 시간이 우리에겐 있어요……"

"하지만 왜 그랬소? 왜 언제나 거짓말을 해요?"

"당신 말이 맞아요, 요한! 이젠 우리 거짓말 그만 해요! 우린 서로 말합시다! 사랑한다고요!……자, 말해 봐요!"

"안 돼요!"

"왜 안 돼지요?"

"당신을 사랑하지 않아요."

"당신은 거짓말하고 있어요, 요한!……조금 당신은 아주,

정말 아주 큰 거짓말을 잘 하시는군요……"

여인은 요한의 양 볼을 때리듯 만졌다. 그는 그런 장난을 허용하고는 꿈 속으로 빨려 들어갔다.

"이제 말해 봐요, 요한. 내가 당신을 사랑하기에 거짓말했다고요……자, 어서요!"

요한은 그 여인의 말과 반대로 말해 보려 했지만, 성공하지 못했다.

"자, 말해 줘요,내 사랑!……그럼 이렇게 말해 줘요. 난, 캬탸, 당신을 정말 사랑하기 때문에 거짓말했다고 말해 줘요……"

"안 돼요, 안 돼요, 안 돼! 난 당신을 사랑하지 않소. 난 당신을 증오하오. 당신은 내가 가진 것을 뺏어가려 하니 난 당신을 증오하오. 당신은 내 생각과 내 꿈을 훔쳐 갔기에 당신을 싫어하오. 난 당신을 증오하오……"

여인은 요한의 가슴으로 파고들었다.

"야옹! 야옹! 야아옹! 아야아옹!"

페트로 도슈키의 목소리가 밖에서 들려 왔다.

여인은 다시 자신의 자리로 가서 앉았다. 여인의 모습은 신경이 쓰이는 듯이 분주했고, 두 눈은 들어서는 페트로 도슈키를 향해 빛을 던졌다.

"도슈키 선생님, 정말 고양이 흉내를 잘 내시는군요!"

"찬사는 고맙지만, '진짜' 고양이와 비교하면, 아주 서툴러요."

요한은 화가 나고 흥분이 되어 얼굴이 빨개진 채, 날카롭게 그에게 물었다.
"왜 고양이 소리 냈어?"
"내가 극장에서 암고양이를 봤지."
그리고는 페트로는 헝가리말로 덧붙였다.
"오늘 밤, 시내에서 어느 창문 아래 바로 제 시각에 야
옹하고 있을 여인에겐 뭘 줄 건가?"

제4장. 11명의 전쟁 포로

예술인 막사 안의 제10호실에 사람들이 탁자를 가운데 두고 있었다. 즐겁게 이야기를 나누며 사람들은 함께 앉았다. 제10호실 사람들은 이삼 개월 전만 하더라도 먼 조국에서 자유를 누리다가 이젠 같은 처지에 빠져버린 새로 들어온 사람들을 위로하였다.

맞은편 독일 예술인 방에서 기타를 튕기는 소리, 시끄러운 노래가 들려 왔다. 하임뮬러는 헝가리 사람들이 쓰는 방에 없었다. 그는 새로 알게 된 사람들을 역시 위로하는 자기 동포들이 거주하는 방으로 갔다.

페트로 도슈키와 요한 바르디도 방에는 없었다. 이미 늙은 스테판이 요한이 외출했다는 것을 알려, 사람들은 요한을 기다리지 않았다. 아마 페트로 도슈키는 나중에 올 것이다.

탁자 주위에는 헝가리의 여러 지방에서 온, 11명의 전쟁 포로가 앉아 있었다. 모두 전형적인 예술인들이었다. 재능 있는 시인인 케체멘이 중앙에 앉았다. 그의 양옆으로 손님 두 사람이 앉았다.

케체멘은 이제 겨우 몇 주간 러시아 빵을 먹게 된 새 포로들에게 뭔가 활달하고 즐거운 이야기를 하고 있었다.

"……그리고 텐트마다 경비가 삼엄했어요. 그럼 어떻게 달아났느냐고요? 칼과 총을 찬 경비병은 철로 된 대문 앞에 서 있었지요. 아침 일찍 나는 다른 세 사람과 함께 일어났어요. 담배통을 하나 찾아, 삼발이를 만들어 둔 막대 위로 그 담배통을 못질하고는, 일행 중 누군가의 배낭 안에 우연히 남아 있던 전문가용 줄자를 갖고 정원으로 나왔어요. 그때부터 우리는 코미디를 시작했어요. 손엔 공책을 들고, 뭔가 계속 적어 나가면서, 나는 그 삼발이를 이쪽으로, 저쪽으로 옮겨라는 명령을 내렸지요. 경비병은 우리를 부러운 듯이 바라보더군요. 한편, 다른 두 사람은 색칠한 긴 막대와 줄자로 땅을 재어 나갔지요. 경비병은 눈을 껌벅거리면서 지켜보더군요. 한 걸음 한 걸음씩 우리는 대문으로 다가갔습니다. 그리고 마침내 우리는 대문에 다다랐지요."

"그럼 그때 경비병은요?"

손님들 중에 누군가 참지 못하고 물었다.

"가만 들어보십시오! 우리가 3코펙4) 짜리 동전으로 도장을 위조해, 헝가리어의 뜻 없는 말을 러시아 문자로 써 놓은 종이를 경비병에게 내밀었지요. 경비병이 이를 보고는, 그 도장을 유심히 오랫동안 살펴보더니, 거수경례하며, 대문을 열더군요. 우리는 측량을 계속하였고, 말 그대로 우리는 텐트에서 우리가 얼마나 멀리 나왔는지 측량할 수 있었지요. 그때부터 내가 문맹자들을 괴롭힌 셈이 되었지요."

새로 온 포로들은 웃었고, 늘 그 이야기를 들어오던, 오래된 포로들도 즐거이 웃었다. 케체멘은 계속했다.

---

4) 역주: 러시아의 화폐 단위. 1루블=100코펙

"그런데, 돌아간다는 것은 벌써 더 어려운 일이더군요…… 당시에 뭔가 갖고 다닌다는 것은, 특히 고기를 갖고 다니는 일은 허락이 안 되는 일이었지요. 러시아사람들은 계속 다가서는 적군들을 그런 식으로 골탕을 먹이려고 했습니다…… 우리는 인근 마을에서 돼지 한 마리를 샀어요…… 하지만 어떻게 불법으로 일을 저질러야할 지,그게 문제이었지요? 도슈키가 좋은 아이디어를 냈답니다. 10개 이상의 막사를 관장하는 인근 보병대대 안에도 병원이 있었어요. 적십자 마크를 붙인 간호사들은 자유롭게 출입하는 권리를 가지고 있었어요. 우리는 이점에 착안해 궁리를 하나 했지요. 종이 끈을 몸에 걸치고, 우리는 장대 두 개로 들것을 만들어, 그 들것에 죽은 돼지를 눕히고, 피를 흘리는 돼지머리를 천으로 감아, 돼지 머리 정수리에 군인 모자를 씌웠어요. 그리고 그 위로 두꺼운 군복을 덮고, 그걸 들고 고향으로 출발했어요. 도슈키와 제가 지휘자가 되었어요. 그렇게 오는 도중에 우리의 상처 입은 동무에 대해 큰 관심을 표시하는 러시아 장교도 몇 명 만났어요. 도슈키가 그 장교들에게 감동의 이야기를 해 주었지요. 코사크 기병대 대령이 우리의 불행한 동무를 칼로 내리치는 바람에 그는 상처를 입었다고 했지요. 그가 그 대령에게 경례하지 않았기 때문이라구요. 장교들은 그의 말을 그대로 믿더군요. 왜냐하면, 모두가 코사크 기병대 대령의 악명 높은 잔혹한 성질을 알고 있었기 때문이지요. 그들도 동정하며 고개를 절절 흔들고는, 용기를 북돋는 말도 해 주더군요.'어서 의사에게 저 사람 데리고 가시오!'라고…… 그리고 우리는 그곳을 서둘러 빠져나왔어요! 이제 우리는 러시아 경비병이 지키고 있는 대문에 도착하게 되었지요. 하나님, 도우소서! 그 경비병은 그 피 흘리는 몸체를 보고는 말없이 대문을 활짝 열어주더군요. 한편 그는 열 번 이상이나 성호를 그어대더군요…… 그렇게 해서 우리는 그 엄격한 차르 정부를 골탕 먹이는데 성공했지요."

케체멘은 그렇게 말을 끝냈다. 요란한 웃음소리가 오랫동안 그 뒤를 따랐다.

그때 갑자기 문이 열렸다. 도슈키가 들어섰다. 모두 갈채를 보내듯 그에게 인사했다.

"아! 요한은 어디 두고 혼자 왔습니까?"

"그는 시내에 잠깐 볼일이 있어 갔네."

페트로 도슈키가 대답했다.

"그 검사 부인과 함께 갔지요, 안 그래요?"

머리카락을 길게 기르고 있는 화가인 숄라쓰가 나서며 말했다.

"그렇소!"

"그가 당신과 함께 오지 않은 게 더 행복한 일이군요. 그가 오면 열세 사람이 이곳에 모이게 되니 말입니다."

뚱보인 바르가는 미신 이야기를 했다.

"정말 그렇군요. 열셋이 되려면 한 사람이 부족하네."

손님 중 한 사람이 확인해 주었다.

"열셋째는 미신적인 숫자지요. 이 방에 열셋째로 들어오는 사람은 올해 죽는대요."

"사람은 언젠가 죽지."

도슈키는 웃었다. 다른 사람들도 그와 함께 웃었다.

누군가 문을 두드렸다. 모두 조용해졌다. 모두 가벼운 마음이지만, 그 미신에 모두 휩싸여 있었다.

문 바깥쪽에 서 있던 사람이 계속 두드렸다.

"이제! 들어오십시오! "

케체멘이 들어오도록 허락했다.

키가 작고 볼품없는 얼굴의 **이조르 스테이너**가 그 문에 모습을 보였다. 그는 옆 막사에 사는 포로이자, 장사꾼이었다. 그는 함박웃음을 한 채, 문 앞에 섰다.

"즐거운 시간이군요, 자원입대자 여러분! 즐거운 시간이 되십시오!"

"어서 와요, 이조르!"

페트로 도슈키가 말했다.

"뭘 가져 왔어요?"

이조르는 바닥에 모자를 조심스럽게 놓고는, 겨드랑이 아래서 검정 바지를 **빼**냈다.

"이거요! 바지!"

"아! 그렇군요!"

"그렇지요! 바지라고요! 난 침상에 누워, 생각해 보았지요. 내가 침상에 누워있으면 언제나 생각에 잠긴단 말입니다. 그때 갑자기 내 머리에 이런 생각이 떠오르더군요.

살로몬이 장교 텐트에서 검은색 장교 바지를 팔러 가져 왔다는 생각이 들었어요. 살로몬은 내 조수이자 동업자 이지요. 저어! 며칠 전에 요한 바르디 선생님이 그분의 연미복에 어울리는 검은색 장교용 바지를 얻어 달라 한 것이 내 머리에 떠오르더군요. 그래서 침상에 누워있으면서, 살로몬에게, 내 조수이자 동업자에게 요한 바르디 선생님께 이 바지를 보여주고 와야겠다고 했지 뭡니까. 그러니 그가 그러세요 라고 하더군! 살로몬도 찬동했지요. 침상에 누워, 우리 막사의 창문을 통해 보니까, 여러분이 계시는 이 방 창문에 불이 켜져 있음을 알았지요. 아마 요한 바르디 선생님이 이 방에 계실 것이라는 생각이 떠오르자, 바지를 들고 여기 오게 된 거지요."

"요한 바르디 선생은 여기에 안 계셔요. 그는 시내로 가, 내일에야 올 거요."

"일없어요. 그럼, 여기 그분 대신에 페트로 도슈키 선생님이 계시니까요. 페트로 도슈키 선생님이든 요한 바르디 선생님이든 매 일반이지요."

"달-라-요!"

"거의! 난 그렇게 봐요. 거의요! 더구나 바지도 있으니. 날 좀 보세요, 도슈키 선생님! 이건 정말 새 거라고요."

이조르는 승리한 듯 눈빛을 반짝이며, 바지를 보여주었다. 도슈키가 그걸 보았다.

"그래 거의 맞군요! 꼭은 아니지만요!"

이조르는 웃었다.

"저어, 이게 완전한 새것은 아니지만, 정말 좋은 상태라고요."

도슈키는 바지를 훑어보았다. 탁자 주위로 사람들은 여자의 도덕심 이야기를 나누고 있었다. 손님 중에, 젊은 사관후보생인 손님은 자신의 애정 행각을 과장해가며 늘어놓았다. 다른 사람들은 귀가 솔깃해 듣고 있었다.

"이 넝마 같은 옷 얼마 받고 싶어요, 이조르?"

페트로 도슈키가 흥정을 시작했다.

"넝마라구요?! 넝-마-같-은-옷-이-라-니요!? 도슈키 선생님, 이 멋진 바지를 헝겊이라고 말씀하시니 눈이 없으신 모양이네요? 이렇게 멋진 바지를 난 한 번도 입어 보지도 못했어요. 내가 결혼할 때에도. 선생님을 속인다고 생각하는가요? 이게 바지가 아니라면, 하나님께서 식구를 늘려 주신 우리 가족을 내가 다시 만나지 못할걸요."

"알았어요. 그래, 값이 얼마요?"

"겨우 12루블. 12루블만 내세요."

페트로 도슈키는 바지를 되돌려 주고 탁자 쪽으로 가 앉으려고 했다.

이조르는 페트로 도슈키의 소매를 잡았다.

"그럼 얼마요?"

"너무 많이 요구하내요. 그 가격엔 안 사는 편이 나아요!"

"11루블, 도슈키 선생님! 11이면 남는 게 별로 없다구요."

"바지는 5루블 정도의 가치처럼 보이지만, 내 7루블을 드리지요. 어떤가요?"

"날 미친 사람으로 보는군요. 이걸 팔아 달라고 내게 맡긴 장교님이 이 바지를 5루블에 팔았다고 한다면, 제 목을 날려 버릴 걸요."

"7루블로 하지요, 이조르. 7루블."

"저어? 그러면 내 이윤은 어디서 찾나요?"

"더 이상의 가치는 나가지 않아요. 바지를 통해 별도 다 볼 수 있겠는군요."

"별도 보인다고요? 바지를 통해 별을 보고 싶다고? 이렇게 섬세하게 짠 걸로?"

이조르는 바지를 전등불 빛에 올려 보았다가, 갑자기 그것을 다시 내렸다.

"이 바지를 통해 별을 볼 수 있다면 나를 지저분한 개라 부르세요. 하지만, 이 늙은 이조르가 나쁜 사람이라는 것을 말하지 않게 하려면, 내가 값을 깎아 드리고, 대신 내가 그 장교껜 그저 선심을 쓰듯이 어느 매우 가난한 군인에게 이 바지 팔았다고 설명하지요. 그럼 되겠지요? 11루블이라고 내가 말했지요. 그럼 10루블로 하지요. 이제 더는 흥정하려고 하지 마세요, 도슈키 선생님, 이젠 흥정은 안돼요. 왜냐하면, 이리 되면, 내가 이런 사업에서 잃을 것은 다 잃게 되거든요. 난 평생고객을 잃고 싶진 않네요."

"이조르!" 페트로는 그를 부르고는, 지갑에서 8루블을 꺼내 그 장사꾼에게 내밀었다. "여기 있어요, 8루블! 이걸 받고 바지를 놓고 가든지, 안 그러면, 그걸 갖고 가세요."

"아! 아! 너무 강요하시네요, 도슈키 선생님! 하지만 어떡하겠어요? 난 예술인들을 정말 좋아하니까. 내가 그 장교에겐 이 바지를 어떤 러시아인이 뺏어갔다고 말하지요. 그럼, 가지세요, 이 바지. 하지만 다른 사람에겐 내가 그렇게 싼 가격에 팔았다곤 말씀하시면 안 됩니다. 살로몬에게도, 내 조수이자 동업자인 그 사람에게도 난 러시아인이 그걸 뺏어갔다고 말할 테니까. 내가 이걸 선물 주듯이 준 걸 그가 알게 된다면, 그는 기절초풍할 걸요."

"선물은 난 바라진 않아요. 바지 도로 가져가세요. 그럼 이만."

"아이아이! 그렇게 자신만만하진 마십시오, 도슈키 선생님. 난 선생님께 마음 쓰이게 하고 싶진 않아요. 난 다만 나의 양심을 진정시키고자 할 뿐이지요. 그럼!"

이조르는 요한 바르디의 침상에 바지를 놓고는 돈을 받아 몸을 숙이고 자신의 모자를 집어 인사를 하려고 했다.

"당신이 이 방에 열셋째로 있었던 사람인 줄 알아요?"

바르가가 지금 떠나는 그 장사꾼에게 그 말을 던졌다.

"에이! 저어, 난 아름다운 상거래만 했을 뿐인데."

이조르는 걱정스런 얼굴이 되어, 표정도 절망적이었다.

"난 겨우 3루블 벌었는데, 죽음이라니."

"이조르, 걱정하진 말아요! 우린 모두 우리 생애가 끝나는 날엔 죽음을 맞을 거요. 우린 모두 죽을 겁니다."

페트로 도슈키는 미소를 지으면서 그를 위로했다.

"하지만, 열셋째로 죽는다는 것과는 큰 차이가 있지요."

이조르는 한숨을 한 번 내쉬고는 떠나갔다. 페트로는 사람들이 모여 있는 탁자로 돌아왔다. 아직도 여전히 그 젊은 사관후보생은 과장을 섞어 말하고 있었다.

"그렇죠! 그렇다고요! 여자란 어디에서나 여자라구요. 러시아에서뿐만 아니라, 어디든지 도덕성은 떨어져 있어요. 우리 여인들은 정숙한 여자라도 될 줄 아십니까? 전혀 아니라고요! 내가 근무했던 수비대가 있던 도시에서 난 정말 멋진 애인을 하나 사귀었다고요. 정말 매혹적인 여자였고요. 말 그대로 멋진 여자이지요. 열성적이고, 만족을 모르는 여자더라고요. 거리에서 그 여자를 만나면, 온화한 모습, 정말 진지한 얼굴의 마돈나 같지만, 집에서는…… 집에서는 둘째가라면 서러운 악녀였다고요……"

"자네가 그런 모험을 이야기하는 것이 부끄럽지 않은가?"

페트로 도슈키가 그를 질책했다.

"이중에는 고향에 아내가 있는 사람들이 있고, 그런 환상에 이 사람들이 얼마나 고통을 느낄지 자넨 모르나? 난 그런 허풍을 좋아하지 않아. 더구나 정직한 여자는 무덤에 갈 때까지 충실하다고."

"제가 거짓말했다고 생각하십니까?"

사관후보생은 공격적으로 대답했다.

"전혀 그렇지 않아요! 내가 참호로 떠나기 전에, 그 여자는 자기 사진도 주었다고요. 그걸 믿지 않으시면, 내가 그녀 사진을 보여 드릴 수도 있다고요. 그 여자가 아름다운 여자라는 내 말이 허풍이 아니라는 것을 밝혀 줄 겁니다, 자 봐요."

그리고 그는 자기 호주머니에서 종이 뭉치를 꺼내, 그 속에서 그 사진을 찾아냈다. 그리고는 탁자 위로 그 사진을 던져 놓았다.

"이걸 보시면 확신이 갈 거예요!"

모두 호기심으로 그 사진을 내려다보았다.

갑자기 그 방에서 한탄에 가까운 외침이 크게 들려 왔다. 마치 번개가 치듯이 그 외침이 들려왔다.

"내 아내다!"

광란의 외침이 있고 난 뒤, 가장 말이 없던, 같은 방 소속인 **도글러**가 험상궂은 표정으로 그 사진을 쳐다보았다.

"내 아내야!"

그리고 그의 목소리에는 울먹임과 함께 떨림이 있었다.

도슈키는 갑자기 사관후보생에게 달려들어, 출입문으로 그 후보생을 끌고 갔다. 도글러가 갑자기 맹목적으로 난폭해져, 사관후보생에게 달려들자, 케체멘은 그 광란의 도글러를 말리고 있었다. 대단한 싸움이 시작되었다. 화가 나, 온몸에 손톱으로 할퀴고 있는 불행한 도글러를 몇 사람이 말렸다. 다른 사람들은 그 불쾌한 분위기를 만든 방문객을 내쫓았다.

"내 아내가! 내 아내가!"

도글러는 울먹이며, 난폭하게 발을 차면서 분을 이기지 못했다. 그는 자신의 점퍼를 찢고, 가슴을 손톱으로 긁자, 핏줄 자국이 생겼다.

"도글러! 정신 차려!"

케체멘이 그를 진정시키면서 붙잡아 보려고 애썼다.

"이봐! 이 친구야! 도글러!"

"내 아내가! 내 아내가!"

똑같은 한숨소리가 몇 분 동안 여전히 계속되었다. 이 방에 모인 사람들은 어떻게 해야 할지, 무슨 말을 해야 할지 모른 채, 혼돈 속에 서 있었다.

갑자기 도글러는 자기 침상 위 벽에 붙어 있던 가족사진 쪽으로 달려갔다. 그의 아내와 그의 딸 사진이 붙어 있었다. 두 사람 가운데, 도글러가 1년 전에 집으로 보냈던 자기 사진과 똑같은 사진을 끼워 두었었다. 그는 몇 주 전에 자기 가족사진을 받고, 그 속에 자신도 단지 그림이지만, 함께 있음을 볼 수 있듯이 바라보며 얼마나 즐거워했던가! 그는 기뻐 눈물조차 흘리지 않았던가!

도글러는 벽에 걸린 사진을 찢어 난로에 집어넣어 버렸다. 그는 사진이 불타는 것을 바라보았다. 아무도 그의 그런 행동을 제지할 용기가 나지 않았다.

그는 다시 자기 자리로 가, 그의 자리 밑에서 군용 사물함을 꺼냈다. 그는 사물함을 열어, 먼 고향에서 보낸 아내의 편지뭉치도 꺼냈다. 그는 다시 거칠게 그 뭉치도 불 속에 넣고, 굳은 맹세와 거짓 감정의 내용이 재로 변하는 것을 미친 사람처럼 바라보았다.

편지 뭉치는 마침내 불이 붙었다. 도글러는 단번에 문으로 달려갔다. 사람들이 그의 그런 행동을 제지하기도 전에, 그는 추운 밤의 바깥으로 달려갔다.

달빛은 약하게 비추고 있었다. 눈이 추위에 바싹바싹 소리를 내고 있었다.

도글러는 온 힘을 다해 달리면서, 자신이 입고 있는 점퍼와 속옷을 길바닥에 차례대로 벗어 던졌다. 페트로 도슈키가 뒤를 따라갔지만, 그에게 닿을 수 없었다. 갑자기 도글러는 온 힘을 소진한 듯, 언 땅으로 쓰러져 격정적인 울음을 터뜨렸다.

"갈보년!……더러운 갈보년!"

이제 도슈키가 도글러에게 다다랐다. 페트로 도슈키는 무릎을 꿇고, 달려오면서 집어온 옷들을 그에게 덮어 주었다.

"도글러! 이 친구야!…… 정신 차려!"

"난 죽고 싶어요! 죽게 내버려 둬요!"

"무슨 그런 생각 없는 말인가!…… 도글러! 정신 차리게!"

도글러는 갑자기 몸이 굳었다. 전신이 경련을 일으키듯 떨렸고, 손은 덜덜 떨며 땅을 긁고 있었고, 입가에 거품이 일었다.

"도글러! 도글러! 이 친구야!…… 이걸 어떡하지? 어떡하지?"

도슈키는 무력해져 주위를 둘러보았다. 멀리서 사람 모습이 보였다. 그는 혼신을 다해 불렀다.

"헤이! 이보세요! 이곳으로 좀 와 봐욧! 도와줘요!"

멀리 보이던 사람은 발걸음을 서둘렀다.

"어서, 좀, 하나님의 사랑을 생각해서요!"

페트로는 외쳤다.

그 사람은 달려오기 시작했다. 밤의 침묵 속에서 도글러의 숨넘어가는 듯한 그르렁대는 소리와, 다가오는 발소리만 저벅저벅 들려 왔다.

"어! 누구세요?"

여자 음성이 들려 왔다.

"당신, 피자 맞지?"

"그래요!"

"어서 막사로 달려가서, 케체멘을 찾아 급히 오라고 해요!"

"사고인가요?"

"그래! 그래! 급히 가!"

"요한 바르디 선생님인가요?"

"아니! 도글러!"

피자가 다가가, 윗몸을 드러낸 그 불행한 이를 바라보고는 자신의 모피 옷을 서둘러 벗어 도슈키에게 주었다.

"이걸 덮어 주세요!"

그녀는 그렇게 외치고는 달려갔다.

예술인 막사 쪽에서 벌써 몇 명이 달려 왔다. 피자는 그들에게 소리쳤다.

"빨리요! 저기요! 길이 꺾어진 곳에요!"

그녀는 의료인 막사로 달려갔다.

케체멘은 같은 방 동료들과 함께 그 길이 꺾어지는 곳에까지 가, 땅에 쓰러져 있는 그 불행한 처지의 동료를 땅에서 일으켜 세웠다. 그들은 그를 부축하여 막사로 서둘러 갔다.

도글러는 숨을 몰아쉬며, 숨이 넘어가는 듯했다.

그들은 예술인 막사의 제10호실에 도착했다. 도글러를 그의 침대로 눕히자마자, 곧 문이 열리고 피자가 의사 한 명과 함께 방으로 들어섰다.

포로인 의사는 환자를 바라보았다.

"간질병이군!"

그는 짧게 말하고는 능숙하게 진정시키는 치료를 시작했다. 도글러는 잠시 뒤에 정신을 차렸지만, 그것도 1분여 동안이었고, 그 뒤, 잠을 이기지 못해 눈을 감았다. 이젠 맥박도 평상으로 돌아왔다. 피자는 도글러 침상의 가장자리에 앉아 동정하듯 그를 바라보았다.

"이젠 충분히 휴식할 수 있도록 하세요! 아무도 신경 쓰이게 하지 말고!"

의사는 주의를 환기시켰다.

"내일 내가 다시 오리다."

의사가 돌아갔다. 방에는 무거운 침묵이 흘렀다. 동료들은 침상에 말없이 앉아 있었다. 피자는 자면서도 몇 번씩 한숨을 내쉬는 도글러의 상처 난 얼굴을 건드릴 듯 말 듯 조심스럽게 쓰다듬어 주었다.

페트로 도슈키는 탁자에 가 앉았다. 그의 시선은 벌써 잊고 있는 사진을 오랫동안 탐색하듯 바라보았다. 그는 피곤한 머릿속 생각을 하나둘씩 따라가고 있었다. 그는 언제나 유혹하는 사건을 기억하고 있었다. 그는 위로하듯 환자를 한 번 쳐다보고는, 탁자에서 일어 나, 그의 침상 쪽으로 걸어갔다.

페트로 도슈키는 잠시 멈추어 서서는, 자신의 기분을 그대로 보이려고 몸을 숙여, 아가씨의 이마에 키스했다.

아가씨는 깜짝 놀라 그를 바라보았다. 페트로는 혼돈되었다.

“당신은 착한 아가씨야, 피자! 아주 착해요. 인정이 있는 사람이라구요.”

아가씨는 아무 대답이 없었다.

“이마에 키스했다고 화났어요?”

“그 때문에 고마워요, 도슈키 선생님…… 정말 고마워요.”

그녀는 조용히 울먹였다. 페트로는 다시 탁자로 돌아가, 그곳에 놓인 사진을 손에 집어 들었다. 그러면서 그는 자신에게 중얼거리듯이 말했다.

‘첫눈에 이상적인 개똥벌레 같은 여자라고 말하지만, 잠

시 뒤에는 그 여자가 들판의 빈대로 다시 생각하게 하는 그런 여자도 있지.'

그는 그 사진을 자신의 호주머니에 넣으면서, 동료들에게 단단히 일렀다.

"오늘 있었던 일은 한 마디도 요한에게 하면 안 되네!"

제5장. 열차 이동

열차가 움직이고 있었다. 객차 안 의자에는 냉기가 퍼져 있었다. 석유등은 썰렁한 내부를 밝혀 주고 있었다. 객실 창문마다 두꺼운 얼음무늬가 덮고 있었다.

한쪽 모퉁이로 고쳐 앉으며, 요한은 말없이 실내 칸의 작은 문에 달린 녹슨 손잡이를 바라보았다. 동행한 여인은 추위를 조금이라도 녹이려고 그에게 밀착해 왔다.

그들 맞은편에는 앉은 채 코 골며 자는 뚱보 농부가 있었다.

"요한 유로비치, 저 사람 코 좀 골지 않도록 해 보세요." 여인은 신경 쓰인 듯이 말했다.

"난 저렇게 코 고는 소린 참을 수 없어요."

요한은 낮은 소리로 휘파람을 불었다. 코 고는 소리가 좀 낮추어졌다. 여인은 살짝 웃었다.

"아주 많이 잘하시는군요, 요한 바르디 유로비치. 이 방법을 남편에게 써보아야지. 그이도 심하게 코를 골거든요."

요한은 낮은 소리로 응수했다.

"우리 방에서라면 당신이라면 어떻게 할 거요? 특히 **바르가**라는 포로가 코 골 때는요. 그가 코를 골 때는 늑대 가죽 벗기는 것 같단 말이요."

이때 차장은 검문하는 민병대원과 함께 왔다.

"신분증 봅시다. 승객 여러분. 신분증!"

요한은 자신의 여행증명서를 보여주었다. 그의 여행증명

서와 승차표는 이상이 없다.

이제 민병대원은 잠자고 있는 농부를 흔들어 깨웠다.

"이보시오! 일어나요! 신분증 봅시다!"

농부는 잠에 고픈 듯이 호주머니에서 너절해진 마분지 같은 것을 꺼내, 그에게 주었다. 민병대원이 그것을 검사하고 있는 동안에도, 그는 다시 잠자고 또 심하게 코를 골았다.

여인은 양손으로 귀를 막았다. 민병대원과 차장은 큰 소리로 웃었다.

"승차표도, 손님! 승차표도 주시오!"

차장은 그를 흔들었다.

"어! 뭘요?"

"승차표요, 손님!"

"아하! 곧…… 곧…… "

농부는 한참 뒤지다가, 간신히 의복의 어느 안주머니에서 승차표를 찾아냈다. 그 안에는 지갑도 들어있었다. 1루블과 3루블 지폐 몇 장이 호주머니에서 떨어져 나왔다. 요한은 그걸 집어 들어, 잠 고픈 농부의 손에 집어 주었다.

"저어! 이건 뭐요?"

농부는 물었다. 그리고 이해를 못 하는 듯이 그 지폐를 내려다보았다.

"당신 돈이오! 이걸 당신이 떨어뜨렸어요."

요한은 설명해 주었다.

"그래요?…… 내 돈이라?…… 알았어요!"

그리고 그는 자신의 바지 주머니에 돈을 쑤셔 넣었다.

민병대원과 차장은 웃으며 지나갔다.

농부는 또 곧장 잠들었다. 다시 코 고는 소리가 들렸다. 요한은 다시 휘파람을 불었다. 코고는 소리는 중단되었지만, 잠시뿐이었다. 여인은 신경질을 냈다.

반 시간 동안에 그런 일이 반복되었다.

기차는 작은 역에 섰다. 여인은 앞으로 서둘러 나갔다. 그리고 요한이 여인을 따라가려고 했을 때, 누군가의 손이 그를 잡는 것을 알아차렸다.

요한이 뒤를 돌아보자, 농부는 그에게 헝가리 말로 주위를 살피면서 속삭였다.

"동무! 오늘 이 도시엔 들어가지 마시오!"

"왜요?"

"더는 이야기는 해 줄 수 없소……내가 말을 하게 되면, 너무 많이 하게 되거든요."

"난 이 여자분을 시내까지 모셔다드려야 됩니다."

"이 여자가 당신 애인이요?"

"아니요."

농부는 어깨를 으쓱했다.

"당신 하고 싶은 대로 하시오! 같은 나라 사람인 당신에게 좋은 뜻에서 하는 경고라고요."

밖에서 여인이 기다리고 있었다.

"요한 바르디 선생님! 서둘러요! 날씨가 차요."

여인은 요한을 불렀다.

요한은 낯선 사람의 얼굴을 유심히 쳐다보았다.

"당신은 누구요?"

농부는 자신의 외투 단추를 풀고는 가슴에 단 붉은 휘장을 보여주었다. 한동안 그는 요한에게 내리기를 만류하더니, 갑자기 자신은 출구 반대편 쪽의 다른 출구를 통해 기차에서 내려, 선로를 건너, 인근 숲으로 사라졌다.

요한은 깜짝 놀라, 불길한 예감을 느끼면서 그가 뛰어가고 있는 쪽을 바라보았다.

"요한 바르디 선생님, 무슨 일입니까?"

그새 다시 기차에 돌아온 여인이 호기심으로 물었다.

"아무것도 아니오!"

요한은 별일 없다는 듯이 대답했다.

여인은 요한이 뭔가를 생각하는 표정을 탐색했다.

"무슨 일 있었어요?"

"그렇소! 무슨 일이 있었어요. 그리고 난 어떡해야 할지 모르겠어요."

"무슨 이야기인지도?"

"오늘 저녁에 이 도시에 무슨 일이 벌어질 것 같아요. 아마 무슨 정치적 변화가."

"어떻게 그걸?"

"난 모르겠어요. 하지만, 방금 그 농부는 볼셰비키 배지를 달고 있었어요."

"그런데, 그런 배지는 많은 사람이 달고 다니는 거요. 아무엇도 아닌걸요."

"하지만 그는 나더러 시내로 들어가지 않는 것이 더 좋을 거라고 했어요."

"그래서 겁먹으셨다!"

여인은 말했다. 요한에게는 그녀가 조금 경멸조로 말함을 느낄 수 있었다.

"난 겁내지 않아요, 하지만 불에 뛰어드는 것보다 불길한 일을 피하는 편이 더 현명하지 않아요."

"그럼, 나를 집에 바래다주지 않을 건가요?"

"그렇게 난 말하지 않았소. 무슨 일이 있어도, 당신을 데려다주어야지요. 오늘 같은 날 정말 내가 당신을 지켜주어야지요."

그리고 두 사람은 기차에서 내려 시내로 향했다.

조용한 밤이었다. 하늘에는 하얀 구름 사이에서 잠이 고픈 듯 작은 별빛이 깜박거리고 있었다.

요한과 여인은 인적이 없는 대로와 작은 길들을 급히 지나갔다. 여러 번 개 짖는 소리가 길게 들려 왔다.

"개들이 저렇게 짖어대니."

요한은 낮은 목소리로 말했다.

"밤마다 개들은 짖는다고요."

그리고 여인은 놀리는 듯 눈길을 보냈다.

"밤마다는 아닐 거에요. 난 이 시내를 밤에 백 번도 더 다녔지만, 오늘 밤처럼 이 시가지가 죽음의 도시처럼 느껴진 적은 없었어요…… 저 작은 집을 봐요. 저기 저 집

이 **메드베듀크**, 그 호랑이가 사는 곳인데, 저 집은 초저
녁에는 언제나 불이 켜져 있었어요. 지금은 창문에도 불
빛이 보이지 않는군요. 호랑이는 위험을 예감할 줄 알아
요. 난 그가 시내에 없다고 내기를 할 수 있소."

"왜 당신은 메드베듀크 씨를 '호랑이'라고 하나요?"

"그는 정말 호랑이니까요. 러시아 군인들은 언제나 그를
호랑이라 부르더군요. 우리 포로들은 그런 적합한 수식
어를 그대로 사용하기만 할 뿐이라고요. 난 한 번도 잔
인한 그 사람을 만난 적은 없어요. 그는 잔인할 뿐 아니
라 피만 쫓는 사람이라고요."

"하지만, 호랑이는 매력이 넘치는 부인과 예쁜 딸도 있
어요. 호랑이의 부인을 당신 친구분이 아주 좋아한다고
요. 도슈키는 그 부인을 아주 동정하고 있다니까요."

"도슈키가요? 도슈키는 불행한 여자와 남자만 동정할
뿐. 호랑이가 사령관이 되어 가족과 함께 우리 포로수용
소에 부임했을 때, 그런 동정이 생겼겠군요. 스위스 적십
자사가 방문한 뒤로, 돌연 칙령이 내려져, 그 호랑이가
이곳으로 이사했다고요."

"그래요, 나도 생각이 나는군요. 우리 시내 사람들이 그
일에 말이 많았다고요."

"호랑이는 여러 잔혹한 일을 저질러, 직위를 사임해야
했어요. 그가 저지른 가장 잔혹한 짓은 포로들이 가득
있는 열 개의 막사에 불을 지르도록 명령을 내린 일이었
지요. 막사에는 당시 3,000명 이상의 포로가 발진티푸스

로 고통당하고 있었습니다. 모두 죽임을 당했습니다. 그리고 그는 전염병을 퇴치하는 가장 효과적인 방법이 불지르는 것이라고 얼토당토않은 소리를 지껄였지요."

여인은 전율했다.

"추워요?"

요한은 물었다.

"아뇨!…… 못으로 출입문을 막은 막사에서 나오지 못하고 불길 속에서 죽어간 불행한 이들을 보는 것 같아서요……서둘러 가요!"

그들은 서둘러 움직였다. 검사의 집은 도시의 한쪽 끝에 있고, 이제 그들은 목적지의 절반 정도 왔을 뿐이었다. 갑자기, 부근의 어느 거리에서 10명의 군인과 준위 1명으로 이루어진 러시아군 순찰대가 그들 쪽으로 오고 있었다.

"부인, 저 순찰대가 평소보다 숫자가 많은 것처럼 보이지요?"

"그렇네요!"

여인은 대답했다. 그녀는 당혹해 깜짝 놀란 음성으로 말했다.

순찰대가 다가와, 그들 앞에 섰다. 순찰대 준위가 그들을 검문했다.

"신분증 좀 봅시다!"

요한은 자신의 여행 증명서를 보여주었다. 준위는 그걸 한 번 훑어보고는 되돌려 주었다. 이제 그는 손전등으로 여인 얼굴을 비추었다.

"자아, 좋소!"

그는 여인에게 경례하고는 목소리를 낮춰 순찰대원들에게 명령했다.

"앞-으-로-갓!"

순찰대는 앞으로 갔지만, 준위는 잠시 여전히 남아, 그들에게 낮은 목소리로 말했다.

"서둘러 가시오. 문을 단단히 잠가 두시오. 집 밖에서 무슨 소란이 있어도, 대문을 두드려도 대문을 열어 주면 안 됩니다!"

"무슨 일이 일어납니까?"

여인은 두려움을 숨기지 못하고 물었다.

"반혁명(反革命)이오!…… 아직 근거는 없지만, 볼셰비키 악당들이 도시 근방에서 활보하며, 도시를 공격할지 모른다는 첩보가 있었소. 검사님은 댁에 계신가요?"

"아뇨! 그이는 이른 새벽에 **토쯔코예사브스크**로 출장가셨어요."

"흠! 안됐군요. 악당들이 그 방향에서부터 온다던데요."

여인은 전율했다. 준위는 부하들에게 달려갔다.

"요한 유로비치, 난 겁이 나요."

"겁내지 말아요! 그도 아직 확실하진 않다고 하더군요…… 우린 서둘러 갑시다!"

"그럽시다!……서둘러요!"

두 사람은 뛰다시피 긴 도로를 지나갔다. 도로의 끝에

검사의 화려한 저택이 벌써 보였다. 그들이 몇 발자국을 더 가자, 멀리서 총성이 들렸다.

"이런! 그게 정말 시작되는군요."

여인은 속삭이고는, 요한에게 더욱 밀착해 왔다.

"저건 무의미한 경고일 거라고요."

요한은 여인을 진정시키려고 애썼다.

그들은 집에 도착했다. 요한이 대문을 열고는, 열쇠를 여인에게 건네주었다.

"대문을 잘 잠가 둬요!"

그는 그렇게 말하고는, 작별인사를 하면서, 그녀와 악수했다.

여인은 세게 그의 손을 잡았다.

"어떡할 거예요?"

"막사로 돌아가야 해요."

"이런 위험한 때에!"

"괜찮아요! 좀 전에는 나더러 겁쟁이라 해 놓고선. 난 위험을 알려 주었을 뿐인데. 당신이 다칠까 봐 겁이 났어요. 그럼 안녕!"

"안돼, 안돼, 안돼요! 당신은 여기 남아 있어야 해요! 이렇게 위험한 때엔 남자가 집에 있어야 해요!"

"아무 무기도 없는 나보다야, 대문을 굳게 잠가 놓는 편이 더 현명한 방어 수단이 된다고요."

갑자기 마차가 움직이는 소리가 들리더니, 총성도 더 크고 자주 들려 왔다.

도로의 끝에서 무장한 군인들이 보였다.

"하나님 맙소사! 어서 들어가요!"

여인은 그렇게 소리치고는 요한을 정원으로 당겼다.

군인들의 발걸음이 더욱 가까워졌다. 요한은 대문을 닫았다. 그는 빗장과 쇠꼬챙이가 제대로 닫혔는지 아주 유심히 관찰했다. 반면에 여인은 현관문을 두드렸다.

몇 분 뒤, 안에서 잠 고픈 듯한 발걸음이 들려 왔다.

"누구세요?"

그렁대는 여자 목소리가 들려 왔다.

"문 열어, **마루사**. 어서! 나야."

여인은 한 손으로 요한을 꼭 잡고서 대답했다.

현관문이 열리자, 그들은 황급히 들어섰다.

"문을 단단히 잠가요, 마루사!"

그녀는 모피 옷을 벗어 던졌다.

"창문 가리개는 제대로 고정되어 있어, 마루사?"

"예!"

하녀는 중얼거렸다.

요한은 자신의 모피 옷과 여인의 외투를 옷걸이에 걸었다.

"사모바르5)는 준비해 놓았어?"

"벌써 오래전부터요!"

"그럼, 좋아. 그걸 방으로 갖다 줘!"

하녀는 부엌으로 갔고, 그들은 방으로 들어갔다. 따뜻함이 그들에게 느껴왔다.

---

5) 역주: 러시아식 주전자

여인은 전기 스위치를 켰다. 요한은 방의 한가운데 섰다. 그의 첫 시선은 그를 비난하듯 바라보는 여인의 남편인 검사의 커다란 초상화와 맞닥뜨렸다.

여인은 이제 무거운 짐에서 벗어난 듯 한숨을 쉬었다.

"하나님 덕분에! 우린 이젠 위험에서 벗어났어요."

요한은 아무 말도 하지 않았다. 그는 초상화를 유심히 바라보고만 있었다.

"뭘 보고 있어요?"

"당신 남편요."

"어딜요?"

그녀는 일순간 전율과 함께 물었다.

"저기. 벽에요…… 정말 나를 책망하듯이 바라보고 있어요!"

"환상도 자유분방하는군요."

하녀가 방으로 사모바르를 들고 들어왔다. 하녀는 탁자 위로 사모바르를 갖다 놓고는 또 있을지 모르는 명령을 기다리고 있었다.

"뭐 할 말이 있어, 마루사?"

"뭐 필요한 게 없으신가 해서요?"

"아무것도, 마루사. 아무것도. 이젠 가 봐요."

하녀는 방문 쪽으로 갔지만, 안주인은 하녀를 멈추게 했다.

"마루사! 우리 꼬마는?"

"좀 떠들며 놀다, 한 시간 전에 잠들었어요."

"이제 자러 가도 돼요."

"알겠습니다."

하녀는 그러나 움직이지 않고, 뭔가 할 말이 있는 듯이 안주인을 바라보았다.

"마루사, 뭐 할 말이 있어?"

"아무것도요,…… 꿈이 아주 이상해서요…… 어떤 남자가 피투성이인 채로 보여, 그게 뭔가 좋지 못한 것이 아닌가 해서요…… 난 마님께서 하얀 옷을 입고 있는 것을 보았고요, 또 마님께서……"

"난 네 꿈에 흥미 없네."

여인은 하녀의 말을 가로막았다.

"잘 알겠습니다."

하녀는 어깨를 으쓱하고는 혼잣소리로 중얼거렸다.

"피 묻은 사람과 하얀 옷은 불행을 의미한다던데요…… 우리 할머니는 연세가 많아, 언제나 꿈이란 자신의 앞으로의 운명을 알려준다고 하시던 걸요……그 이야기를 하고 싶었는데……"

하녀는 방을 나갔다.

요한은 여전히 방의 한 가운데 서 있었다. 뭔가 미신에 휩싸인 느낌이 그의 내부에서 일어나고 있었다. 그런 것을 본능적으로 추측한 안주인은 요한에게 다가가, 그를 껴안았다.

요한은 점잖게 자신을 감싸고 있는 여인의 팔을 제지했다.

"당신 남편이 위험에 빠진 모양이군요.

그걸 느낄 수 있어요. 누군가 그를 추적하는군요. 난 그걸 느껴요……그걸 못 느끼겠어요?"

여인은 잠시 무슨 공포의 추측에 휩싸인 듯 서 있다가 신경 쓸 것 없다는 듯이 피식 웃고는 차를 준비하러 탁자로 갔다.

"난 추워요. 차 한 잔 마셔야 하겠어요. 당신은 우유와 차를 드릴까요?"

요한은 아무 대답이 없었다. 그는 무표정하게 탁자에 앉아, 탁상보의 장식을 내려다보고만 있었다. 장식은 장미를 수놓은 것이고, 큰 장미들이, 붉은 꽃으로 된 것이 마치 큰 핏자국들처럼 보였다. 적어도 요한의 환상에는 그렇게 비쳐왔다.

여인은 요한 앞으로 김이 모락모락 나는 차 한 잔을 놓고는, 무표정하게 있는 그를 깨우려고 그를 건드렸다.

"여기 차요!"

요한은 고개를 들었지만, 다시 검사의 초상화와 시선이 마주쳤다. 여인은 갑자기 결심한 듯, 벽으로 가서, 남편 초상화를 다른 쪽으로 돌려놓았다.

"자아! 이젠 되었지요?"

"초상화를 왜 돌려놓아요? 왜 돌려놓아요?"

요한은 반복해서 물었다. 그의 목소리는 공포의 두려움이 서려 있었다. "죽은 사람의 초상화야 돌려놓아도 되지만."

"요한!"

여인은 깜짝 놀랐다.

"다시 돌려놓아요! 다시 돌려놓아요!"

신경질적이고 날카롭게 되풀이되는 명령에서 뭔가 예감한 듯, 여인은 벌써 그림에 손을 뻗었다. 그때, 갑자기 누군가 대문을 두드렸다.

여인은 두려움에 온몸이 굳어졌다.

대문을 두드리는 소리가 시끄럽게 되풀이해 들려 왔다. 잠시 뒤, 창문 아래서 바삐 움직이는 여러 사람의 발걸음이 들려 왔다. 누군가 끈질기게 바깥 창문을 두드렸다.

"대문을 열어 줘요! "

요한은 소리쳤다. 그리고 그는 탁자에서 갑자기 일어났다. "마루사! 마루사! 대문을 열어줘요!"

마루사는 놀라면서 방안으로 뛰어 왔다.

요한은 소리쳤다.

"마루사, 나와 함께 대문 열러 갑시다!"

"당신 미쳤군요, 요한! 미쳤군요. 순찰대장이 한 말이 생각나지 않아요? 오늘 밤에는 아무도 문을 열어주지 말라 했다고요!"

"아무나 열어주면 안 되지만, 당신 남편에게는 문을 열어줘야 할 게 아니오. 마루사, 어서 열쇠를 가져와요!"

하녀는 현관으로 달려갔다.

여인은 하녀를 멈춰 서게 했다.

"마루사! 마루사! 열어주지 마! "

외부의 소란은 계속 들렸고, 여전히 더 세게 들려, 더 절망적인 듯했다.

요한은 현관으로 하녀를 밀치고는, 책상 서랍을 열었다. 그는 권총을 찾고 있었다.

바깥에서 대문 두드리는 소리는 중단되었지만, 여전히 누군가의 목소리는 들려 왔다. 크고 난폭한 소리가.

요한은 마침내 권총을 찾아, 대문으로 달려가려 했을 때, 안주인은 그의 목에 매달렸다.

"요한! 무슨 일을 하려고요? 저 사람들이 우리를 죽이라고 할 거예요! 저 사람들은 난폭하다고요, 난폭한 농민이라고요!!……요한! 마루사, 저분을 나가지 못하게 해! 하나님!"

"놔요! 나를 놔요! 당신 남편이 문 앞에 서 있고, 사람들이 그를 추적하고 있다고요! 난 그걸 느낄 수 있어! 난 그걸 예감한단 말이오! 마루사 열쇠를!"

마루사는 손에 열쇠를 든 채, 떨면서 서 있다가 울음을 터뜨렸다.

"어떡해요? 어떡해요?"

하녀는 한숨 쉬었다.

"에이! 놔요!"

요한은 소리치며 온 힘을 다해 안주인을 밀쳤다. 그 바람에 여인은 긴 안락의자에 쓰러졌다.

순간, 밖에서 총성이 울렸다. 그 소리는 광란의 폭발을 예비하는 듯이 한순간 중단되었다.

방 안에서는 달그락거리는 소리와 함께 유리 깨지는 소리가 들려 왔다. 검사의 초상화가 벽에서 떨어져 초상화의 유리가 산산 조각났다.

"당신이 당신 남편을 죽였소! 당신이 당신 남편을 죽였다고요!"

그 말에 두 여인은 질겁했다. 마루사는 성스러운 전등 아래 무릎을 꿇고는 울먹이며 신음하고 있었다. 긴 안락의자에서 발버둥을 치는 여인은 자신의 머리카락을 움켜쥐었다. 셋째 방에서 어린애가 우는 소리가 들려 왔다. 요한은 미친 사람처럼 검사의 초상화를 바라보고 있었다. 초상화는 마치 죽은 이의 모습처럼 머리를 아래로 한 채 벽 옆에 떨어져 있었다.

밖에서의 소란은 완전히 극에 다다랐다. 한바탕 웃음소리가 온 거리에 날카롭게 들리고, 목소리도 선명하게 들려 왔다.

"내버려 두게, 동무들! 그가 이젠 더 갈 수 없다는 걸 보지 않아?"

요한은 이제 정신을 차리고 문을 열어주러 현관으로 갔다. 마루사가 그를 뒤따라 갔다. 안주인은 아이가 울고 있는 셋째 방으로 달려갔다.

요한은 현관문을 열어, 바깥의 소리를 들었다.

거리에는 여전히 요란하게 논쟁이 벌어지고 있었다.

"그를 데리고 가야 해!"

"동무, 자넨 그가 더는 갈 수 없다는 걸 보고 있지 않나?"

"하지만, 그는 가야 해, 난 그 말을 하고 싶어…… 자유스러운 이 밤에는 모두 우리와 함께 가야 한다고."
이제 그들은 목이 쉰 채 노래를 부르기 시작했다.

마침내 우상은 먼지 속으로 쓰러지고,
인민의 염원은 모든 것을 이겨냈네.
마침내 왕관은 굴러떨어지고
만법의 평등은 승리를 자랑하네.

노래의 끝에서 총성이 울렸다.
"내버려 두라고 했잖아!" 날카로운 목소리가 들렸고, 누군가 발꿈치로 대문을 세게 두드렸다.
"우린 가자!"
바깥의 무리는 또 한 번 웃음을 터뜨리더니, 총성에 이어 노래를 또 불렀다.

동무들, 승리의 시각은 왔고,
여명은 우리 마음속에 밝아오네.
우리 붉은 깃발은 이제 펄럭이며,
부르주아들은 처벌을 두려워하네

노랫소리는 점점 작아져 갔다. 요한은 대문으로 갔다. 마루사가 그의 뒤를 따랐다.
"열쇠, 마루사!"
하녀는 열쇠를 건네주었다. 하녀는 자신의 귀를 대문에

댔다.

"들어보세요, 요한 바르디 유로비치."

하녀는 떨리는 목소리로 말했다.

"그는 목에 피를 쏟는 듯이 그르렁대요…… 들어보세요!"

요한은 조심하며 대문을 열었다. 바로 그 순간, 어떤 남자의 몸이 그의 가슴 앞으로 쓰러졌다. 요한은 균형을 잃었다.

요한은 마루사의 도움을 받아, 숨이 넘어가는 듯한 남자를 정원으로 끌고 왔다. 달빛이 남자의 얼굴을 비추자 마루사는 깜짝 놀랐다.

"이반 니콜라예비치!"

"누구라고?"

요한은 깜짝 놀라 소리쳤다.

"이반 니콜라예비치 라드첸코요! 법원 직원이에요. 오늘 새벽 이 사람이 주인님을 토쯔코예사브스크로 마차로 모셔다드렸는데요."

"이 사람은 상처를 입었소?"

요한은 묻고, 다시 대문을 걸어 잠갔다.

마루사는 웃었다.

"아뇨, 전혀요! 만취했어요…… 꼭 돼지처럼 술에 취했군요."

마루사는 이반을 흔들었다. 이반은 땅바닥에 늘어진 채, 마치 숨이 넘어가는 듯이 숨을 어렵게 쉬더니, 틈틈이 침을 뱉었다.

"이반 니콜라예비치!……내 말 들려요!?…… 이반 니콜라예비치!!"

남자는 두 눈을 뜨고, 피식 웃었다.

"동무들, 승리의 시각은 왔네…… " 그는 노래를 시작했지만, 그의 마지막 말은 이미 잠 속에 빠진 듯 들리지 않았다.

"이 사람이 검사 선생을 어디에 내려 주고 왔는지 우린 알아야 해요."

요한은 이렇게 말을 하고, 이번엔 술 취한 사람을 직접 흔들었다. "이반 니콜라예비치! 내 말 들려요?……정신 차려요!"

"예……에!" 그 술 취한 사람은 딸꾹질했다.

"당신 주인은 어디 있어요?"

"여명은……우상은……마침내 먼지……속으로."

라드첸코는 계속해서 노래 불렀다.

요한은 온 힘을 다해 취한 사람을 흔들어 깨우고는, 큰 소리로 다시 물었다.

"이반 니콜라예비치! 당신 주인은 어디에 있소?"

라드첸코가 피식 웃었다.

"그분은 착한 사람입니다……그분은 착-한-남-자 라고요!"

"좋아요! 좋아요! 난 알아요, 하지만 그분은 지금 어디에 있소?…… 이 사람아, 말해 봐요!"

라드첸코는 눈이 묻은 손으로 얼굴을 닦았다. 마루사는 그의 뺨을 여러 번 때렸다. 요한도 계속해서 흔들어, 그를 땅에서 일으키려고 했다.

"이반 니콜라예비치! 부끄럽지 않아요?!"

마루사가 그를 비난했다.

"당신은 돼지 같군요, 정말 돼지 같군요!"

"이 사람아! 하나님, 이 사람 말 좀 하게 하소서! 당신 주인은 어디 있어?"

라드첸코는 자기 생각을 정리하려고 애쓰는 것 같았다.

"우리……주……인……님은……에헤!……난 몰..라..요."

그리고는 연신 딸꾹질을 해서 말을 계속하진 못했다.

"이 사람 집이 어디요?"

요한은 하녀에게 물었다.

"여기, 우리 집 정원에 붙어 있는 집에요."

"아내도 있소?"

"예."

"그럼 어서 불러와요!"

마루사는 정원으로 뛰어갔다. 현관 문턱에 두 살 난 아이를 안고 있는 안주인이 보였다.

"무슨 일이에요, 요한 바르디 유로비치?"

안주인은 물었다.

"이반 니콜라예비치가 만취되어 돌아왔어요……"

"어!……이반 니콜라예비치가요?……그리고 그가 무슨 말을 했나요?"

"그에게 한마디도 말이 되는 소리를 듣진 못했어요……
그는 정말 돼지 같아요."
라드첸코는 노래를 부르기 시작했다.
"동……무들……동..무들……"
그리고 그는 크게 웃었다.
안주인은 꼬마 아이를 추운 데서 오래 두지 않으려고 안
으로 들어갔고, 잠시 뒤 그녀는 혼자 나왔다.
라드첸코는 여전히 소리쳤다.
"마침내 쓰러졌네……왜냐하면 정말로 쓰러졌기에……왜
냐하면 우……상은 쓰러..져야 하니까."
안주인은 만취된 사람에게 다가가 웅크리고 앉았다.
"이반!……이반 니콜라예비치!"
"이반 니코아!……니클라……헤헤!"
만취된 남자는 생각을 하기 시작했다.
"이반 니콜라예비치가 누구지? 누구지?……누우우구
구?……이반 니콜라예비치는 난데. 내가 니콜라예……빌
어먹을……내가……마……알을……할..수……없……헤헤!
나는…… 나ㄴㄴㄴㄴㄴㄴㄴ……ㄴㄴㄴㄴㄴㄴ……는……조용
히!……조……용히!"
안주인은 그를 흔들었다.
"이반! 검사님은 어디에 있어요?……들려요?"
라드첸코는 두 눈을 한 번 뜨고는, 마치 정신을 차린 듯
한 것을 보여주려는 듯했다.
"다……당연히 내가 듣지! 내가 왜 못 들어?……나도 귀

가……있는데. 난 듣고 있어, 당신과 그들이……그래!"

"이반!"

안주인은 계속 물었다.

"검사님은 살해되셨어요?"

"왜 살해되어? 왜 살……해……되셨냐구?"

"당신과 함께 돌아오지 않았으니."

"그분은 돌아오지 않았지. 그분은 돌아오고 싶지 않아서."

그리고 그는 **<라 마르셰예이즈>**6)의 멜로디를 따라서 계속 불렀다. "그분은 돌아오지 않아, 왜냐하면 그는 멀리 갔어……딴다딴다 다다……담다 담."

"검사님이 뭐라 하지 않았어요?"

라드첸코는 노래를 계속 불렀다.

"그분은 말씀하셨어요. 이게 편지인데 부인께 갖다 드-리-라고……"

"검사님이 편지를 주었나요?"

"그럼, 그분이 편지를 주었지. 딴딴따……"

"어디 있어요? 편지?"

라드첸코는 몸을 흔들며 노래를 계속 불러댔다.

"외투의 호주머니 속에, 따 따라 따……"

요한은 만취된 사람의 호주머니마다 뒤져, 마침내 편지를 찾아, 안주인에게 건네주었다. 안주인은 밖에 남아 있는 요한을 들어오라며 부르고는 집 안으로 달려갔다.

---

6) 역주: 프랑스 국가

"이리 들어와 봐요! 저 돼지는 내버려 둬요. 저기 그의
아내가 오고 있어요."

요한은 현관으로 갔다. 이반 니콜라예비치의 아내는 욕
설을 퍼부으며 정원을 지나왔다.

아내가 남편에게 연거푸 뺨을 찰싹찰싹 때리는 소리를
들었을 때, 요한은 이미 현관 문턱에 와 있었다.

라드첸코는 마음껏 노래를 불렀다.

"마침내 우상은 먼지 속으로 쓰러지고……"

"먼지 속에 쓰러진 사람은 바로 당신이야. 하나님께서
당신이 물도 마실 수 없도록 해두어야 할, 취한 돼지야!
당신은 영락없는 돼지군!"

요한은 방으로 들어갔다.

안주인은 긴 안락의자에 앉아, 편지를 읽어 내려갔다. 옆
에는 꼬마 아이가 앉아 있었다. 요한은 안주인의 앞에
주목하며 멈추어 섰다.

편지를 다 읽고 난 안주인은 말이 없이 편지를 요한에게
보여주었다. 그는 편지글을 읽었다.

사랑하는 아내에게!

*상황이 급박해 나는 집을 떠나야만 했소. 토쯔코예
사브스크로 공무가 있어 간다는 말은 거짓말이었소. 그
때문에 내가 떠난 것은 아니오. 멘셰비키 정부가 무너져,
난 몇 사람과 함께 달아나야만 내 생명을 구할 수 있소.
당신이 이 편지를 읽을 때쯤에는, 난 이미 이 도시에서*

멀리 가 있을 거요. 난 당신을 위해 내 목숨을 구해야 했소. 광란의 순간이 지나면, 아마 곧 그러하겠지만, 당신에게 돌아오겠소.

난 메드베듀크 씨와 함께 도피하오. 그분의 첩자들이 이러한 위험한 상황을 알려 주었소. 우리가 어디로 갈지 아직 모르오. 하지만 내가 지금 알고 있다 해도 당신에게 알리곤 싶지 않소.

난 당신에 대한 걱정이 태산 같지만, 새 정부는 여자들에겐 관대하리라고 믿고 싶소. 새 정부는 도망자들의 아무 죄 없는 식구들을 보복하진 않을 거라고 믿소.

내 책상에 모든 것이 일목요연하게 있을 거요. 새 정부에서 파견된 인사들에게 그 서류들을 전해 주시오. 그 사람들이 당신에 관해 호의를 가질 수 있도록 애를 쓰시오. 요한 바르디 선생께 당신의 안전을 맡기시오. 그분의 동포가 붉은 군대의 우두머리 중의 한 분이니까. 그분은 당신과, 어린 페댜를 기꺼이 도와줄 거요. 그분은 나를 언제나 친절하게 대해 준 친구이자 불행한 이들을 대하는 마음이 끔찍한 분이오. 내가 돌아오면, 그의 도움에 무심하진 않으리다.

내 걱정은 하지 마오. 가능한 한 빨리 우린 다시 만날 테니까. 나를 대신해 매일 어린 페댜에게 키스해 주오. 불행한 남편은 당신 생각에 여념이 없소.

남편 페도르 씀.

그걸 요한이 읽고 있는 동안, 여인은 요한의 표정을 유심히 관찰했다. 표정에는 아픔이 섞인 놀라움과 갑작스러운 화를 나타내 보였다.

이제 그는 편지를 여인에게 돌려주었다. 아무 말 없이. 몇 분 동안 침묵이 계속되었다.

여인은 긴 안락의자에서 일어나, 책상으로 가서 편지를 서랍 안에 넣어 두었다.

"저어! 당신 생각은 어때요?"

여인은 말을 꺼냈다.

요한은 대답하지 않았다. 고통스러운 생각이 그를 괴롭히고 있었다. '무슨 말을 할까? 어떻게 해야 하나?' 절망적 상황이다. 스스로 아무 방패가 되지 못하는 포로인 자신이 이 여인을 어떻게 보살펴 주어야 하나. 그러면 어떻게 이 여인과 이 여인의 딸을 새 정부의 사람들로부터 보호할 수 있겠는가? 그는 외국인으로, 이 나라에서는 시민권도 없는데. 왜 그 도망자는 자신을 지명했을까?

"할 말이 없나요, 요한 바르디 유로비치? 아니면 당신이 의견을 말하지 못하게 할 만큼 편지가 모욕을 크게 주었나요?"

"아뇨!"

"그럼 왜 말을 하지 않아요?"

"내가 무슨 말을 어떻게 해야 하는지 엄두가 나지 않아서요."

"당신 말이 맞아요. 내가 당신이라 해도 난 당장 어찌해야 할지 모를 거예요. 난 그 때문에 분개심도 나지 않아요. 하지만 난 뭔가 주목해야 해요. 남편은 야만인들의 불확실한 호의 속에 우리를 내버려 두고 떠났어요. 그 점도 난 안타까워하지 않아요. 왜냐하면, 그게 처벌이라 해도 난 그 처벌을 받을 만해요. 난 그이를 한 번도 사랑하지 않았어요. 난 역겨워, 그이를 언제나 피해 왔어요. 하지만 그이는 당신에게 청을 하면서 견디기 힘든 대답을 강요했고, 이 사실로 나는 정말 괴롭고, 매우 부끄러워요. 난 당신이 그 보호를 받아들이리라고는 보지 않아요. 난 당신을 알아요. 내 남편이 자신을 면책하려고 쓰는 유일한 논쟁거리란 군인들과 새 정부의 지도자들 사이에 당신 동포가 있다는 점뿐이라고요."

"부인……"

"아직 내 말은 끝나지 않았어요…… 간단히 말해서, 남편은 당신을 향한 나의 꺼지지 않는 사랑을 이미 알고 있다는 걸 내가 고백해야겠군요."

"카탸!"

"두려워 마세요! 나 혼자 당신에게 한 소리라고요. 내 혼자만!"

"그리고 그분은요."

"그이는 말이 없었어요. 왜냐하면, 그이는 내게 비난할 권리가 없어요. 내가 그이를 지금의 검사 자리로 올려놓았어요."

"난 이해하지 못하겠소."

"그걸 이해하기란 어렵지요. 왜냐하면, 전부 드러내놓고 말하면 우리 우정이 깨질지 모르기 때문이지요. 당신이 내게 가진 조금의 존경심조차도 진실대로 말하면 잃어버릴 수 있기 때문이라고요."

"당신은 좀 더 솔직해야 해요."

"그걸 요구하지 말아요, 요한 바르디 유로비치! 그걸 요구하진 말아요!"

여인은 간청하는 표정으로 요한 앞에 섰다. 그는 여인에게 동정이 갔다.

"당신 말이 맞소, 카탸. 내가 당신에게 물을 권리가 없소."

여인은 그에게 더 가까이 다가와, 분명하게 말했다.

"당신만 권리가 있어요, 요한. 그리고 당신 외에는 아무도. 난 이제부터 당신 거예요. 당신 것이라고요!"

여인은 요한을 꺼안았다.

요한은 아무 움직임도 없이 서 있었다. 그의 생각은 아주 먼 곳에서 방황하고 있었다. 그는 자신의 가족이 눈앞에 펼쳐졌다. 긴 안락의자에 앉아 있는 아이와 한때 그의 아내처럼 이 여인이 다정한 말로 하는 속삭임과 그를 끊임없이 신비롭게 만드는 이 낯선 집의 다정하고도 따뜻함, 애무하는 듯한 손의 다가옴, 이 모든 것이 한순간 그를 가두는 정말 아름다운 꿈과 같았다.

"요한, 난 당신 거예요. 나는 당신의 소유예요. 그이가 나를 당신에게 주었어요. 그도 당신을 내게 주었고요……그리고 난 당신을, 요한, 사랑해요. 정말 진실로, 정말 이 몸을 바쳐서라도, 아무도 당신을 사랑하지 않도록요……"

여인은 우월감을 느끼면서 요한의 가슴에 밀착해 왔다. 요한은 저항하지 않았다. 무슨 말을 해야 할지 그는 알지 못했다.

"요한! 당신도 나를 사랑하고 있어요!"

여인은 속삭였다.

"그걸 더는 부정하면 안 돼요. 요한 당신도 나를 사랑하고 있어요. 당신은 내 사랑, 나의 유일한 위안!"

여인은 자신의 입술을 키스하러 내밀었다. 요한은 여인의 금발 머리를 양손으로 잡고, 반짝이는 두 눈을 바라보았다.

"키스해 줘요!"

여인은 들릴 듯 말듯 말했다.

요한은 이젠 모든 것을 잊어버렸다. 그는 자신의 앞에 미소 짓는 유혹의 여인만 보였다. 그는 갈증의 두 입술의 뜨거운 입김을 느낄 수 있었다. 광염의 두 눈이 쏟아내는 강력한 유혹이 그를 노예로 만들고, 억제할 수 없는 열망이 그를 휘감았다.

"카탸!……카탸!……"

그는 자제력을 잃고는 속삭였고, 입술은 이미 여인의 입술에 닿을 찰나였다.

"아빠!……아빠에게!"

긴 안락의자에 앉아 있던 아이가 갑자기 울어 버렸다.
요한은 정신이 번쩍 들었다. 그의 어린 자식이 그에게 경고를 보내는 것처럼 보였다. 부끄럽고 화가 치민 홍조가 그의 두 볼에 타올랐다. 그는 여인을 떼고, 큰 소리로 말했다.

"마루사!…… 마루사!"

놀란 표정의 여인은 떨면서 그를 바라보았다.

"무슨 일이에요?……무슨 일이냐고요?"

"아무것도?"

여인은 갑자기 깜짝 놀라 물었다.

"난 이 집에서 나가고 싶소……난 곧 이 집에서 나가, 절대 돌아오지 않겠소……"

"요한!"

여인은 그의 앞으로 쓰러지고는, 그의 두 다리를 세게 잡고는 간청했다.

"요한! 떠나지 말아요!……날 내버려 두고 가지 마오…… 날 동정해 주오!……요한, 날 좀 생각해 줘요!"

요한은 그를 잡고 놔주지 않는 여인을 떨쳐버리려고 애썼다.

"마루사!……"

요한은 소리치며, 문만 하염없이 바라보고 있었다.

여인의 손에 요한의 호주머니에 들어있었던 권총이 잡혔다. 여인은 갑자기 결심한 듯, 권총을 꺼내서는, 자리에서 뛰쳐 일어섰다.

"가세요! 가세요, 하지만, 이 문턱을 당신이 떠나는 순간, 난 자살해 버릴 거요. 그럼 가세요!"

요한은 여인에게 달려가, 여인의 손에서 위험한 무기를 뺏으려고 애썼다. 어린아이는 더 크게 울었다. 문이 열리고, 마루사가 헝클어진 머리카락으로, 잠자다 일어난 듯한 얼굴로 방으로 뛰어 들어왔다. 안주인의 손에 권총이 쥐어져 있는 상황을 보자, 하녀는 깜짝 놀라 외쳤다.

"오, 하나님! 마님!"

요한은 안주인의 손을 비틀어 권총을 뺏어, 방 한구석으로 던져버렸다. 여인은 울먹이더니, 긴 안락의자에 쓰러질 듯 앉았다. 여인은 자신의 아이를 껴안고는, 미친 듯이 쉼 없이 키스를 퍼부었다.

마루사는 어찌할 바를 모르고 서서, 한번은 자신의 안주인을, 한번은 요한을 바라보았다. 요한은 혼란스러운 사건으로 여인 앞의 방바닥에 주저앉아, 자신의 머리를 무릎에 박고 있었다.

오랜 침묵.

마루사는 발끝으로 방 한 모퉁이로 가서는, 놓여 있는 권총을 들었다.

"하나님! 하나님!"

하녀는 낮은 소리로 신음했다.

"피가 묻어 있는 몸이나 하얀 옷은 행운을 나타내진 않구나……내가 말했듯이……정말…하나님!"

여인은 손을 움직여, 요한의 헝클어진 머리카락을 다정

하게 쓰다듬었다.

"요한 바르디 유로비치!……당신은 나를 용서할 수 있어요?……요한 유로비치……"

여인은 다시 울먹였다. 요한은 다가오는 손을 잡고는, 손에 키스했다.

마루사가 요한을 살짝 건드리며 낮은 소리로 물었다.

"검사님이 돌아가셨나요?"

요한은 체념하듯 대답했다.

"그렇소! ……그 사람은 영원히 죽었소……"

제6장. 검사의 죽음

누군가 문을 세게 두드리는 소리가 들렸을 때는 해가 이미 정점에 가 있었다.

마루사가 대문으로 달려나갔다.

"저어! 누구십니까?"

마루사가 물었다.

"도슈키요!"

밖에서 대답이 들려 왔다.

마루사가 대문을 열자, 도슈키는 들어섰다. 그는 좀 우스꽝스러운 모습을 하고 있었다. 그는 허리에 손바닥 너비의 크고 붉은 종이 띠를 착용하고 있고, 모자에는 오각형의 붉은 별이 달려 있었다. 왼손에 소포와 편지들을 쥐고, 오른손엔 두 살쯤 되어 보이는 아이를 데리고 있었다.

"요한 바르디 선생님은 아직 여기 계시지?"

그는 물었다.

"예! 그분은 아직 주무시고 계십니다."

"그분이 주무시고 계시다?……하하하! 그럼 그분 깨우세요, 마루사! 그분 깨워요. 그분과 의논할 일이 있어요."

마루사는 아이를 호기심 어린 눈으로 내려다보았다.

"이 아이는 누구예요?"

그녀가 물었다.

"나도 몰라요! 하나님께서 이 아이를 보내셨소."

아이의 머리를 쓰다듬어 주면서 페트로는 대답했다.

마루사는 한숨을 내쉬었다.

"오호! 하나님은 어젯밤에 이 집에도 다녀가신걸요."

"어떻게? 무슨 일이 있었소?"

"검사님……검사님께서……"

마루사는 울먹이며 자신의 말을 잇지 못했다.

페트로는 신경 쓰이는 듯 그녀에게 재촉하여 물었다.

"무슨 일이 있었는지 말해요!"

"검사님이 돌아가셨어요."

그녀는 겨우 대답했다.

페트로는 깜짝 놀랐다. 몇 분 동안 그는 말을 할 수 없었다.

"누가 그분을 죽였어요!……필시 누가 그분을 죽였답니다!"

착한 하녀는 말했다.

"어디서?……에이! 무슨 말씀을! 정변은 피 한 방울 흘리지 않고 이루어졌는데."

"요한 바르디 선생님이 제게 그 이야기를 하셨어요. 어제저녁, 마님이 자살하려고 하실 때……오, 하나님, 선생님이 제때 잘 오셨습니다!"

"무슨 말을 하는가? 마님께서 자살하려 했다니……"

"그래요! 맞아요! 마님도 죽고 싶어 했어요……그리고 바르디 선생님이 마님의 손을 비틀어 권총을 뺏었기에 망정이지요……"

"어떻게 그런 일이!"

페트로 도슈키는 꼼짝 않고 섰다. 몸도 굳어졌다. 하녀는 이젠 울음을 더욱 크게 터뜨렸다.

"하나님이 우리를 방문하셨어요!……오, 이런 불행한 일이……검사님은 젊고 용감하신 분이었는데……그분은 지난 크리스마스 때 새 앞치마를 제게 선물하셨는데. 제가 지금 입고 있는 이 앞치마를요……그리고……그분은 제게 10루블을 주시기도 했어요…… 정말 경건한 분이셨어요……하지만 운명은 그런 건가 봅니다. 착한 사람은 일찍 죽어야 하고, 나쁜 사람은 살아남아 있으니……하지만 저도 앞으로의 일에 불길한 예감이 들어요. 꿈을 꾸었어요……그럼요. 그럼요……도슈키 페트로 선생님, 꿈에 그분이……"

페트로 도슈키는 하녀의 지겨운 하소연을 그만하게 했다.

"가요, 마루사. 요한 바르디 선생님을 깨워요…… 이젠 그만 울어요! 벌어진 일은 벌어진 것이고, 우리가 운명에 어떻게 저항할 수도 없소…… 자아, 어서, 마루사!……그렇게 슬피 울진 말아요!……그렇게 울면……울지 말아요!……자, 그쳐요!"

이제 그들은 함께 현관으로 갔다.

부엌문 앞에서 페트로 도슈키는 아이를 착한 하녀에게 잠시 맡겼다.

"이 아이는 누구예요?"

하녀는 아이를 팔에 안으면서 또 물었다.

"내가 모른다고 하지 않았소……"

마루사는 부엌으로 들어갔다. 페트로 도슈키가 현관문을 열었다. 방에서는 자는 사람의 숨소리가 규칙적으로 들려 왔다. 그는 조심조심 소리를 내지 않고 방 안으로 들어갔다.

방은 아직 어두웠다. 창문을 가리는 널빤지들이 닫혀 있었다. 페트로 도슈키는 성냥을 찾으려고 하다가, 전기 스위치가 반짝거리는 것을 보았다. 그는 스위치를 켜고 주위를 둘러보았다.

요한은 책상 앞에 놓인 안락의자에 앉아 잠을 자고 있었다. 그의 머리는 아래로 향해 있었지만, 표정은 평온했다. 페트로 도슈키가 그의 어깨를 건드렸다.

"요한!"

요한은 잠에서 깨자, 자기 친구의 얼굴을 보고는 깜짝 놀랐다. 그는 눈을 비비며 낮은 소리로 물었다.

"여긴 웬일인가?"

"여기 웬일이라고? 난 자네 걱정을 하고 있었어. 밤에 정변이 일어났어. 앞으로 무슨 일이 일어날지 모른다고……"

"그래! 앞으로 무슨 일이 일어날진 아무도 모르지…"

요한은 못 이기는 듯 되풀이해 말했다.

침묵.

요한은 뭔가 생각에 잠긴 듯이 자신의 앞만 바라보았다. 페트로 도슈키가 기침을 했다.

"검사 선생이 살해당했다는 게 사실인가?"

"누가 그런 말 하던가?"

요한은 깜짝 놀라 물었다.

"마루사가."

"마루사는 아무것도 몰라. 마루사는 멍청한 여자야."

"자네가 그녀에게 말했다던데."

"내가?"

"그래! 자네가 검사 선생이 죽었다고 했다던데."

요한은 기억을 되살리려고 애썼다. 그는 안락의자의 팔걸이를 손으로 계속 두드렸다.

"마루사는 멍청해……검사는 도망갔어, 그리고 그게 전부야……알겠어?"

"그런데 안주인은 왜 자살하려고 했어?"

"그런 엉터리 말을 누가 하던가?"

"마루사가!"

"마루사, 또 언제나 마루사라니!"

"그럼 사실이 아닌가?"

"아냐! 아냐! 아냐! ……알았어?"

페트로 도슈키는 친구가 신경이 날카로운 것을 눈치챘다. 그 신경질 속에 뭔가 숨겨져 있었다. 그는 문을 향해 갔다. 요한은 그를 불러 세웠다.

"어딜 갈 건가?"

"막사로."

"방금 와 놓고선, 곧 간다니?"

"내가 불필요한 시각에 왔나 보군."

"왜?"

"자네가 아주 신경질적이 나 있으니……"

요한은 그제야 친구가 붉은 띠를 착용하고 있음을 알아차렸다. 그는 소리쳤다.

"자네도 군인이 된 건가? 불쌍하기도 해라!"

페트로 도슈키는 너털웃음을 웃었다.

"아하! 무슨 그런 말씀을? 어제 내 여행 증명서를 누구에게 좀 빌려줬어. 오늘 내가 시내로 안전하게 들어오려고 연극 의상 중에서 '외교관의 띠'를 착용했지. 보기 좋지?"

요한은 억지로 피식 웃었다.

"페트로 도슈키! 자넨 언제나 이상한 아이디어를 갖고 있군."

"내가 자네를 꼭 만나야 했어. 내가 자네 걱정을 한 것 이외에도 자네에게 다른 볼일이 있었어."

"그게 뭔데?"

"우편물이 자네에게 왔지."

요한은 갑자기 기쁜 표정으로 자리에서 벌떡 일어났다.

"어디? 어디 있어? 이리 줘봐!……고향에서 온 거니?"

"아냐."

페트로 도슈키는 좀 슬픈 표정으로 대답했다.

요한은 방금 일어난 자리에 다시 앉았다.

"벌써 여섯 달 전부터 한 줄도 써 보내지 않았어. 마지막 편지엔 말도 없고, 서명도 들어있지 않았어."

"이젠 몇 마디 써 보내는 것이 허용되는 모양이지."

"좋아……좋아, 페트로 도슈키! 나를 위로만 해 주게! 고향에선 거리와 시간이 이미 우리를 땅속에 묻어버린 것 같은 느낌이 들어."

"자넨 상상을 너무 잘해 탈이야!"

"나를 위로해 줘, 페트로 도슈키! 위로해 주게! 하지만 다른 사람들은 왜 긴 편지를 받는지 설명해 주게. 왜 다른 사람들의 연인들은 나의 연인들보다 더 찾기가 쉬워? 왜 그들은 자신의 남편이나 아버지, 아들이나, 약혼자에게 편지 보내려고 온갖 방법을 다 쓰는가?……왜 나만 운명의 의붓자식인가? 도글러를 좀 봐! 그는 자기 아내한테 거의 매주 편지를 받고 있다고……왜지?"

페트로 도슈키는 대답을 할 수 없었다. 그는 말할 용기조차 없는 생각에 잠기었다.

"그런데 내 편지는 어디서 왔지?"

"소포 하나와 편지 두 통……자넨 그래도 기뻐할 걸세……"

페트로는 현관으로 나갔다. 그리고 잠시 뒤 돌아왔다. 그는 소포와 편지 두 통을 책상 위에 올려놓았다.

요한은 그것들을 바라보았다. 갑자기 그의 얼굴에 웃음이 일었다.

"스위스에서 오다니."

그는 깜짝 놀라 외쳤다.

"책이네! 에스페란토 책과 잡지야. 이야, 이건 즐거운 일이군! 페트로 도슈키, 정말 책이야. 두뇌의 영양분이 되겠군……오, 하나님! 페트로 도슈키, 이것 봐! 얼마나 아름답고 가치 있는 선물인가!"

요한은 자신을 잊은 듯 기쁨에 넘쳐 있었다. 그는 책과 잡지들을 떨리는 손으로 어루만졌다. 그는 편지에 대해서는 잊어버린 것 같았다.

페트로 도슈키는 자기 친구의 천진스런 즐거움을 감동의 눈으로 바라보고 있었다.

"그런데 편지들은?"

그가 물었다.

요한은 정말 흥분되었다. 서둘러 그는 책들의 내용을 곧장 알아차리려는 듯이 책들의 책장을 넘겨보았다.

"곧! 곧!"

그는 대답하고는 우편엽서들을 쥐었다.

그는 읽었다. 그것을 읽는 동안, 그의 즐거움은 더욱 커져갔다.

"내 펜팔 친구들이 보낸 거야! 내가 포로가 된 것을 우리 잡지를 통해 알게 되었나 봐. 이야, 정말 멋지게 그들은 썼군! 얼마나 다정다감한가!……페트로 도슈키!……페트로 도슈키! 이것 봐!"

"난 무슨 말인지 모르잖아!"

"하지만 자넨 이 글이 가르쳐 주는 인간 감정은 이해해야 해. 하나는 영국에서, 다른 하나는 프랑스에서 왔군…… 이것 보라고! 인위적으로 만들어진 적대감이란

게 그런 거야! 우리 **에스페란토** 운동이 이 세계를 구할 거야. 내가 그 점을 자네에게 강조해 말하고 싶네."

페트로 도슈키는 의심의 얼굴로 슬픈 미소를 지었다. 요한은 그걸 알아차렸다.

"에이! 자넨 회의론자이군! 자네가 나의 즐거운 기분을 망칠 작정이군."

페트로는 아주 온화하게 자신의 친구를 바라보았다.

"아닐세, 요한! 이 머쓱한 웃음에는 다른 이유가 있네. 난 자네의 기쁜 표정과 믿음에 감동하였네. 하지만, 자네를 잘 알면서, 자네 열성을 알면서도, 나는 자네가 그 치명적 환상에서 깨어날 그때를 걱정하는 걸세. 속임수가 자네 인생엔 자네를 기다리고 있네. 자넨 정말 행복해지려는데 너무 민감하단 말이야."

요한은 잠시 생각에 잠겼다.

"자네 말이 맞네, 페트로 도슈키! 난 꿈을 갖고 살아가는 사람이야. 난 꿈을 꾸며 살아간다고. 누군가 나에게서 이 꿈을 뺏어버리면, 난 정말 죽게 될 거야. 자네 말이 맞아, 페트로 도슈키! 내 삶이란 꿈의 토대 위에 건설한 사상누각일 뿐이라는 걸 많이 느껴. 그건 내가 이 폐허를 직접 겪으면서 끊임없이 고통스럽게 지내지 않으려고 해서 하는 걸세. 자네 말이 맞아. 하지만……"

페트로 도슈키는 의자를 찾고 난 뒤, 요한 옆에 가 앉았다.

"요한! 난 자네의 환상을 깨고 싶진 않아. 하지만, 자넨 세상 사람들을 너무 몰라. 자네 꿈속 세계에서는 사람들이 이 세계의 반짝거림이라는 옷을 입고 있어. 그들은 어떤 언어를 요정의 언어처럼 사용하고, 마음은 투명하고, 감정은 수정 같다고 할 수 있지. 그리고 이런 계속되는 환상 속에서 자네는 언제나 실제 삶의 옆길을 가고 있고, 자네는 마음마다 더러운 비밀이 가득 차 있고, 수정 같은 감정에도 흠이 있다는 걸 자넨 보지 못하네. 자넨 사람의 마음으로 만든 제단을 세워놓고, 그 위에 '여인'을 두고 있네……"

요한은 그를 중단시켰다.

"난 나의 제단 위에 내가 사랑하는 여자만, 내 아내만 두고 있다네."

"그리고 자넨 그녀를 죽여 버렸네."

"난 무슨 말인지 모르겠어."

페트로 도슈키는 그 치명적 운명에 한 방 맞은 뒤, 이제 무표정하게 자기 침상에 누워 있는 도글러가 생각났다. 그는 어젯밤의 모든 일을 요한에게 알려 주고 싶었지만, 그는 자기 앞에 꿈을 꾸며 살아가는 사람을 보니 큰 동정이 생겼고, 이 감정 때문에 그는 입을 닫았다.

요한은 웃었다.

"자넨, 자네의 이상한 경고를 왜 설명하지 않아?"

페트로 도슈키는 좀 생각에 잠겼다가 말을 시작했다.

"내 말에 오해하지 말게, 요한! 나는 자네 아내를 모르지만, 그녀를 존경하네. 그녀가 자네 아내이기에 난 그녀를 존경해. 하지만 난, 자네가 그녀를 사랑하지 않는다고 말하고 싶어……더 정확히, 자네는 '그녀를' 사랑하지 않고, 대신 '다른 여자를', 자네가 완벽함이라는 주춧돌 위로 올려놓은, 어떤 '상상의 인물을'……자네 마음의 제단을 점하고 있는 여자는 이젠 이 땅에서 실수 잘하는 여자인 자네 아내가 아니라, 자네 아내의 외모대로 자네가 창조한 우상일세. 정말 고대하고 있는 재회의 순간엔 그 우상을 밀쳐내 산산조각으로 만들어버릴 거야. 하지만 그땐 운명을 저주하진 말게. 왜냐하면, 자네 꿈이 그녀를 죽여 버렸기 때문이야."

요한은 가만히 있었다. 그 말이 그에게 깊이 각인되었다. 페트로 도슈키는 계속했다.

"이미 오래전부터 난 자네에게 경고해 오고 있고, 자네 마음속에 다른 여자가 들어왔다는 것을 내가 확언해 두네. 그녀 자신은 활달한 삶 그 자체야. 그 여인은 자네 꿈속에서만 살아 있네. 의도와는 정반대로 자네는 두 사람을 비교하고 있어. 자네 아내가 더욱 현실적인 삶을 산다면, 다른 여자가 자네에게 '성녀'처럼 가장하고 있는 한, 더욱 꿈속의 그림이 될 거야…… 하지만 실제, 그 만남은 자네 꿈을 없애 버릴 걸세……"

"자넨 카탸를 암시하는군, 안 그래?"

요한은 퉁명스럽게 대답했다.

"그래, 맞아!"

"자넨 틀렸어, 페트로 도슈키. 난 카탸를 사랑하지 않아……난 그녀를 전혀 사랑하지 않네……"

페트로 도슈키가 부스럭거리는 소리가 약하게 들려오는 침실 문을 가리켰다.

요한이 뭔가 말하려고 했지만, 그때 마루사가 방으로 사모바르를 들고 들어왔다.

"아하! 페트로 도슈키 선생님!"

그녀는 말을 시작했다. 그리고 한숨 쉬었다.

"그 아이는 계속 자기 엄마가 어디 있는지 물어요. 그 녀석에게 뭐라 말할까요?"

페트로 도슈키는 자리에서 일어나, 문을 향해 갔다.

"누구 아이 말인가, 마루사?"

요한은 그녀에게 물어보았다.

"내가 데리고 온 아이!"

페트로 도슈키가 재빨리 말하고는 방을 빠져나갔다.

요한은 깜짝 놀라 마루사에게 몸을 돌렸다.

"누구 아이인가?"

"저도 몰라요…… 페트로 도슈키 선생님도 몰라요……"

도슈키가 팔에 아이를 안고 돌아왔다. 아이는 예쁘장했다. 아이의 눈에는 방금 울음을 그쳤기에 아직도 눈물이 빛나고 있었다.

페트로 도슈키는 아이와 요한을 번갈아 쳐다보면서 웃었다.

"저어, 이 아이 마음에 들지?"

도슈키가 물었다.

"어디서 아이를 데려왔어?"

"하나님이 아이를 나에게 보내셨거나, 아니면 정변으로,

만약 그렇다면 자네에겐 더 마음에 들겠지."

"자넨 아이를 어떻게 하려고?"

"지금으로서는 어떻게 해야 할지 모르겠네. 아이가 누구 아이인지 모르니까. 난 그저 이 집 안주인이 착한 분이니, 이 아이가 이 집에서 추위나 좀 녹일 수 있었으면 하는 생각을 했지."

"왜 안주인이? 왜 우리는 안 돼?"

페트로 도슈키는 웃었다.

"정말 천진난만한 사람이군, 요한! 러시아사람들이 자네에게 이 아이를 줄 것 같애?"

"왜 아니래? 난 시내에 아는 사람들이 많다고. 포로수용소 사령부에 청원서를 쓰면 그들이 후원하고 그러면 확실하고도 따뜻한 정을 기대할 수 있는 걸……그렇다고!"

"하하! 자네는 역시 순진한 사람이군!"

페트로 도슈키의 그침 없는 웃음에 요한은 발끈했다. 그는 화가 나고 마음이 상해 페트로 도슈키를 외면했다.

"에헤! 자넨 인정 없는 사람이군, 페트로!"

페트로는 큰 소리로 웃었다. 그는 긴 안락의자에 아이를 내려놓고, 직접 요한을 포용해 주러 갔다.

"요한, 요한! 자넨 고칠 수 없는 몽상가군! 자넨 그렇게 가난한데도 새로운 걱정거리를 떠맡으려고 하니. 자넨 아주 예민한 암소 같구먼. 자네 송아지가 팔려가는 것을 보고 울부짖고, 낯선 송아지를 보아도, 송아지 어미 대신에 자네가 직접 젖 줄 태세이구먼."

"자네가 나를 정확하게 비교해 줘서 고맙군!"

"그런 것쯤이야!"

"자네, 웃음은 틀렸어. 더구나 자네가 착한 사람이라 해도, 자넨 아이들에 대한 정은 없군."

아이가 울음을 터뜨렸다. 페트로 도슈키는 아이에게 달려가, 서툰 표정과 익살 조의 말로 아이의 울음을 그치게 하는 데 성공했다.

두 사람이 헝가리 말로만 하는 대화에서 아무 말도 이해하지 못한 마루사는 감동이 된 듯 한탄조로 말했다.

"페트로 도슈키 선생님은 정도 많은 분이군요!"

페트로 도슈키는 웃었다. 요한은 불평하면서도, 하지만 이젠 평정을 되찾고는 말했다.

"마루사, 당신은 언제나 말도 안 되는 소리만 하는군."

침실의 문이 갑자기 열렸다. 안주인이 거실로 들어섰다. 그녀는 페트로 도슈키에게 다정한 웃음 짓고는, 악수하러 손을 내밀었지만, 페트로 도슈키는 자신의 코를 잡아 비트는 아이에게 정신이 팔려있었다.

"누구 아이예요?"

안주인은 물었다.

"솔직히 고백하지만, 부인, 저도 모릅니다. 오늘 아침에 이 아이가 내 팔에 놓여 있더군요. 동쪽으로 향하는 길에서 말입니다. 간밤에 우리에게 기분 나쁜 일이 있었거든요. 우리 방의 한 사람이 아파, 내가 잠을 잘 자질 못했어요."

"누가 아픈데?"

갑자기 요한이 물었다.

"도글러."

"왜?"

페트로 도슈키는 잠시 생각에 잠겼다.

"별거 아니야!…… 이른 아침에, 난 옷도 갈아입지 않고, 머리나 좀 식히려고 산책을 했어. 몇 걸음 걷다 보니, 길에 갈색의 큰 보따리가 있지 않겠어. 내가 다가가, 그 안을 들여다보니, 내가 놀랐음은 상상이 가겠지. 양털의 포근한 큰 수건과 군복이 안에 놓여 있지 않겠어. 그 안에 이 녀석이 있었어. 이 아이는 추위에 떨고 있었어. 내가 아이를 데리고 의사 막사로 가서, 그곳에서 아이를 따뜻하게 하였지. 다행스럽게도."

요한은 자신의 손을 페트로의 어깨에 올렸다.

"그래도 자넨 정이 있군, 페트로 도슈키."

안주인은 어린아이가 입은 옷을 훑어보았다.

"내 생각엔,"

안주인은 말했다.

"저 아이는 좋은 가문에서 자란 아이 같군요. 적어도 옷은 잘 입혔군요."

"나도 같은 생각이오."

안주인은 연민의 눈빛으로 아이를 바라보았다.

"마루사! 아이에게 우유를 줬니?"

"예!"

마루사가 대답했다.

"페댜도 방으로 안고 와,

둘이 함께 있으면 잘 놀겠는걸."

마루사가 침실로 들어갔다.

"방금 나는 부인께 이 불행한 아이를 돌봐 주십사 하고 요청하고 싶었답니다."

마루사는 어린 페댜를 데리고 왔다. 페댜는 낯선 동갑내기를 보자, 즐겁게 소리쳤다. 마루사는 페댜를 아이 곁에 앉혔다. 한편 안주인과 요한과 페트로는 상의했다. 그들은 부모가 나타날 때까지 이 아이를 이 집에 놔두도록 결정했다. 지난밤에는 아무 일도 일어나지 않은 것처럼, 그렇게 그들은 함께 아침을 먹으러 식탁에 가 앉았다. 페트로 도슈키는 안주인의 남편에 대해 관심을 두지 않았고, 안주인도 남편에 대해 언급하지 않자, 요한은 그 문제를 화제에 올리는 것을 조심스럽게 피해 갔다.

현관에서 장화를 툭툭 털고 있는 소리가 났다. 누군가 발 깔개에 발바닥을 조심스럽게 문지르며 털고 있었다.

안주인이 현관으로 갔다.

"누구세요?"

현관문에서는 이반 니콜라예비치의 수줍은 얼굴이 보였다. 그의 곱슬머리는 잘 빗겨 있었지만, 뺨에는 아내가 어루만져 준 손자국이 아직도 지워지지 않고 보였다. 얼굴에 긴 줄이 여러 개의 평행선으로 그려져 있었다. 그는 말을 할 땐, 여러 번 더듬거리더니, 그때마다 곧장 재빨리 눈썹을 껌벅거렸다. 안으로 들어서면서, 그는 식탁에 있는 사람들에게 인사를 하고는, 한 모퉁이에 있는 성화를 향해 성호를 여러 번 그었다.

"무슨 할 말이라도, 이반 니콜라예비치?"

안주인은 물었다.

"의자를 갖고 와서 앉아요!"

이반은 연신 고개를 끄덕이며 식탁으로의 초대에 응했다. 안주인은 그에게 차를 한 잔 내밀었다.

"마셔요, 이반 니콜라예비치!"

그녀는 말했다.

"고맙습니다."

이반은 차 한 잔을 받아들고는 차를 식히려고 접시에다 조금씩 부었다. 그는 접시로 몇 모금을 마시고는, 아무도 그런 식으로 마시지 않자, 그도 곧 다른 사람들처럼 마쳤다.

오랜 침묵이 있었다. 이반이 차를 마시자, 다른 사람들은 그를 몰래 보았다. 마침내 안주인이 먼저 말을 꺼냈다.

"내게 무슨 볼일이 있어요, 이반 니콜라예비치?"

이반은 자기 안주인을 훔쳐보고는, 깊이 한숨을 내쉬었다. 안주인은 거듭 관심을 보였다.

"무슨 사건이라도 일어났어요?"

이반은 헛기침을 한 번 하고는, 두 포로를 쳐다보고는, 좀 괴로운 듯이 말을 시작했다.

"제가 마님께 뭔가를 가져 왔는데, 제가 못난 사람이라서 그걸 잃어버렸습니다."

"그게 무슨 말인지 이해가 안 되는군요."

"저도 이해가 되지 않습니다. 검사님께서 내게 뭔가 주셔서, 그걸 마님께 갖다 드리라고 하셨는데, 그렇게 써주신 쪽지가 내 호주머니에서 그만 사라져 버렸답니다."

요한과 안주인은 웃었다. 이 착한 사람은 지난밤의 편지 전달 일에 대해선 정말 잊어버린 모양이었다. 안주인이 그를 안심시켰다.

"그건 벌써 내게 주었어요, 이반 니콜라예비치."

그러자 이반은 깜짝 놀랐다.

"제가요?"

"그래요! 당신이! 안 그래요, 요한 바르디 선생님?"

"그래요! 그렇다고요!"

요한이 확인해 주었다.

"당신이 집에 돌아왔을 때, 기억 안 나요? 당신은 땅에 드러누워, 노래 부르면서 편지를 전해 주었어요."

이반은 희미하게 기억해 내고는, 부끄러워 얼굴을 붉혔다.

"아하! 이제 기억이 납니다……제가 좀……좀……"

"그래요! 그래요! 그래요!"

안주인은 미소를 지으면서 말했다.

"마님, 정말 부끄러워요. 술을 평소 잘 마시진 않는데, 어제는, 귀갓길에 동료들을 만났습니다. 동료들은 새 정부의 탄생을 축하하며 술을 마시고 있었고, 나더러 억지로 마시라고 강요했지요. 하지만 난 그들에게 침을 뱉었어요."

"그 사람들이 창문 아래서 그렇게 사람을 놀라게 소란을 피웠소?"

요한은 물었다.

"그들이 소란스럽게 했습니까?"

"에이, 어떻게 그런 일이?!"

"내가 그들에게 침을 뱉었다고 말했지요. 내가 검사님을 토쯔코예사브스크로 마차로 모셔 드린 것은 그리되었답니다. 더 정확히는, 우리가 토쯔코예사브스크로 가야 할 것으로 생각했지요. 하지만 인근 역에서 검사님은 제게 말씀하시더군요. '이반, 자넨 집으로 돌아가게. 그리고 이 편지를 마님께 갖다 드리게. 난 토쯔코예사브스크론 가지 않고, 멀리 가야 하네.' 그래서 저는 제가 토쯔코예사브스크로 가지 않고, 먼 곳으로 가야 됐구나. 그래 좋아요, 하고 생각했어요. 그분이 먼 곳으로 가시면, 내가 추위 속에서 3일 동안 따라갔다가, 또 3일 동안 돌아오지 않아도 되구나, 그런 생각을 했지요. 내가 곧장 돌아오려고 했지만, 그때 검사님이 말씀하셨어요. '이반, 자넨 여기서 저녁까지 기다려서, 아무도 내가 토쯔코예사브스크로 가지 않았다는 사실을 눈치채지 못하도록 해야 하네.' 그래요, 저는 좋다고 생각했지요. 그리곤 검사님의 계좌로 나는 여관에 들어가, 몸을 좀 덥히려고 보드카를 마셨어요. 우리는 함께 자리에 앉았지요. 검사님도 동쪽으로 갈, 가장 가까운 시간에 도착할 열차를 기다리느라 저와 함께 있었어요. 검사님이 떠날 시각이 되자, 검사님은 제게 20루블을 주시면서, 건강을 위해 건배하자고 하신 뒤, 저녁까지 기다리라고 말씀하셨어요. 그래서 저는 그곳에 남아 있었지요. 그게 전부입니다. 저는 돈을 많이 낭비하진 않았어요, 나는 아내를 놀래주려고 했지요. 하지만 내가 그런 계획을 세우기도 전에 일이 꼬여버렸어요……저녁이 되자……"

이반은 이야기하고는 멈추어, 자신에게 차를 따라 주는 안주인에게 잔을 내밀었다. 이반은 여러 모금 마시며 목을 축였다.

"저녁이 되자,"

그는 계속했다.

"저는 말을 풀어, 마차를 출발시켰습니다. 이미 날이 어두웠더군요. 그래서 저는 하나님께 기도했습니다. 검사님이 밤에는 불행한 일이 더러 일어난다고 말씀하셨기 때문입니다. 기도하고는 휘파람을 불었습니다. 밤에 휘파람을 불면 용기가 더 생기기 때문입니다. 무슨 일이 제게 일어나면, 그건 저 스스로 잘못해 그렇다고 생각했습니다. 그건 제가 여관에 아침까지 남아 있지 않은 이유이기도 합니다. 바로 그때, 어느 숲을 지나게 되었지요. 달이 밝았기 때문에 이 길은 도움이 되었지요. 그래, 저는 휘파람을 계속 불었어요. 그런데 갑자기 휘파람을 멈출 수밖에 없었어요. 제 앞으로 달려오는 썰매를 발견했지요. 썰매에는 화를 크게 내는 어떤 사람이 타고 있었습니다. 그는 마부의 어깨와 머리를 계속 때리면서, 지독한 욕을 퍼부었답니다. 마부는 말을 잔혹할 정도로 후려갈기고는, 썰매는 춤추는 듯이 들썩거리며, 제 마차 쪽으로 가까이 왔습니다. 저는 썰매를 피하려고 고삐를 당기게 되었지요. 저는 말에게 '워워!'라고 소리치고는, 제 생각에는 괜찮게 보였지만, 마주 오던 썰매는 제 옆에까지 와서는, 화를 내던 남자가 내리더니, 제 앞에 권총을 들이댔습니다. 제게 '너는 누구냐?'고 물었어요. 저는 정말 혼쭐이 났지만, 목소리를 통해 그분이 메드베듀크 육군 대령님이라는 것을 알고는, 제가 말했지요. '저는 이반 니콜라예비치 라드첸코예요, 법원 직원이라고요.' 그랬더니 그는 권총을 집어넣더군요. 하나님 덕분에, 라고 생각했지요. 그가 묻더군요. '집이 어디야?'라고요. 그리고 검사님이 나를 인근 역으로 심부름 보냈다고 말씀드렸죠. '좋아! 어서 가자!' 그는 자기 마부에게 그렇게 말하자, 썰매는 달려가더군요. 썰매 속에 그분 부인도 있었고, 부인은 아주 심하게 울고 있었어요……"

"그가 부인과 함께 달아나던가요?"

안주인이 물었다.

이반은 잠시 쉬면서 자신의 차를 한 모금 길게 들이마시고는, 겨우 대답했다.

"당연히요, 부인과 함께요. 그분은 부인을 이곳에 남겨둘 용기가 없었지요. 그에 대해 사람들은 매우 화가 나

있고, 죄 없는 여자와 아이에게 복수하는 일도 흔히 일
어나기 때문에 ……그들의 썰매는 달아났고, 저는……"
페트로 도슈키가 갑자기 그의 말을 가로막았다.
"이반 니콜라예비치! 그 길이 포로수용소 근처로 나 있
는 길이던가?"
"바로 포로수용소 쪽으로 향하는 길이지요."
요한은 페트로 도슈키를 바라보고는, 그가 무슨 생각을
하고 있는지 곧 추측할 수 있었다. 안주인도 같은 생각
하고 있었다. 페트로 도슈키가 입에 손을 대며 주의를
시켰을 때, 안주인은 말을 하려고 했다. 이상한 흥분이
세 사람을 휘감고 있었다.
한편 이반은 이야기를 이어갔다.
페트로 도슈키는 이야기를 이젠 듣고 있지 않았다. 그는
지난밤, 미지의 목적지로 덜컹거리며 날쌔게 달려가던
썰매가 눈앞에 떠올랐다. 썰매가 갑자기 들썩거리더니,
따뜻한 양털 싸개와 군복에 싸인 아이가 그 안에서 떨어
져, 길바닥에 놓이게 되었다.
그때 썰매 안에서 엄마는 흥분과 피곤으로 잠에 곯아떨
어진 것 같은 모습도 보았다.
"포로수용소를 지나왔어요?"
페트로 도슈키가 이야기를 하는 이반에게 물었다.
"아뇨. 그러면 제가 수비대 옆으로 더 가까이 지나가게
되기 때문입니다."
 페트로 도슈키는 자신의 환상 속에서 만든 그림에서 어

젯밤 일의 실마리를 더 엮어갔다. 그는 어머니의 고통스럽지만 온화한 얼굴을 떠올렸다. 어머니의 순교자 적 삶이 정말 자주 어려운 시기의 그에게 감동을 주었다. 어려운 시기란 메드베듀크가 포로수용소 막사의 관사에 가족과 함께 살았을 때를 말한다. 그런 시기에 태어난 귀여운 아이가 지금 이곳의 긴 안락의자에 앉아 있다.

그는 다시 이반에게 물었다.

"썰매에서 아이를 보진 못했소? "

"악마나 알지요. 썰매는 마치 날개를 단 것처럼 힘차게 달려 어둠 속으로 사라져 버렸다니까요."

이반은 이야기를 계속했다. 페트로 도슈키는 생각에 잠겼다. 그는 그 인간 같지 않은, 짐승 같은 사람에게 언제나 얽매여 사는 불행한 여자를 도와주고픈 마음이 불같이 일었다. 그는 몇 년이 지나, 그 여자가 자기 아이를 다시 찾게 되었을 때, 그녀가 느낄 기쁨을 생각해 보았다. 어머니가 기쁨의 눈물을 흘리는 것을 그가 닦아 주고 있는 그림도 보였다. 그녀가 그의 인생에서 동정 이상의 감정을 갖게 만든 첫 여인이구나 하고 느꼈다.

이반은 찻잔에 남아 있던 차를 마시고는 탁자에서 일어나, 자신의 이야기를 끝맺었다.

"우리는 여관에서 빠져나왔다고 알고 있었지만, 우리가 출발했을 때, 우리도 노래를 불렀어요. 노래를 부르며 집으로 왔어요. 하지만, 제가 우리 집으로 어떻게 돌아왔는지는 전혀 이야기할 순 없어요. 저에게 화를 내진 마십시오, 마님. 난 정말 아무 죄가 없습니다……나는 원하지 않았지만, 그들이 나에게 강요를 했답니다. 나는 술 마시는 걸 싫어합니다. 맹세코 말할 수 있습니다!"

"그래, 좋네, 좋아, 이반 니콜라예비치! 아무것도 일어나지 않았군요! 위임받은 일을 해냈고, 편지를 전해 주었다. 그게 다지……그렇지 않나?"

이반은 자신의 털모자를 쥐고는, 연신 고개를 끄덕이며 인사를 하고, 떠나려고 하고 있었다. 그러나 안주인이 그를 멈춰 서게 했다.

"이반! 보드카 한잔해요!"

이반의 두 눈은 번쩍거렸지만, 그는 마다하며 고개를 저었다.

"아뇨, 아뇨, 마님, 전 술 안 마십니다……"

"그래도, 이반,……"

안주인은 그를 부추겼다.

이반은 어찌할 줄 모르고 복종했다.

"마님께서 그렇게 강요하신다면,……"

그는 말을 하고는, 노란 유자 껍질 맛 나는 보드카 잔에 손을 뻗었다.

"마님의 건강을 위해서, 존경하는 검사님의 건강을 위해, 그리고 그분을 존경하는 친구분들의 건강을 위해서……"

안주인은 다른 잔에 술을 부었다. 그걸 요한에게 권했다.

"당신도 마시겠어요, 요한 바르디 유로비치 선생님?"

"고맙지만 사양하겠소!"

"당신은요, 페트로 도슈키 선생님?"

"고맙지요. 사양하지 않겠어요."

페트로 도슈키는 살짝 웃으며, 한 잔 마셨다.

이반은 검사의 무사 귀환을 기리며 한 잔을, 포로들의 무사 귀환을 위해 또 한 잔을 마시고는 몸을 깊이 숙이고 떠나갔다.

몇 분간의 침묵. 페트로 도슈키는 놀고 있는 아이들에게 다가가 앉아, 연민의 눈빛으로 아이들을 바라보았다. 요한은 떠나온 고향에서 방황하는 자기 생각에 다시 휩싸여 있었다. 안주인은 자기 아들의 머리를 쓰다듬었다.

"이 아이는 그럼 메드베듀크 대령의 아들이군요!"

그녀는 말했다.

"그래요! 그 호랑이의 아들."

도슈키가 대답했다.

"왜 자넨 조용히 하라고 우리에게 경고하였는지?"

요한은 물었다.

"말 많은 시골뜨기인 라드첸코가 호랑이의 아들이 내 곁에 있다는 것을 모르도록 하고 싶어서. 그건 아이에게 위험할 것이오. 이미 어느 해적이……"

페트로 도슈키는 갑자기 침묵했다. 마치 새 아이디어에 사로잡힌 듯이. 그리고는 갑자기 자신의 외투를 집어 들었다. 요한과 안주인은 깜짝 놀라 그를 쳐다보았다.

"어딜? 어디로?"

요한은 그에게 물었다.

"막사로!"

그는 아이에게 옷을 덮어 주고는 안주인의 손에 작별 키스를 했다. 안주인은 정말 혼비백산했다.

페트로 도슈키는 안주인의 호의에 감사하고는 팔에 아이를 안고 현관으로 나가려고 했다. 그곳에서 그가 잠시 멈춰 서고는 남아 있는 사람들에게 말했다.

"호랑이의 아들을 내가 보호하고 있다는 걸 아무에게도 알려주지 말아 주십시오. 부인. 아무에게도."

요한은 자기 친구에게 다가가, 그를 만류하며 말했다.

"어떻게 하려고, 페트로 도슈키?"

페트로 도슈키는 좀 생각에 잠긴 뒤, 슬픈 미소로 대답했다.

"아냐. 요한. 하지만 나도 꿈속에서 모래 위에 집을 짓기 시작했다는 생각이 드네."

그는 뛰다시피 사라졌다.

제7장. <연극의 밤> 공연 준비

이틀이 지났다. 요한을 비롯한 제10호실 사람들은 다가오는 **<연극의 밤>** 공연 준비에 여념이 없었다. 그들은 거의 온종일 연습에만 몰두하였기에, 제10호실에는 도글러만 남아 있었다. 그는 창가에 앉아 넋이 빠진 사람처럼 무표정한 얼굴을 하고 있었다. 그는 3일 전까지만 해도 아내와 아이 사진이 높이 걸려 있던 벽의 자리만 바라보고 있었다. 그의 눈에는 이젠 눈물이 보이지 않았다. 사진이 걸렸던, 깨끗하고 하얀 네모난 자리가 그의 마음을 허무하게 만든, 비극을 입증해 주는 유일한 흔적이 되어버렸다. 그는 신경질적으로 두 주먹을 불끈 쥐기도 하며 또 때로는 주먹을 힘없이 펴기도 했다. 그는 화를 낼 힘도 없었다. 하지만 그의 신비스러운 깊숙한 내부에는 복수심이 싹트고 있었다. 어찌할 수 없지만, 피를 부르는 복수심이.

이제 그는 눈길을 딴 곳으로 옮겼다. 그의 눈길은 침울한 토굴 같은 방안을 방황하다가 도슈키의 침대에 멈추었다.

그 자리에는 군복으로 덮인 채 잘 자는 아이가 있었다. 도글러는 깜짝 놀랐다. 그는 아이가 이상하게도 움직임이 없는 것에 주목했다. 아이가 죽은 사람처럼, 밀랍 같은 모습으로 보였다. 도글러에겐 아이 모습이 그렇게 비쳤다. 그의 마음속에도 이 아이와 비슷한 나이에 죽은 아이가 소중한 기억처럼 있었다. 생명은 그에게서 죽은 이를 뺏어 버렸고, 죽음은 그에게서 이 아이도 앗아간 것 같았다. 그런 생각에 그는 오랫동안 잠겨 있다가, 죽은 아이라면 왜 저렇게 방에 두는지 이해하지 못했다.

그는 고통 속에서도 여러 생각이 났다. 상상 속에 이 생각 저 생각이 떠올랐다. 오래전부터 듣지 못했던 웃음과 아이의 재잘거림도 귓등을 스쳤다. 어린아이 손이 그의 얼굴을 건드리고, 그의 콧수염을 끌어당겼다. 그의 표정은 조금씩 온화해지고, 그의 입가에도 씁쓸한 웃음이 보이고, 좀 뒤에는 무의식적으로 불끈 쥔 주먹의 손등에 눈물이 떨어졌다. 따뜻한 눈물이 한 방울, 한 방울, 또 한 방울. 마침내 고통의 샘에서 나온 짜고도 쓴 물이 격렬히 쏟아졌다. 그가 울음을 터뜨리자 온몸이 들썩거렸다. 그는 중간중간 울음을 참느라 침을 삼켰고, 질식할 정도였다. 숨이 막히는 것 같은 군복 상의의 옷깃이 마치 쇠고랑같이 느껴졌다. 군복 상의는 부숴버려야 할 무거운 철갑처럼 느껴졌다.

절망의 몸짓으로 그는 군복 깃을 손으로 잡고 찢어버렸다. 군복도 확 풀어 제쳐버렸다. 단추들이 방바닥에 흩어졌다. 그는 계속 울먹였다.

"아들! 내 아들!"

그는 탁자에 몸을 던지고, 이젠 소리도 나지 않는 울음으로 흔들렸다.

그때, 문이 열렸다. 손에 꾸러미를 든 피자가 문 앞에 섰다. 피자는 조용히 문을 닫고는, 울고 있는 남자를 보자, 순간 당황했다. 어떡하지? 피자는 그에게 위로의 말조차 해 줄 수 없었다. 그는 러시아 말을 할 줄 모르고, 피자는 헝가리 말을 할 줄 몰랐다. 하지만 잠시 뒤, 피자는 주저하는 마음과 망설이는 발걸음으로 그에게 다가갔다. 피자는 그의 옆에 멈춰 서서, 위로해 주려고 손을 내밀다 황급히 다시 손을 내렸다. 아마 그가 피자의 참된 동정과 위로를 오해하고, 화를 벌컥 내고 욕으로 답할지 모른다. 하도 많이 남자들에게서 멸시당했던 젊은 피자는 남자들의 변덕스러움을 피하는 법을 알고 있었다! 그녀는 아이가 잠자는 침대로 몸을 돌렸다. 그녀는 들고 있던 꾸러미를 침대 가장자리에 놓았다. 그녀는 호주머니에서 이제는 얼음같이 차가운 우유 컵을 꺼내고는 잠자는 아이의 이마에 입을 살짝 맞추었다.

그 순간, 도글러는 고개를 들어, 피자가 온 걸 알고는 놀라움과 혼돈의 표정을 교대로 지었다. 그는 다시 기억했다. 조금씩 조금씩 그의 어렴풋이 기억나는 지난 며칠간 혼미 속에 침대에서 보냈던 일이 명확하게 떠올랐다. 그렇게 되살아난 기억은 그 불행한 밤에 일어났던 일까지도 생각났다. 그때, 그에게 여인이 얼굴을 숙이며, 그의 움직임을 유심히 보고 있었다. 이상하게도, 하지만 그때 그는 자신에게 자기 아내가 용서를 구하느라 몸을 숙이고 있는 거로 상상했다. 그는 열이 펄펄 나던 때에 자기 아내를 용서했다. 이제 이 여인을 보고서야 그는 머리맡에서 거리의 여자가 자신을 오랜 시간 간호했다는 것을 알게 되었다. 그가 흠 없는 순교자로 믿고 흠모했던 사람은 그의 아내가 아니라, 거리의 여자였다. 이제 그의 우상은 저 늪의 밑바닥에 놓여 있었다. 그의 아내와 이 거리의 여자는 똑같다. 아마 이 거리의 여자가 아내보다 더 나을지 모른다. 그런 아픈 생각은 그를 애태웠다.

피자는 숙인 몸을 바로 세워, 침대에 앉았다. 두 사람의 시선이 마주쳤다. 도글러는 동정 어린 푸른 눈의 시선 아래 혼란스러웠다. 그는 뭔가 말을 할 필요성을 느꼈다.

"아이는 살아 있어요?"

피자는 따뜻한 마음으로 웃었다.

"도글러 선생님, 뭐 원하는 거라도?"

그의 입가에 쓸쓸한 웃음만 나왔다. 그들은 서로 정말 대화가 할 수 없었다. 그러나 아가씨는 기다리고 있었다. '니체보'[7]라고 짐짓 몸짓을 취하며 말한 뒤 그는 창가로 몸을 돌려, 창에 퍼져 있는 얼음꽃을 손톱으로 긁었다. 피자는 그를 몸짓으로라도 도와주고 싶었다.

좀 우스운 모습이지만, 그렇게 애를 쓸 때 그녀는 좀 매력적이다.

"차 마시겠어요? 먹을 것 드릴까요?"

도글러는 고개를 저었고, 그녀는 어깨를 으쓱하고는 아이에게로 다시 갔다. 그녀는 뭔가 잡을 수 없는 행복을 꿈꾸는 듯 아이를 보며 웃고는 자리에서 일어났다. 그녀

---

7) 역주: '아무것도 없다'라는 러시아말

는 얼음같이 찬 우유가 녹아 따뜻해지도록 우유 주전자를 난로 위에 놓았다. 그녀는 꾸러미에서 과자와 구운 병아리를 꺼냈다. 그녀는 이 음식을 도슈키가 준 돈으로 시내에 가서 사 왔다. 그녀는 침대 아래의 다른 꾸러미를 꺼내, 군복을 가위로 잘라서 어린이용 '루바슈콘'(속옷)을 만들기 시작했다. 그녀는 아주 능숙하게 했다. 살아오면서 한 번이 아니라 여러 번 그런 일은 했으니까. 가위질이 끝나고, 바느질할 차례였다. 그녀는 섬세한 손으로 능숙하게 깁고, 짜고, 꿰맸다.

그새 잠에서 깬 아이는 통통한 주먹으로 눈을 비볐다. 아이가 하품하느라 입을 벌렸다. 하품이 끝나자, 변덕스러운 울음이 터져 나왔다. 피자는 하는 일을 멈추고 아이에게 달려갔다. 도글러는 혼란스러운 생각에 빠졌다.

"아이는 정말 살아 있구나. 저 아이를 내가 왜 죽었다고 생각했을까? 이상하지! 왜?"

한편 피자는 난로에서 데운 우유 주전자를 가져와, 우유에 과자를 쪼개서 넣었다. 피자는 숟가락을 찾아 그 아이에게 떠먹여 주었다.

누군가 문을 열었다. 이조르 스테이너가 문 앞에 서 있었다. 그는 도글러가 있음을 알자, 그의 넓게 퍼져 있던 웃음은 곧 사라졌다. 소리를 조금 낮춰 인사한 뒤에, 그는 자신의 목덜미를 만지기 시작했다. 그의 표정으로 보아, 위로하러 왔지만, 어떻게 시작해야 할지 몰랐다. 그는 여러 번 헛기침하였다. 그 뒤, 그는 커다란 손수건을 꺼내 코를 세게 풀고는, 마치 불행한 유대인들이 걸렸다는 유행성 감기에 욕을 했다. 그는 대답을 기다리는 것이 헛일임을 알고는 크게 웃음을 터뜨렸다.

"자넨 이 늙은 이조르가 뭘 팔거나, 사러 온 것으로 생각하고 있지. 내하고 내기할까? 자네가 틀렸어. 난 자네가 틀렸다고 말하고 싶어. 그러므로 내가 자네와 내기는 안 하지. 자네가 틀린 게 분명한데, 왜 내기를 해? 안 그래?"

그는 잠시 기다렸다가 목을 다시 한번 만졌다. 그리곤 그는 피자에게 윙크하고는 목청을 가다듬어 말했다.

"자넨 정말 맞췄네. 내가 헌 옷이나 바지나 신발, 기워 둔 속옷이나 팬티나 양말 따위를 팔러 오진 않았지…… 특히 자네와 내기하러 오진 않았어. 그럼 내가 왜 왔는가? 자넨 물을 권리가 있어. 그러면 내가 대답하지. 난 왔네. 왔다고. 왜냐하면, 내가 내 침상에 누워 있으면서 나는 인생에 대해 생각해 봤지. 아주 이상하게도, 내가 잠자지 않으면, 난 언제나 생각에 잠겨 있어. 나는 자면서도 계속 계산만 해. 왜냐하면, 모든 가난한 사람의 인생이란 계산으로 되어있어. 한때 꿈속에서도 내 동업자인 살로몬이 내게 끼친 손해를 계속 계산하고 있었지. 내가 잠에서 깨자, 난 곧 그에게 말했지. 사관후보생 **하바수** 님의 대위 군복을 판 돈 5루블을 어디에 두었어라고. 하바수 님은 이제 겨우 여섯 달의, 일개 사관후보생에 지나지 않아. 그는 포로가 된 뒤, 자기 계급을 대위라고 했지. 하지만 그가 속했던 부대의 중대장인 **구알라이** 대위도 텐트에 포로로 들어오자, 그는 걱정이 되어 자기 직위로 낮추었지. 또 살로몬은 곧 얼굴이 파래졌고, 나는 그의 **뺨**을 때려, 6루블을 받아냈지. 그리고…… 내가 잠 자면서도 계산한 보람이 그런 데 있지."

도글러는 그의 말에 주의를 기울이지 않았다. 이조르는 여러 번 침을 꿀꺽 삼켰고, 그런 노력이 헛됨을 그에게 말없이 알려 주는 피자를 바라보았다. 이조르는 다가가, 러시아말로 말했다.

"난 저 친구 위로하러 왔는데."

"소용없어요. 이틀 전부터 저분은 저렇게 저기 앉아만 있고, 아무에게도 말을 걸지 않았어요. 식사도 거절했어 요. 오늘 나는 저분이 우는 걸 처음 보았어요. 언제나 저 유리창에 낀 얼음만 긁고 있답니다."

이조르는 동정으로 머리를 끄덕였다. 그들 모두는 침묵 했다. 그런데 놀랍게도 갑자기, 도글러는 이조르에게 몸 을 돌렸다.

"왜 내가 저 아이를 죽은 사람으로 생각했나요? 이유를 말해 줘요?"

이조르는 깜짝 놀랐다. 이조르는 그 질문을 이해하지 못 해, 도글러의 표정을 보니 등골이 오싹했다.

"누구를 죽었다고 생각하나, 도글러?"

"저 아이요."

이조르는 오싹함으로 인해 아주 우스운 표정으로 만들

고, 그걸 러시아말로 피자에게 속삭였다.

"저 친구는 미쳤군. 하나님, 그는 미쳤어."

그리고 억지로 용기를 내 그는 도글러에게 대답했다.

"왜냐하면, 이 아이는 자고 있었으니 자네가 이 아이를 죽었다고 생각했겠지. 아주 간단하군. 놀랄 일도 아니네. 살로몬도, 내 동업자도 아주 깊이 잠들면 죽은 당나귀 같다네. 별것 아니야. 놀랄 일도 아닐세."

도글러는 다시 창으로 몸을 돌리고는, 얼음을 다시 긁었다. 그는 밖의 거리를 내다볼 수 있을 만큼의, 손바닥 너비만큼 얼음을 걷어냈다. 피자는 다시 옷 만드는 일을 시작하였고, 이조르는 도글러를 바라보며 섰다. 이조르는 잠시 머뭇거리다가 그에게 말을 걸었다.

"도글러……도글러……내 말을 들어보게! 정말 난 한갓 유대인에 불과하지만, 도글러, 내 말 들어보게! 나도 **마르마로스**[8]에 내 자식들과 아내가 있는 몸이야. 하나님이 그들을 도우시고, 그들을 지켜 주소서. 그리고 나도 그런 일을 자주 생각했지……그런 일을……저어……가장 정확한 표현을 못 찾겠군……자넨 내 말 이해하겠지……안 그런가?"

"어떤 일을요?" 도글러는 몸을 돌리지 않고 물었다.

"저어, 그런 일을, 여자들이 '죄가 없다고 할 수 없는' 일을……자넨 이해하겠지……그리고 나는, 그런 일은 이 때까지 살아오면서 그런 일은 보지 못해서……"

---

8) 역주: 헝가리 암염광산이 있는 곳의 지명

"그래 무슨 일이 있었나요?"

"아무 일도 없었고, 아무 일도 일어나지 않았네. 우선, 내 아내는 이미 젊은 여자가 아니니, 누가 그 여자에 대해 흥미 느낄 정도는 아니지. 둘째, 그녀는 나에게조차도 흥미를 갖지 못했는데, 왜 낯선 사람들에 대해 흥미가 있겠나. 셋째로⋯⋯하지만 내가 왜 이 말을 하지? 난 아이가 다섯이네, 깜찍하게 생긴 아이들이 다섯이지. 그중에 네 명은 아들이고, 하나는 딸이네. 예쁘고, 작은 병아리 같단 말이야. 내가 **프르제미슬** 요새에서 복무할 때 그 아이는 태어났지. 난 그 아이를 한 번도 보지는 못했어. 하지만, 난 그 아이가 병아리 같다는 건 알아. 만약 네 명의 아이들이 그 엄마를 유혹으로부터 보호할 줄 모른다면, 그땐, 하나님조차도 그 아이를 지켜 주지 않을 거야. 왜냐하면, 하나님은 아이들 마음속에 계시니까⋯⋯"

도글러는 신경질적으로 움직였지만, 이조르는 다정하게 그의 손을 잡았다.

"도글러, 긁지 말게, 긁지 말게! 내가 몇 마디 더 하지! 자네를 바라보면, 내 마음이 아프네. 자네가 자네를 괴롭히고 있어. 내 말을 들어봐. 그럼⋯⋯내가 그런 일이 생각나면, 나는 피를 보고 싶은 생각이 들어, 살로몬이라면 내가 용기가 없진 않은 사람이라고 말할 수도 있지. 때로는⋯⋯하지만 우리는 증명은 말게! 난 3년 전부터 내 옆에서 같이 자는 친구 일을 자네에게 이야기하고 싶네."

도글러는 흥미가 있는 듯 고개를 들었다.

"그도 그런 일이 있어요?"

"내가 하고 싶은 말이 그 말이야. 몇 달 전에 그는 자기 아내로부터 편지를 받았다네. 그 여자는 짧게 썼지만, 아주 많은 사연이 있었어. 그 여자는 송아지가 태어난 것과 새아기가 태어난 것에 대해. 그 아이의 아버지는 러시아 포로였대, 그 송아지의 아빠가 아니라, 그 아이의……그런데, 그리고 어쨌더라? 그 여자는 용서를 구했고, 그 이상은 아무것도……"

"그래서 그 친구는 뭐라 했어요?"

"그는 아주 오래오래 욕하더니, 나중에 평정을 되찾았지. 새아기가 태어나자, 가족이 늘어난 거지. 그 송아지는 소가 될 것이고, 쟁기를 끌 멍에를 차게 될 것이고, 아이는 힘센 청년이 되어 일을 도울 것이니. 왜 흥분해야 하나? 그는 평온을 되찾고는, 용서해 주더군. 그는 자신의 울분을 악마에게 줘버리더군. 악마나 울분을 터뜨리라고! 그보다 더 현명하게 하는 사람은 없었어. 아마 그는 집에 가면 그 여인의 뺨을 몇 번 후려갈길 것이지만, 별일 없겠지. 난 그걸로 많은 것을 배웠다네. 도글러, 아주 많은 것을. 우선……"

도글러는 더 그의 이야기에 귀를 기울이지 않았다. 그는 벌떡 일어나, 웃옷을 집어 들고, 그 방을 뛰쳐나가려 했다. 피자와 이조르가 그를 만류했다.

"도글러, 어딜 가려고?"

그는 다시 평정을 찾는 것 같았지만, 그것도 잠시뿐이었다. 잠시 주저하고 있던 화가 다시 치밀어 올라, 그의 앞에서 떨고 있는 이조르를 세게 흔들었다.

"이조르! 그 미친놈에게 즉시 가서, 그에게 말해 줘요, 내가 그를 찾는다고!"

이조르는 그를 만류하려고 백방으로 노력했지만, 아무 소용이 없었다. 도글러는 소리쳤다.

"가서, 말해 줘요, 내가 그를 기다리고 있다고요! 그를 당장 불러와, 아니면 내가 찾아갈 거야. 난 그를 미친개처럼 죽도록 패 버릴 거다. 가, 가란 말이야!"

이조르는 절망적으로 도글러의 손에서 자신을 빼내려고 비틀었다. 도글러는 극도의 광란을 벌이고 있었다. 갑자기 그는 펄쩍 뛰어, 두 사람이 그를 제지하기도 전에 밖으로 달려나갔다.

이조르는 한숨을 쉬며 그를 뒤 따라갔다.

"도글러, 자넨 무슨 일을 저지르려고? 그만 서, 거기 서라고! 내가 그 일로부터 뭔가 이해하지 못하면, 난 더러운 개다."

피자는 아이와 함께 남아 있었다. 피자는 주저했다. '어떡한담? 극장으로 달려가, 다른 사람들에게 알린다? 하지만 뭐라고 하지?' 그녀는 그 두 사람이 헝가리말로 한 대화에서는 아무것도 이해하지 못했다. 마침내 피자는 아이를 옷으로 감싸고는 그 아이를 안고 방을 나섰다.

그녀는 극장으로 뛰어갔다. 그녀는 길을 가다, 도글러가 그 사관후보생과 결투하려 한다는 이야기를 절망적으로 전해 주는 이조르를 만났다.

"결투를요? 여기서요? 칼도 없는데, 권총도 없는데요?" 그녀는 놀랐다.

"그렇소! 결투, 결투 말이오! 그건 안 된다고 했지만, 그는 이상하게도 웃기만 하더군. 그는 아마 새로운 결투방식을 아는 것 같았어요. 그는 그렁대며 소리쳤거든. '난 그냥 유리를 긁고 있지 않았다고! 난 어떻게 결투할지 알아. 우리 둘 중 한 사람은 오늘 죽는다!' 그런 말을 했다네. 피자! 우린 어떡하지? 우리가 미친 그를 어떻게 말리지?"

피자는 자신도 공포를 느끼게 하는 뭔가를 생각해 냈다. 그녀는 도글러가 깨끗이 긁어 놓은 유리를 통해 무엇을 보았는지, 러시아군 순찰대가 그 옆을 지나가고 있을 때, 그의 행동이 어떻게 달라졌는지를 기억해 냈다. 일 년 전의 어떤 결투가 생각났다. '검은 구슬'을 꺼낸 사람이 러시아군 순찰대를 공격해야 하는 결투였다. 그때, 그 불행한 젊은이가 순찰대 총에 맞아 죽었다.

"**스테이너** 선생님," 피자는 결심한 듯 말했다. "극장으로 바로 가세요, 도슈키와 바르디 두 분 선생님께 알려요. 그분들을 빨리 오시라고요. 도글러 씨가 아주 위급한 상황에 부닥쳐 있다고요! 난 여기 남아 있겠어요. 난 순찰대를 기다리고 있겠어요. 어서요!"

"그리고 아가씬 여기에 남는다? 이해가 안 되는군."

"가요, 어서요! 시간을 허비하지 마세요! 난 여기 남아 있어야 해요."

이조르는 달려갔지만, 빙판길에서 매번 미끈하면서도 조심조심 천천히 달려갔다. 피자는 그가 길모퉁이를 돌아갈 때까지 보고 있었다. 그때 그녀는 아직 포로들이 수용되어 있지 않은 막사의 큰 출입문 아래에 숨을 곳을 찾았다. 바람이 세게 불었다. 아이가 울었다. 그녀는 아이를 더 세게 안았다.

그 길에는 인적이 없었다. 오른편 끝에는 경비대 막사가 있었다. 그 방향에서 순찰대가 오기만 기다리고 있었다. 반대편에는 장교 막사가 여러 동 있었다. 그곳에서 필시 도글러가 나올 것이다. 15분을 더 기다려도, 아무도 보이지 않았다. 그녀는 더욱 조바심으로 흥분되어 갔다. 아이는 그녀의 품에 안겨 자고 있었다. 오래 서 있는 동안, 한기가 그녀의 몸을 파고들었다. 묘지 같은 침묵이 그녀의 주변을 휘감았다. 이곳에 더 오래 있을 수 없었다. 걸을 필요가 있었다.

그래서 그녀는 경비대 막사로 걸어갔다.

그녀의 가벼운 발걸음 아래 눈이 뽀드득 소리를 냈다. 그게 그녀가 들을 수 있는 유일한 소리였다. 주위의 침묵은 이상하게도 그녀를 감동하게 했다. 그녀는 목표 없는 자기 인생에 대해 생각났다. 그녀는 난생처음으로 자신의 마음속에 신비한 평안을 느낄 수 있었다. 이제 그녀는 인생 목표를 갖게 되었다. 다른 이를 위해 선을 행한다는 목표를. 그녀는 자신을 책망하며 웃었다. 하지만 지금 그녀 마음의 저 아래에 현(弦)이 떨려와, 달콤한 신비감마저 가져다주었다. 벌써 오래전부터, 그녀는 제10호실에 대해서 거리의 여자로서의 이익을 얻는 이상으로, 예술가들에 대한 동정과 인간애적 동정 이상의 뭔가가 들어있음을 느꼈다.

그녀는 처음에는 자신을 믿지 않았다만, 그녀는 그 감정에 대해 이상하게도 자신을 비웃다가, 나중에는 자신의 운명을 오랜 시간 비관하다가도, 마침내 자신의 운명에 굴복했었다. 아무것도 그녀는 바라지 않았고, 아무것도 그녀는 원하지 않았다. -다만, 그 남자를 바라보는 것만, 그 남자의 시선이 그녀를 늪에서 인간 본래의 위치로 끌어올려 주게 하는, 유일한 한 남자의 시선을 바라보는 것만이 유일한 위안이었다. 그녀는 그 남자의 마음에 들려고 온갖 방법을 다했지만, 그 남자는 달콤하고도 괴롭히고 있는 그녀 마음속 비밀을 알지 못하는 것 같았다.

그런 생각을 하며 그녀는 예술인 막사도 지나가게 되었다. 그녀는 잠시 도글러가 돌아오지 않았는지 다시 돌아보며 확인해 보았지만, 길에는 아무도 없었다. 그녀는 계속 더 걸어갔다. 그러나 몇 걸음 더 걸어가다 그녀는 멈추었다.

순찰대, 16명이 한 조가 된 순찰대가 경비대 막사에서 나와, 4명씩 네 줄을 만들었다. 지도자가 (준위가 아니다. 왜냐하면, 새 정부에서는 군대의 모든 계급을 없애버렸다) 그들을 지휘하고 있었다. 그는 젊고 키 큰 남자였다. 그녀는 그를 어디선가 본 적이 있었다. 뭔가 벌어지기 전에 그에게 말해 주는 편이 낫겠다. 그녀는 멈춰 섰다. 순찰대가 그녀가 서 있는 막사 앞에 도달하려면 이 길로 와야 했다.

순찰대가 이제 출발하여, 그녀 쪽으로 왔다. 총구에는 칼이 꽂혀 번쩍거리고 있고, 우렁찬 군가가 들려 왔다. 그녀는 장교 막사 앞에서 황급히 달려오는 포로 몇 명을 보자 기뻤다. 아마 도글러의 동무들이겠지. 모퉁이에서 순찰대는 방향을 바꿀 것이고, 그렇게 되면, 도글러는 이제 그 순찰대를 더는 만날 수 없게 될 것이다. 그녀는 깊은숨을 내쉬었다. -이젠 위험이 끝났구나!

그리고 그녀는 편안한 마음으로 그 다가오는 포로들에게로 갔다. 하지만 갑자기 그녀는 깜짝 놀라 멈추어 섰다. 군가가 갑자기 중단되었다. 소란과 욕설, 퍽퍽 때리는 소리가 그녀의 귓가에 들려 왔다. 겁이 나, 그녀는 몸을 돌렸다. 소란이 가장 크게 들리자, 그녀는 절망적으로 싸우는 현장을 보게 되었다. 군인들이 헝가리 말로 고래고래 고함을 지르는 포로를 주먹과 총으로 때리고 있었다.

"나를 죽이라고. 하지만 때리진 마! 날 죽여!"

피자는 온 힘을 다해 그곳을 달려갔다. 그리고 그녀는 절망적으로 고함을 질렀다.

"그 사람 때리지 말아요! 그를 내버려 둬요! 그는 미쳤어요. 미친 사람이라니까요!"

군인들은 순간 난폭한 행동을 멈추었다. 그들은 자기들 쪽으로 달려오는 피자를 바라보았다. 포로는 마치 숨을 거둔 듯, 땅에 나동그라졌다. 그의 이마에는 피가 흐르고 있었다.

"무슨 말이야?" 그 군인 중 한 사람이 큰 소리로 물었다.

"미친 사람요, 미친 사람이라고요……그게 안 보입니까?"

"미쳤다고? 아냐? 미친 멘셰비키야!……이놈을 죽도록 패자!"

그들 중 곰 같이 생긴 사람이 낮게 신음하고 있는 그 불행한 사람의 머리를 발로 찼다. 피자가 또 다른 순찰대원이 총검을 마지막으로 사용할 바로 그 순간, 그 자리에 도착했다. 그녀는 그의 손을 쳐서 총을 걷어냈다.

"짐승 같아요! 당신들 모두 짐승이라고요! 무기도 없는 사람을, 이 불행한 미치광이를 그토록 때리다니 부끄럽지도 않아요? 당신은 무장한 곰 같군요! 당신은 부끄럽지도 않아요?"

그러자 순찰대의 지도자는 팔꿈치로 그녀를 밀치며, 윙크하고는 크게 웃었다.

"너 애인이지?"

"아뇨! 맹세코 아닙니다! 이 사람은 미쳤다고요! 불쌍한 미치광이라고요!"

"이 자를 알아?"

"포로 중 그녀가 모르는 사람이 어디 있나요?"

다른 사람이 크게 웃으면서 말했다.

"그래요! 난 이 사람 알아요. 난 이 사람 알아요. 이 사람은 아주 착한 사람입니다. 그런데 갑자기 이 사람은 제정신을 잃었어요. 그는 불행한 일을 겪고 있어요. 난 그를 알아요. 그는 미쳤다고요."

피자는 한 손에 아이를 안고, 자유로운 다른 손으로 그 상처 입은 사람의 이마에 피 묻은 머리카락을 닦아 주었다. 그리고 그녀는 무릎을 꿇고 앉았다가, 곧 깜짝 놀라 외치면서 자리에서 일어났다. 그 불행한 사람은 도글러가 아니었다. 그녀는 전혀 낯선 얼굴을 보게 되었다. 어린아이 같은 얼굴의 청년이었다. 그녀의 놀람도 그녀 자신을 배신한 것 같았다. '그녀는 이와 같은 변화를 어떻게 이해해야 한담?' 그녀는 혼돈되었다. 그 뒤, 그녀는 생각을 정리했다. 그 이름을 불러 줌으로써 운명은 그 배신당한 남편을 용서해 주었다.

하지만 그녀의 동정이 도글러에게 향했던 것보다 이 낯선 사람에게 덜하진 않았다.

그러는 동안, 바르디와 도슈키와 케체멘이 도착했다. 군인들은 곧 자신들의 난폭함에 대해 정말 부끄러워하고는 어떤 식으로든 군대 규율과 사령부 명령에 따랐다며, 자신들이 한 행동을 합리화하려고 했다. 도슈키는 그 상처 입은 사람에게 다가가 그를 알아보자, 흠칫 놀라 바르디에게 몸을 돌렸다.

"이 사람은 도글러가 아니네. 그 젊은 사관후보생이군."
"어느 사관후보생인데?"
도슈키는 그들이 아직 바르디에게 아무 이야기도 하지 않았다는 것을 갑자기 생각했다.
"어느 사관후보생?"
요한은 되풀이해 물었다.
"이제 모든 일은 중요하진 않아. 나중에 따로 내가 막사에서 모든 걸 이야기해 주지. 이 상처 입은 친구는 빨리 병원으로 데려가야겠어."
케체멘과 도슈키는 그 불행한 이를 일으켜 세워 인근 막사로 데려갔다. 그 막사를 출입하는 대문에는 벌써 몇 명의 포로들이 무슨 일이 있었는지 구경하러 나와 있었다. 그들 중 한 사람은 도움을 청하러 의료진 막사로 달려갔다. 그들은 그 부상자를 침상에 임시로 눕혔다. 케체멘은 그의 곁에 남아 있었다. 도슈키는 다시 요한 바르디가 있는 곳으로 돌아갔다.
순찰대가 대열을 갖추어 출발하려다가, 그 순찰대 지도자가 갑자기 피자에게 몸을 돌렸다.
"네가 안고 있는 아이는 누구 아이야?"
피자는 재치와 무관심의 표정을 지었다.
"당신 아기는 아니에요. 짐승 같은 지도자."
지도자의 얼굴이 어두워졌다.
"난 알아. 네 아기는 아니야. 난 네가 안고 있는 아이가 누구 아이인지 알아야겠다고."

"무슨 관심이 그리 많아요?"

"네가 당장 답하지 않으면, 널 저 아이와 함께 가둬버리겠다." 그의 턱수염이 위협적으로 움츠러들었다. "소문엔 메드베듀크, 그 호랑이가 이 시내에서 변장하여 다닌다더군. 그자는 자기 자식을 찾고 있어. 우린 그 조그만 호랑이를 찾아내, 멘셰비키 무리의 두목을 잡는 술책으로 써야겠어."

피자는 창백해졌다. 그리고는 신경질적으로 피식 웃었다. 그녀 눈길은 절망적으로 도슈키와 바르디의 눈길에서 뭔가 도움을 청하고 있었다. 도슈키는 전신을 떨었다. 바르디는 편안하게 서 있었지만, 그의 입가에는 가벼운 웃음도 보였다. 지도자가 이미 그 아이에게 손을 뻗자, 아이는 낯선 남자를 보고는 깜짝 놀라 울음을 터뜨리며, 피자의 품에 꼭 안겨 있었다.

"엄마한테, 엄마한테……"

그 꼬마 아이는 쉴 사이 없이 되풀이했다.

피자는 그 아이에게 뻗친 손을 힘껏 뿌리치고는 그 군인들에게 대들듯이 노려보았다.

"그래요! 방금 당신들은 들었지요! 그 아이 스스로 말했지요. 어미는 나예요. 알아들었어요, 짐승 같은 지도자? 그리고 이 아이에게 손을 댔다간, 한 달간 당신 머리가 얼얼하도록 뺨을 후려갈길 테다. 나를 잡아 가두겠다고? 나를? 당장 내가 사령부로 가서, 길가던 평화로운 여성 동무를 공격해 아이를 뺏어가려 한다고 고발할 테다. 어

- 170 -

미는 나란 말이야. 나! 이젠 알아들었지.”

군인들은 웃었다. 그 지도자는 갑자기 쏟아내는 말에 놀라, 좀 수그러들며 말했다.

“그래 아빠는 누구요?”

요한은 갑자기 그 군인들 앞으로 가, 피자에게 그 아이를 빼내, 아이에게 키스했다. 피자는 어쩔 수 없이 요한에게 다가섰다. 도슈키는 놀랐다. 군인들은 웃음을 멈추었다. 이상한, 정말 무거운 침묵이 있었다. 그 지도자는 요한을 잘 알고 있고, 요한이 새 정부에 호의적 인사라는 것도 알고 있었다. 그 때문에 그는 존경하듯 다가와서 속삭이듯이 물었다.

“요한 바르디 동무, 동무가 아버지요?”

요한은 조용히 웃었다.

“아뇨! 이 아이는 아빠를 모릅니다. 어머니만 알 뿐. 이 아이와 이 아가씨는 내게 딸린 사람들이오. 왜냐하면, 남자들이 저지른 부정은 남자들의 정의로만 고칠 수 있는 법이지요.”

지도자는 당황했다. 그는 자기 동료들에게 조언을 구하는 듯이 동료들을 쳐다보았다. 도슈키는 요한이 침착해하는 이유를 몰랐다. 피자만 확고하고도 믿음직하게 서 있었다. 피자는 요한이 그들을 구해줄 어떤 방도가 있음을 느끼고 있었다.

군인들은 작은 소리로 수군댔다. 요한의 대답은 그들에겐 수수께끼같이 보였지만, 그 확고한 어조는 효과가 있었다. 그들은 주저했다. 마침내 지도자가 결심했다. 사안을 검토해 봐야겠다는 것이다. 그는 요한에게 존경하는 태도로 몸을 돌렸다.

"동무, 법률의 이름으로 대답해 보십시오! 당신은 지금 누구 아이를 안고 있습니까? 이 아이가 메드베듀크 아들이라면, 우린 당신에게서 저 아이를 데려가야겠소. 그리고 당신이 혁명재판부에 이 일에 대해 대답해야 할 거요. 우리가 당신을 의심하지 않도록 증명서를 보여 주시요."

요한은 자신의 호주머니에서 종이를 한 장 꺼냈다.

"자! 여기 있으니, 검토해보고, 진정하시오. 그리고 우리를 이만 놔두시오! 의사가 왔고, 우리는 저 불쌍한 동포에게 가 봐야 하오."

지도자는 그 공문서를 받았다. 그는 오랫동안 그 종이를 검사하고는 스탬프와 서명을 검사하더니, 그걸 햇빛에 비쳐 보기도 하고, 또 목을 만지기도 하더니, 아이를 한 번 쳐다보았다. 그 서류를 다시 검사하더니 마침내 길고도 큰 소리로 마음씨 좋은 듯이 웃었다.

"요한 바르디 동무, 악마도 당신을 돕는군요! 악마가 당신을 도왔군요! 어떡하지? 서류는 가짜가 아니지만 그 아이가 여기 쓰인 대로 그만큼 나이가 들었군요. 어쨌든 악마가 당신을 도왔군요, 동무!" 그리고 그는 다시 길게 웃었다.

그리고 순찰대는 자신의 일정대로 다른 곳을 향해 출발

했다. 부상자를 데려가기 위해 일행 중 둘이 남았다. 그런 일이 있었다.

요한은 증명서를 받아 다시 호주머니에 넣고 막사로 갔다. 군인 둘과 피자, 도슈키가 그 뒤를 따랐다. 요한은 도슈키에게 다른 사람들이 알아채지 못하도록 헝가리말로 그 상황을 설명해 주었다.

"자네가 아이를 그 집에서 데리고 나갔을 때, 나와 카탸는 서로 의논했지. 아이가 복수를 당하지 않을 방법 말이야. 자넨 열성 때문에 가장 중요한 사항을 잊고 갔더군. 마루사 덕분에 우린 자네의 그 까먹기 잘하는 성질을 고칠 수 있었지."

"마루사 덕분이라니?"

"그래. 마루사가 두 해 전에 불법적인 아이 하나를 가졌어. 그런데 몇 달 만에 죽어 버렸지. 그 아이는 죽었지만, 그 아이의 침례 서류는 남아 있었지. 그 서류가 부엌에 있는 그녀 자신의 침대 위 벽에 걸려 있었지. 올해도 그녀는 그 '죽은 이들을 위한 날'에 그 서류를 앞에 두고 초를 켜두었지. 내가 그 서류를 잠시 빌려 왔지. 왜 아닌가? 그런 것은 자네에게서 배웠지. 죽은 도슈키가 살아 있다면, 죽었지만 죄 없는 사람은 살아 있으면 안 되란 법도 없지 않은가."

도슈키는 이런 언급을 불쾌하게 여기며 요한의 얼굴을 바라보았다. 하지만 도슈키의 표정은 그의 분개한 마음은 사라지고, 온화하고 아무 적의가 없는 모습이었다.

그들은 막사에 다다랐다. 케체멘이 그들을 문에서 기다렸다. 슬프게도 그는 고개를 흔들었다.

"그 난폭한 작자들이 그를 거의 부숴놨어요. 갈비뼈 두 개가 부러졌어요. 머리도 타박상을 입고, 가슴과 등에도 몇 군데 상처가 있어요. 그는 의식을 잃었어요. 의사는 그에게 그리 큰 기대는 하지 않더군요."

"그리고 도글러는?"

바르디가 물었다.

"아무도 본 사람이 없대요. 아마 그는 자기 방에 있을 것 같군요."

막사 출입문이 열리더니 두 간호사가 들것을 들고 나갔다. 의사가 그들을 따랐다. 두 군인도 합류해, 그 슬픈 일행은 병원으로 출발했다. 요한은 뭔가 생각하며 멈춰 서 있었다. 그는 헛되이 자신의 기억 속에서 뭔가 찾으려 했지만, 그 불행한 이의 얼굴은 떠오르지 않았다. 그는 도글러와 어떤 연관이 있을까? 그는 그들이 함께 있는 것을 한 번도 보지 못했다. 그들은 결투를 벌였다. 그것을 그는 이조르 스테이너의 자극적인 대화에서 알게 되었다. 하지만 그는 그 착하고, 말이 없던 도글러가 무슨 하찮은 일로 피의 대가를 요구했다는 것인지 이해가 되지 않았다.

피자는 요한의 손을 건드렸다.

"요한 바르디 선생님, 우리 막사로 가요. 여긴 춥고, 아이는 추위에 떨고 있어요."

그는 방금 했던 추측을 잊어버리려는 듯이, 한숨을 깊이 내쉬고는 말없이 출발했다. 도슈키는 그의 옆에서 조심조심 걷고 있었다. '요한에게 이 비극을 어떻게 설명한담? 어떻게 속인담? 진실 중에서 얼마를 밝힌담?' 도슈키의 이런 생각은 요한이 갑자기 분개하듯 외치는 소리에 깨져 버렸다.

"미친 짓이야! 짐승 같은 미친 짓거리라고!"

"무슨 말인가?"

도슈키가 깜짝 놀랐다.

"짐승 같은 미친 짓거리란, 제삼자의 개인적 일로 두 사람이 서로 물고 뜯는 걸 말하지. 짐승 같은 미친 짓거리란, 남자가 여자를 생명이 없는 소유물로 여긴다는 거야. 짐승 같은 미친 짓거리란, 인간들이 육체의 순결을 영혼의 순결보다 더 중시한다는 거야. 짐승 같은 미친 짓거리란, 우상을 갖고 있다가 그 우상이 무너지면, 귀한 인명을 먼지로 만드는 가짜 하나님께 바치는 거라고."

요한이 모든 것을 알고 있구나 하고 느꼈다. 하지만, 그렇게 갑자기 그가 말한 철학에 페트로 도슈키는 놀랐다. 이 사고방식은 그와 이미 비슷한 점이 많았다.

"페트로 도슈키,"

요한은 계속했다.

"이 아가씨를 좀 봐. 내가 말하고 싶은 건, 여러 사람 앞에서 이 아가씨가 정직하게 행동하도록 만들어 준 그 남자는, 정숙한 자기 아내를 직접 수녀원에서 제단으로 인도하는 남자보다 더 귀중한 가치를 지니고 있어. 이 아가씨 영혼을 단련시킨 것은 가난과 남자들의 저속함과 이로 빚어진 운명의 채찍이야. 난 이 점은 내기해도 좋아, 이 아가씨가 정직한 남자의 사랑으로 다시 태어난다면, 모든 유혹을 헤쳐 나가는 데는 수녀원 수녀들과도 견줄만한 여자가 될 거라는 걸 말이야. 자넨 오늘 이 아가씨를 보았지? 그녀는 얼마나 영웅적으로 이 낯선 아이를 보호했는지를!"

도슈키는 아무 대답이 없었다. 그는 오래전부터 이 아가씨의 비밀을 추정하고 있었다. 그녀가 정직한 남자의 사랑 속에 이미 다시 태어났지만, 그 남자만 그녀 사랑을 모르고 있었다. 그리고 그는 그 점에 대해 결코 알지 못할 것이다.

요한을 자극한 것은 도슈키의 침묵이었다. 요한은 누가 만약 자기 생각에 동참해 주지 않으면, 만약 누군가 그의 마음속에 타오르는 것에 같은 정도로 열성을 보이지 않으면, 언제나 흥분하고, 신경이 날카로워졌다. 요한은 그 아가씨에 대한 자신의 진솔한 존경을 보여주고 싶었다.

"피자!"

그러자 피자는 멈춰 서, 뒤따라온 요한이 자신에게 다가올 때까지 기다리고 있었다.

"요한 바르디 선생님, 뭐예요?"

요한은 그녀의 손을 잡고, 오늘 그녀가 도와준 것에 대해 고마움의 표시를 아끼지 않았다. 피자는 얼굴을 붉히며, 두 눈엔 눈물을 반짝였고 한동안 웃음을 보였다. 피자는 종달새처럼 행복하게 웃고는 겸손해했다.

"왜요? 무슨 감사의 말씀을? 제가 오늘은 '천사 같은 면'을 보였기 때문인가요? 아마 제가 '악마 같은 면'을 보일 때도 있을 텐데요."

그들은 예술인 막사로 다다랐다. 요한과 도슈키는 제10호실로 먼저 들어갔다. 도글러는 창가에 앉아 있었고, 유리창의 얼음을 긁고 있었다. 두 사람이 도착해도 그는 꼼짝도 하지 않았다. 도슈키는 그에게 다가가, 그의 어깨를 건드렸다.

"도글러! 도글러!"

도글러는 고개를 들어, 잠시 그를 바라보고는, 다시 몸을 돌려, 긁는 일을 계속했다. 평화롭게, 아무 흥분함도 없이 그는 얼음을 긁고 있었다. 요한은 자신의 팔에 아이를 안고, 앞에 멈추어 선 채로 엄하게 그에게 말을 시작했다.

"도글러! 자네가 그 불행한 청년에게 강요한 그 미친 결투를 벌이다니, 우리 모두 깜짝 놀랐어. 도글러! 만약 그가 죽었다면, 그의 부모 앞에서 이유를, 그 부모가 받아들일 면책할 만한 사유를 말할 수 있겠어? 도글러? 왜 대답이 없나?"

도글러는 요한에게 몸을 돌렸다. 그의 두 눈에는 이상하고도 낯선 느낌이 빛나고 있었다. 그는 말없이 아이에게 손을 내밀었다. 벌써 모두 그의 주위를 둘러선 채, 어떤 설명을 기다리고 있었지만, 그의 입은 전혀 움직이지 않았다. 그는 한마디도 할 수 없고, 아이만 보고 있었다.

도슈키는 깜짝 놀라 그를 껴안았다.

"도글러! 이 친구야, 이게 무슨 일인가? 이 친구야!"

한참 뒤에야 도글러는 겨우 한마디 말을 더듬거리기 시작했다.

"왜 나는 이 아이를 죽었다고 생각했던가요? 이유를 말해 줘요!"

제8장. 이조르의 전쟁관

그 뒤, 두 달이 지났다. 봄이 왔다.

극장 안 의상실은 아주 소란스럽고, 여러 준비로 분주했다. 옷을 준비해 주는 사람들은 여자 역을 맡은 청년들에게 가짜 젖가슴과 엉덩이를 만들어 넣어 주었다. 여기엔 아름다운 의상들이 정말 많다. 이 도시의 지성적인 여성들이 자신이 예술을 사랑한다는 것을 보여주려고 또 '자신의 가장 아름다운 무도복을 프리마돈나가 입었노라'고 소문도 좀 낼 요량으로 자기 의복을 기꺼이 빌려주었기 때문이다. 그게 당시의 유행이었다.

더구나, 러시아인들은 포로수용소의 포로들이 공연하는 연극에 아주 흥미를 보이고, 지원도 아끼지 않았다. 포로수용소 사령부에서도 배우들에게 특권을 주었다……배우들에겐 고된 일과 작업에 참여하지 않아도 되도록 배려해 주었다. 더구나, '카슈니이크'(밤의 약탈자)들- 평화로운 시민들의 옷을 홀랑 벗겨 훔치는 사람들-도 배우들에게만은 호의적이었다. 한 번은 요한이 자정 넘어 시내에서 돌아오고 있을 때, 밤의 약탈자들에게 붙잡혔다. 그가 이제 옷을 벗어주지 않으면 안 되는 상황일 때, 카슈니이크 중 한 사람이 그를 알아보았다. 그때, 그 사람은 이미 뺏은 그의 외투를 되돌려 주면서 웃었다.

"이제 그만 가보시오, 후리쯔!(어느 오페라공연 때 요한은 후리쯔로 출연한 적이 있었다.)

요한은 자기 작업대에 앉아 얼굴에 분을 바르고 있었다. 오늘 그는 두 사람 역할을 해야 했다. 케체멘의 연극에서는 주인공 역을, 자신이 직접 작곡한 오페라에서는 피곤한 삽화 인물 역을 해야 했다. 그 외에도 그는 연출자 역할을 맡고 있었다. 그의 옆에는 도슈키가 앉아 있고, 또 연극일 이라면 발 벗고 나서는 가장 충실한 **샤르쉬**가 앉아 있었다. 이들은 용감한 동료이자, 아름다운 목소리의 젊은 재능 꾼이자, 우아한 공연 예의를 가진 사람들이었다.

요한은 비관적 기분이었다. 여느 때처럼, 기분 전환을 하고 싶었다. 갑자기 그는 한 번 크게 숨을 쉬었다.

"정말이야, 난 내 직업을 정말 잘 못 택했어! 난 무대를 증오해."

사람들은 이미 그를 잘 알고 있었다. '연출자 선생님이 기분 전환을 위해 하는 말이구나' - 서로 쳐다보며 몰래 웃었다. 하지만, 곧 하게 될 비극 역할에 고무된 친구를 위해서 뭔가 좀 의논해 볼 필요가 있다는 것을 알고 있는 샤르쉬가 말을 먼저 꺼냈다.

"무슨 경고의 말씀인가요! 선생님은 선천적으로 배우라는 직업을 갖고 태어났지요!"

"그래, 우리 가문의 병 때문에 내가 이렇게 감염된 거야. 조부모님, 부모님, 거의 모든 가족이 코미디언이었어. 그리고 나도 방랑자가 되어버렸어. 하지만, 이 예술이란 위험한 독이라고 말하고 싶어."

"독이라니요?"

"그래 독이라네. 이국적인 감정을 발표한다는 것, 낯선 생각을 해석한다는 것, 낯선 아픔을 통해 눈물을 쏟아내게 만든다는 것, 그로 인해 고유한 감정의 진실성을 여러 번 믿지 않는다는 것, 이 모두가 개성의 치명적 파괴를 의미하거든."

"모든 직업에는 다 불필요한 면은 있지요."

샤르쉬가 의견을 말했다.

"자네 말이 맞아. 하지만, 특히 이 연극이라는 예술은 광신자들의 정신에 독을 넣게 된다고. 이건 그 광신자들의 본성을 깡그리 없애 버린다고. 난 예술에서 이 증오해 마땅한 절름발이라고 볼 수 있는 연극을 빼버리고 싶어."

"다른 사람들의 감정을 깊이 이해하는 것이 우리 예술인의 바람직한 책무인걸요."

요한은 양보하는 몸짓을 취했다.

"하지만, 낯선 걸 받아들여 내 것처럼 느끼기란 자멸 행위이지. 증오해 마지않는 직업이야. 난 이 직업을 증오해."

무대에서는 요한이 떼놓고는 생각할 수 없음을 잘 알고 있는 샤르쉬는 요한의 자신을 속이며 하는 거짓말에 아무 대답을 할 수 없었다. 그렇게 토론은 그쳤다.

잠시 뒤, 정말 돈주앙인 샤르쉬는 화제를 다른 것으로 바꾸려고 했다. 그는 자신이 어제 시내에서 만난 어떤 아가씨에 대해 재미있어했다.

"그 여자 정말 예뻐요! 상상을 초월할 정도라고요! 그 여자는 환상적 눈매로 인도 가장자리에 서서, 행진하고 있던 군인들을 바라보고 있었어요. 그 여자야말로 마돈나라고 할 수 있지 않을까요……그녀는 나를 알아채지 못했지만, 난 그녀의 아름다움을 즐길 수 있었다고요. 오, 그녀가 오늘 만약 참석한다면, 난 그녀만을 위해 공연할 수도 있을 거예요."

도슈키는 웃었다.

"나도 비슷한 일이 생각나는군. 그건 아직 우리가 막사에 있을 때의 일이야. 내가 합승 마차에 앉아 있었을 때, 그녀는 정류소에 서 있었어. 그녀는 정말 아름다웠지. 상상을 초월할 정도였어! 비너스의 살아 있는 모습이라고나 할까. 난 내가 올림포스 신전에 와 있는 것처럼 느껴지던데. 그런데…… 갑자기 그녀가 인도에 침을 탁 뱉더군. 비너스가 침을 뱉자, 난 올림포스 신전에서 합승 마차로 떨어졌지……하하하!"

샤르쉬는 분개했다. 요한은 낮은 소리로 주의를 시켰다.

"페트로, 자넨 더는 나아지려고 해도 나아질 수 없는 사람이군."

무대에서 종소리가 울렸다. 요한은 지시했다.

"첫 종소리군! 어서 하게, 친구들!"

그 소리는 더욱 커졌다. 그 소리에는 프리마돈나로 변성한 목소리도 들려 왔다.

"감독님, 에이, 감독님, 이 팬티 좀 봐요! 이건 밝은 장미색이 아니고요. 감독님은 제게 레이스가 달린, 밝은 장미색을 갖다 주신다고 해 놓고선…… 빌어먹을, 누군가 바꿔치기했어……어느 합창단 여단원이 맞을 거야. 필시 그 여자 단원 중에 누군가가. 그들이 그렇게 뻔뻔할 수가. 감독님, 이 넝마 조각 같은 옷을 입고는 무대에 설 수 없어요."

요한이 엄하게 노려보자, 그것에 영향을 받은 젊은이는 목소리를 낮추었다.

"그 팬티를 되돌려 주라고 명령을 좀 내려 주세요, 감독님. 정말 뻔뻔스럽게 여겨지는 것은……"

"페트로 도슈키, 저것 좀 해결해주게!"

페트로 도슈키는 여자 역을 맡은 사람들이 모여 있는 쪽으로 가서, 그들의 치마를 들어 올리면서 검사했다. 마침내, 극장의 이발사가 주연 여자가수를 위해 면도를 해주던 모퉁이에서 그는 밝은 장미색 팬티를 발견했다.

"이 팬티는 자네 것 아니군."

도슈키는 깜짝 놀란 배우에게 말했다.

"그럼 누구 것이죠?"

"에우도시아."

"또 그의 건가요? 모두 그 사람 것이군요. 그럼 난 남자 팬티로 공연하란 말이에요……정말인가요? 난 돌려주지 않겠어요. 안 돼요……안 돼요……안 된다고요!"

도슈키는 그를 설득시키려고 애썼다.

"자넨 춤을 추진 않잖아. 노래만 부르면서. 하지만 그는 머리 위로 발을 올려야 한단 말이야. 그 장군 의사의 딸의 것으로. 이게 아름답고 레이스가 잘 되어있다는 건 알아."

"안 돼요……안 돼요……안 된다니까요!" 그는 이발사가 깜짝 놀랄 정도로 거칠게 항의했다.

도슈키는 요한에게 가서 의논하려 했지만, 요한은 이미 손에 팬티를 들고 왔다.

"소모디, 자네는 이걸 쓰게. 그건 돌려주게."

그 연극배우는 이제 자신의 화를 누그러뜨리고 말없이 명에 따랐다. 그의 표정은 완전히 동의한 상황은 아니라 해도. 이제 정리가 되었다. 도슈키는 물론 한마디 해 주어야 했다.

"여자들이란, 남자들도 마찬가지로, 난 말하고 싶네, 증오해야 하는 피조물이야."

요한은 소곤대며 물었다.

"그 '호랑이' 아내도 그런가?"

도슈키는 얼굴을 붉혔다.

"그녀는 여자가 아니라 순교자야."

셋째 종소리. 요한은 무대 위로 올라갔다. 도슈키는 커튼의 구멍을 통해 관람석을 쳐다보았다. 그는 곧 카탸가 있는 곳을 알아보았다. 그녀 뒤쪽에 피자도 여러 포로와 함께 와 있었다. 관람석은 꽉 찼다. 1,200명 이상의 사람이 참석했다. 오케스트라는 이미 연주하고 있었다.

배우들이 사용하는 작은 문을 통해 도슈키는 밖으로 나갔다. 바깥이 더 흥미로운 것 같았다. 아름답고 햇볕이 나 있는 날이었다. 더구나 그는 이미 연극 내용을 다 알고 있다, 오페라를 보려면 아직 시간이 좀 있었다. 오늘 그는 아무 배역이 없다.

그는 문 옆의 벤치에 앉았다. 봄볕은 그의 감은 눈썹을 따뜻하게 어루만져 주었다. 자신만만한 봄은 그의 마음 속으로 몰래 들어갔다. 그의 생각은 모성애의 슬픈 눈물로 완연히 젖게 만드는, 꿈에 수백 번이나 그리던 얼굴을 찾아 또다시 방황하고 있었다. 여성 혐오자이자, 익살스러운 놀림 꾼으로 잘 알려진 그가 지금까지 한 번도 말을 걸어 본 적이 없는 여인을 사랑하게 되었다니, 우스운 일 아닌가? 우스운 일이고 말고! 그러나 그는 상상 속의, 행복으로 금빛 나는 실을 오랫동안 짜고 있는 몽상가가 되어버렸다.

그가 있는 곳 부근에서 비둘기가 구구하는 소리가 들려왔다. 그는 감았던 눈을 떴다. 눈이 부셨다. 잠시 뒤 그는, 모래 위에 비둘기 한 마리를 볼 수 있었다. 비둘기가 똑같은 장소에서 계속 빙빙 돌고 있었다. 그 비둘기가 몇 번 멈춰 서더니, 모래 속을 부리로 쪼더니, 마치 울음소리 같은 큰 소리를 구구하며 냈다. 그리고는 다시 그런 행동을 되풀이했다. 도슈키는 자리에서 일어나, 조심조심 가까이 다가갔다. 하지만 놀랍게도 그 비둘기는 날아가지 않고 마치 우는 것 같았다. 도슈키는 비둘기가 있는 쪽으로 몸을 숙이자, 잘린 채 모래 속에 버려진 다른 비둘기 머리를 보았다. 그렇게 살아서 구슬피 우는 비둘기는 죽은 비둘기의 부리를 쪼고 있었다. 도슈키는 갑자기 가슴이 뭉클했다. 그는 비둘기가 아파하는 모습에서 이상한 존경심을 느끼며, 귀중한 비둘기를 야만적 실내장식가가 먹어 버린 것에 대한 분노마저 생겼다. 그리고 금욕주의자인 그는 웅크리고 앉아서, 자신의 어린 시절의 한때처럼 자신의 손톱으로 땅을 파고서는, 인간의 욕심이 빚은 작은 희생물을 묻기 시작했다.

갑자기 그의 등 뒤에서 크고 즐거운 목소리가 들렸다.

"즐거운 날이지요, 선생님! 어린 시절로 돌아갔나요, 아니면, 숨겨놓은 보물이라도 찾는가요?"

도슈키는 그 목소리가 이조르 스테이너의 것임을 알아차리고는, 몸도 돌리지 않고 대답했다.

"땅에 묻고 있지요."

"뭘 땅에 묻고 있나요?"

"땅에 묻는단 말이오. 이 비둘기 머리를요."

이조르는 인상을 찌푸렸다. 그는 그 미친 사람들 사이에 둘러싸인 도글러 생각을 했다. 그는 페트로에게 더는 가까이 갈 수 없었다. 길옆에 짐을 가득 실은 당나귀 때문에 그는 당나귀가 내빼지 않도록 그 당나귀를 꼭 붙들고 있어야 했기 때문이다. 그래도 그는 관심이 많아 목을 길게 빼 보았다. 도슈키가 자신의 호주머니 안에 있던 잡지의 한 페이지를 찢어서는 공중에 뭔가를 들어 올려,

그걸 종이에 싸서는 좀 전에 파 놓은 흙 속에 묻는 것을 보자, 이조르는 깜짝 놀랐다. 이조르는 놀라면서도 머리를 끄덕였다. 그렇게 일을 마친 도슈키는 이제야 이조르 쪽을 바라며, 이조르의 표정을 보고 웃었다.

"당신은 정말 묻었나요?"

이조르는 의심하면서도 흥미를 보였다.

"그렇소. 정말 그렇답니다!"

그 웃음은 여전히 도슈키의 입가에서 떨리고 있었다. 이조르로서는 그 모습이 정말 우습게 비쳤다. 그는 당나귀 뒤에 서서 당나귀 꼬리를 꼭 잡고 서 있었다. 그 짐승은 계속 앞으로 걸어가려고 저항했지만, 이조르는 페트로와 조금이라도 더 대화를 나누려고 당나귀를 세워두고 싶었다.

"이조르, 당나귀가 뒷발질할지도 몰라요!"

이조르는 일정한 거리를 유지한 채 당나귀 꼬리를 꼭 잡고 있었다.

"달리 잡을 방도가 없어요! 이 당나귀는 물어요. 이 당나귀가 뒷발질하면, 난 뛰면 되지요. 하지만, 당나귀가 물어버리면, 난 어떡하지요?"

"그땐 꽥 소리 질러요."

"이 당나귀가 뒷발질해도 난 이렇게 해야겠군요. 하지만, 이 빌어먹을 짐승의 공격을 피하는 게 더 쉽겠어요. 하지만, 이 당나귀는 러시아 당나귀지만 미련하기는 헝가리 당나귀나 마찬가지라고요."

"어디서 당나귀를 샀어요?"

이조르는 좀 교활한 인상을 찌푸렸다가, 자기 모자에 오 각형의 붉은 별을 달게 된 것은 자신이 지금 러시아군에 속하였음을 입증해 주고 있었다.

"제정신인가요? 막사로 돌아가면 사람들이 설명을 요구 할 텐데요? 우리 장교들이 러시아군에 가담한 사람들에 대한 결의서를 만든 것을 몰랐어요?"

이조르의 교활한 찌푸림은 큰 웃음으로 바뀌었다. 그는 고개를 움직여 도슈키 더러 자신에게 와 달라고 하자, 도슈키가 다가갔다. 이조르는 주위를 둘러보고는 그를 자신 쪽으로 좀 더 가까이 당겼다.

"난 모자만 보면 붉습니다. 하지만 머리로 보면, 내가 뭐 하는 사람인가 하면요, 이 모자는 내가 러시아군에 소속 되었음을 말해 주지만, 이 당나귀는 알지요, 내가 무슨 일을 할지를 알려 주지요. 더구나! 난 정말 애국하는 일 을 위해 헌신적인 영웅이라고요."

"난 이해가 되지 않아요."

"당연하지요. 내가 아무 설명을 아직 하지 않았으니. 들 어봐요! 아니라고요! 잠시만 기다려요! 나 대신 이 당나 귀를 좀 붙들고 있어요, 내가 꼭 말할 땐 내 몸을 움직 이지 않으면 안 되거든요. 말하면서, 동시에 당나귀 내가 꼬리를 잡는 건 불가능해요."

도슈키는 고집 센 당나귀를 붙잡아 두는 일을 도왔고, 그 짐승을 말뚝에 매었다. 이조르는 이마의 땀방울을 닦고, 숨을 깊이 들이쉬고는 호주머니에서 담뱃갑을 꺼내 도슈키에게 피우라며 내밀었다.

"피워 봐요, 이야기하려면 오래 걸리니까. 좋은 담배요. 한때는 러시아 군인들만 이런 담배를 피울 수 있었지요."

그는 벤치에 앉아, 목소리를 낮추며 시작했다.

"선생님도 알다시피, 우리 장교들을 러시아 정부가 그리 탐탁지 않게 봐 왔어요. 지난 몇 주 동안은 장교들이 거의 먹지 못했지요. 지금까지의 급료는 어디론지 사라져 버리고, 우리같이 용감한 사람들은 돈 될 만한 물건이면 뭐든 팔아 버린답니다. 장교들이 조금 고통을 당한다면, 그들은 고통을 받아야지요! 왜 아닌가요? 그들은 지금까지 모든 것을 쥐고 있었어요. 하지만 미칠 정도로 배고픈 것은 현명한 일이 아니지요……안 그런가요? 그래서 그들은 이젠 더는 배고픔을 참으려 하지 않으려 해요. 그렇다고요! 한번은 내가 장교 막사의 내 친구를 만나러 간 적이 있어요. 내 친구는 열차 대대의 예비역 중위이자 유대인이지요. 아주 착한 유대인이지요. 그는 불평을 늘어놓더군요. 그가 불평하는 것은 당연한 일이지요. 지난 몇 주 동안 몸무게가 8kg이나 빠졌다고요. 그걸 확인할 방도는 없었지만요, 지금도 그는 85kg은 나가니까요. 그래도, 그는 불평하면서, 내가 살라몬이 저녁 식사로 먹을 훈제 고기를 샀어요. 살라몬은 내 동업자이지만, 언제나 나를 속이려고 하는 나쁜 유대인이지만, 고기를 보자

마자 그 예비역 중위가 침을 삼키는 모습이 마치 개가 쥐를 본 듯하더라고요. 그 중위는 침을 삼키면서 불평하자, 나는 마음이 움직였어요. 그때부터 나는 매일 그의 막사로 몰래 들어가, 그를, 동물원에서 하마를 사육시키듯이 그에게 먹을 것을 제공했답니다. 그랬답니다! 그가 25cm 되는 소시지를 보며 침을 삼키고 있던 바로 그때, 그의 방에 프로케치 대위가 들어서더군요. 그 대위 알지요? 그렇죠? 우리 프리마돈나를 위해 금빛 구두를 사준, 그 프로케치 대위 말입니다. 좋아요. 그가 들어서자, 그는 소시지에 욕심내더군요. 난 그도 불평을 늘어놓는다는 것과 그의 불평을 내가 들어 줄 수 없다는 것도 난 알고 있었어요. 어떡하겠어요? 내가 그에게 살라몬 몫을 주었지요. 그는 고맙다며, 그걸 먹고는, 러시아사람들은 그렇고 그런 사람들이라며 불평을 늘어놓더군요. 그는 나를 유대인이긴 하지만, 정직한 사람이라고 넉살 좋게 이야길 하더군요. 그는 말하더군요. '이조르! 당신이 우리를 가난으로부터 구제해주었군요. 언제나 우리를 도와주십시오.' 난 그렇게 생각했어요. 정직이란 아름다운 것이지만, 가장 정직한 유대인으로서 내가 손해를 감수하고 수백 명의 가난한 장교를 먹여 살릴 수 있을 정도로 정말 우둔하면서도 정직한 유대인이 되기란 불가능하죠. 하지만, 프로케치 대위는 가장 교활한 유대인보다도 더 현명하다고 말할 수 있어요. 그분이 나를 **히트징거** 소령에게 소개해 주어, 그 심사숙고한 소령은 내가 장교 막사에서 프로케치 대위의 상점에다가 장기적으로 물품을 공급하는 사람이 되는 걸 동의해 주더군요. 그게 바로 그분이 얼마나 위대한 유대인인지 보여주는 것이 되는 거지요. 그게 그런 겁니다! 그는 배불리 먹고 싶기도 하고 또 돈도 벌고 싶기도 했다니까요. 저어! 내가 오래 물품을 공급해주는 이가 되려면, 난 이 새 정부 허락을 받아야 합니다. 하지만, 붉은 정부는 특정 전문기관 종사자에게만 허가를 내줍니다. 상인들에겐 그런 허가를 주지 않습니다. 그럼 어떻게 합니까? 그런데 프로케치 대위는 아주 교활한 사람인데, 모든 것이 붉은 군인들에게만 허가를 내주기에, 나더러 장교들이 굶주려 죽는 것을 막아 달라며, 소비에트 군대에 거짓 입대하라는 제안을 하더군요. 히트징거 소령과 프로케치 대위는 내가 오로지 애국적 의무감으로 붉은 군대에서 복무함을 증명하는 문서를 만들어 주더군요. 그들이 서명해 주자, 그렇게 내가 난 영웅이 된 거지요. 그리고 이 당나귀가 그걸 안다는 걸 내가 왜 말하는지요? 왜냐하면, 당나귀 안장 속에 내가 그 서류를 숨겨두었기 때문이지요."

도슈키는 양심에 가책을 느꼈다.

"이조르, 그 문서가 볼셰비키 손에 들어가는 날이면, 아주 위험한 일을 당해요."

이조르는 혀를 차며, 교활한 웃음을 짓고, 도슈키의 어깨 위로 손을 얹었다.

"도슈키 선생님! 프로케치 대위가 제게 말한 것을 말해 전해 주리다. 선생은 크리스천이지만, 정말 정직한 사람이시니. 마음 상하지 마십시오! 내가 농담한 거예요. 이렇게 유대인은 농담도 잘 합니다. 난 선생님께 정중하게 청을 하나 하고 싶어요. 이 위험한 문서를 보관해 주셨다가, 내가 필요로 할 때, 그때 돌려주세요. 그때까지만 선생님께 좀 맡겨 둡시다. 정말로, 붉은 군인들은 그런 농담을 이해 못 해 당장 총 쏠 거예요. 그들은 언제나 총만 쏩니다."

도슈키는 그의 청을 들어주기로 했지만, 그의 미소는 이조르의 용감성을 좀 우습게 여기고 있음을 뜻하고 있었다. 이조르는 크게 반박하였다.

"아니라고요! 절대로 아니라고요! 선생님이 생각하는 것처럼 내가 그렇게 용기없는 사람은 아니라고요. 하지만, 내 가족을 위해 이 목숨은 살아야 한답니다. 나에게 아이가 다섯이고, 그중 막내를 난 아직 보지도 못하였다는 걸 생각해 봐요. 그리고 사안을 잘 보세요! 내가 이런 주문을 하게 된 것에는 그래 난 바로 가족들 생각이 났어요. 내가 그 털보인 아브라함에게 무슨 말을 할까요? 만약 그분께서 내가 문서 없이 일을 저지르는 최초의 사람이라는 걸 비난한다 면요. 하지만 그건 농담이고요. 난 프로케치 대위에게 직접 그 문서를 자신이 갖고 있도록 청할 수도 있었답니다. 하지만……하지만,……마음을 상하지 마십시오, 존경하는 도슈키 선생님, 하지만, 유대인보다 더 교활하고 더 장사를 잘하는 그 크리스천은……

상심하진 마십시오……정직한 사람은 될 수 없어요.”
도슈키는 아주 크게 웃고는, 이조르의 어깨를 툭툭 쳤다.
“이조르, 이조르, 당신은 총을 겁내고 있군요! 그리고 당
신 말도 맞아! 난 당신이 참호 속에서 어떻게 총을 쏘았
는지 상상이 안 가는데요.”
“아주 간단하지요. 난 총을 사용하지 않았어요.”
“총을 사용하지 않았다면? 아마 총을 한 번도 못 써본
것 같군요?”
“총을 쏘아 보긴 했지만, 난 언제나 조심하지요. 그건 내
가 방아쇠를 당겼을 때, 그 빌어먹을 총이 그렇게 세게
내 뺨을 때리는 바람에, 내 이가 튀어나온 줄로 여겼지
요. 난 사격 연습장에선 총을 쏘아 보았지만, 참호 속에
서는? 왜 총을 쏘는가요? 이유를 말한다? 우린 그 모든
일이 끝난 뒤였어요. 난 까놓고 이야기할 수 있어요.”
“우린 총을 쏘아야지요, 적이 총을 쏘아 대니.”
“들어보세요, 도슈키 선생님! 한때, 난 참호 속에서 전화
기 옆에 있었어요. 아침부터 조용히 난 그 조용함을 즐
기고 있었지요. 난 다섯 아이를, 아내를 생각하면서, 그
때 옆집 아줌마인 **루센블루트**에게 나의 영웅적인 이야기
를 들려주는 아내 생각이 나더군요. 그런데 갑자기 러시
아사람들은 미쳐 버리더군요. 그 러시아사람들은 내가, 3
m 아래 참호 속에 있었지만, 내가 배를 땅에 대고 있어
야 할 정도로 그렇게 난폭하게 총을 쏘아 대더군요. 그
때, 그 빌어먹을 전화가 계속 울리며 요란을 떨더군요.

나는 기어가서 수화기를 들었지요. 참모부에서 어느 대령이 '왜 러시아군이 총을 쏘는가?'를 묻더라고요. 왜 총을 쏘는지 내게 묻더군요? 뭐라고 대답해야 하는가요? '전쟁이니까 총을 쏘는 거지요.' 대령의 때때거리는 욕을, 그런 욕을 선생도 들어야 했는데! 내가 옳지 않은가요? 그리고 하지만, 그는 나를 소라고 부르더군요."

"그래, 이조르, 누군가 총을 쏘았다고 말하지요. 왜 총을 직접 쏘지 않았어요? 당신은 무기를 건드리면 안 되는 종교를 믿는 기독교인이 아니지요."

"내가 비겁한 것처럼 처신한 경위를 솔직히 말해 드리지요."

도슈키는 이미 대답을 듣기도 전에 벌써 웃었다. 하지만 이조르는 위엄스럽게 말했다.

"중사가 참호 속에 내 자리를 정해 주었을 때, 나는 여기서 저렇게 많은 사람이 총을 쏘아 대니, 한 사람이 더 쏘나 한 사람이 덜 쏘나 마찬가지일 것이란 생각이 들더군요. 내 총알이 이 전쟁을 끝낼 수 있으리라고 내가 알면야, 총을 쏜 뒤 내가 죽는다 해도 총을 쏘았겠지요. 하지만 총알 한 개가 아무 도움이 되질 못합니다요. 그래봤자, 소리만 더 요란하고요. 그러자 또 다섯 명의 자식들 생각이 나더군요. 그때에는 네 명이었지만. 그리고 아마 지금쯤 양초에 불을 켜 놓고 있을 아내 생각도 나더군요……다섯 아이를 둔, 그 당시에는 네 명이었지만, 불쌍한 아내 말입니다. 그러니 난 총을 못 쏘았지요. 난 생각하기를, 저 적군인 러시아군의 참호 속에서도 아이들이 넷인 나와 비슷한 처지의 유대인이 있을 것이고, 그도 총을 못 쓸 거로 생각했지요. 왜 우리는 서로 총질해야 합니까? 왜 우리는 아이들을 서로 고아로 만들어야 합니까? 털보 아브라함께서 내게 총 쏘는 일이 **마르마로스**에서 정직하게 장사하는 것보다 더 이익이 많은지 물으시면, 내가 뭐라 대답하겠어요? 그런 이유로 난 총을 안 쏜 겁니다!"

바로 그 순간, 극장 안에서 우레와 같은 열광적인 박수 소리가 들려 왔다. 도슈키에게는 그 박수 소리가 총을 쏘지 않은 이 비참한 사람을 위해서도 해당하는 것 같이 느껴졌다. 왜냐하면, 그가 총을 쏘았더라면, 네 명의 아이를 둔 유대인을 사살했을지도 모르기 때문이었다. 만약 모든 사람이 이 하찮은 상인처럼만 생각한다면!⋯⋯ 에이, 더 생각 않는 편이 더 낫겠군! 기독교인이 기독교인에 맞서 싸우고, 형제가 형제에 맞서 싸우고, 아들이 아버지에 맞서 싸우다니.

감동을 한 도슈키는 그 유대인을 껴안고는 자기 마음의 감동을 아주 큰 소리로 표현했다.

"그래요, 이조르, 그 위험한 치즈 같은 종잇조각을 내게 줘요! 난 당신 비밀을 누설하지 않고 그 종이도 잘 보관하고 있으리다."

이조르는 당나귀 안장 속의 문서를 꺼내고는, 주위를 조심스레 살핀 뒤, 도슈키의 손에 밀어 넣었다.

"이젠 내 목숨은 선생님 손에 있습니다."

"배신하지 않겠소, 이조르."

"난 알아요, 하지만……"

그는 목덜미를 긁으면서 말했다.

"내가 선생님 방에 열셋째로 방문한 사람이 된 이후로, 이젠 결코 마르마로스에서 더는 장사를 할 수 없을지 모른다는 생각에 온몸이 오싹 떨리더군요."

"이조르, 이조르, 어리석게 그런 미신은 믿지 마시오! 당신은 부인과 네 명의 아이가 있는 고향으로 건강하게 돌아갈 거요……"

"다섯, 다섯요, 다섯이라고요!"

이조르는 활달하게, 허풍떨듯이 말을 정정하고는, 자기 호주머니에서 새 담뱃갑을 꺼냈다.

"도슈키 선생님, 우리 가족의 건강을 위해 한 대 피우십시오. 담배 연기도 아버지 아브라함에게 높이 올라갈 겁니다. 그러면 그분도 슬퍼하진 않을 겁니다. 그건 정말 기찬 담배이기 때문이지요. 기차다고요!"

이제 청중은 잠깐의 휴식 시간을 이용하여 신선한 바깥 공기를 마시러 나왔다. 이조르는 매어둔 당나귀를 풀고는 갈 길을 서둘렀다. 그는 출발하려다가 머릿속에 뭔가 떠올렸다.

"도슈키 선생님, 가장 중요한 일을 내가 빠뜨렸습니다. 난 막사 안에서 집배원을 만났어요. 그에게서 바르디 선생님께 온 편지를 봤지요. 그 편지를 내 모자 안에 넣고 왔어요. 내가 이 당나귀 꼬리를 놓친다면 난 큰 손해는 물론이고 당나귀도 잃게 되거든요. 그러니 와서 어서 빼내 가세요."

도슈키는 이조르의 모자 아래 놓여 있던 편지를 꺼냈고, 이조르는 이제 당나귀를 가자고 재촉했다. 도슈키는 그 편지를 보자 정말 기뻤다. 그 편지는 헝가리에서 온 것이다.

요한은 반년 전에 마지막 편지를 받았다. 그는 의상실로 달려갔다. 요한은 열광적 갈채 속에 서 있었다.

"요한, 이게 가장 아름다운 상이군! 자네 집에서 온 편지."

그는 외쳤다.

축하에 정말 지겨운 요한의 진지했던 표정은 곧장 밝아졌다.

"줘 보게, 어서 줘, 이 친구야!"

그는 서둘러 봉투를 찢었다. 그 봉투에는 어머니의 낯익은 글씨가 보였다.

모두 말없이 즐거워했다. 하지만 몇 초 뒤에는 조금 전의 온화한 모습은 사그라지고는 곧 침울해졌고, 입술은 굳게 닫혔다. 요한은 자신의 작업대에 풀썩 주저앉았다. 아무도 그 편지의 내용에 관해 물어볼 수 없을 정도의 슬픔이 그의 얼굴에 배여 있었다.

요한 바르디는 자신의 앞에 있는 거울 앞에 섰다. 그는 자신을 바라보았지만, 아무것도 볼 수 없었다. 오랫동안 그는 주위에 대해 잊고 있다가, 장식가가 오페라를 이제 시작해도 된다고 알려주자, 그제야 정신을 차리고는 씁쓸하게 웃음을 보였다.

"샤르쉬, 내가 자네에게 말했지. 낯선 감정 때문에 우리 감정을 버려야 한다는 말을. 에이 참!"

그는 편지를 호주머니에 넣고, 다음에 나설 역할을 위해 화장을 시작했다.

도슈키는 동정 어린 눈으로 그를 주의 깊게 바라보고 있었다. 요한이 자신의 감정을 참느라고 처절하게 싸우고 있는 것도 도슈키는 보았다. 1,200명의 청중은 광대들이 벌이는 오페라공연이 상연되어 자신들이 웃을 수 있었으면 하고 바라고 있었다.

오페라가 공연되는 동안, 요한은 온 신경을 쏟는 연출가의 임무에 억지로 빠져 있었다. 그가 아주 사소한 일에도 신경을 쓰자, 연극 관계자들은 알려지지 않은 슬픔을 참고 있는 그의 모습을 존경하고 있었다.

 오페라가 성공적으로 막을 내리자, 청중은 열광적인 박수갈채를 보냈다. 그리고 청중은 무대 막이 내려진 뒤에도 우레와 같은 박수로 연출가 요한을 조명 앞에 나와 인사하도록 요청했다. 요한은 가장 자기중심적인 청중에 묶여 있는 것 같았고 자신에겐 속하지 않는 것 같았다. 그는 청중의 독점적인 바람을 충족시켜 주려고 자신의 모든 것을 다 보여주었다. 그러나 그가 마침내 의상실에 들어서자 의자에 풀썩 주저앉아 울음을 터뜨렸다. 격정적으로, 멈추지 못할 정도로 울었다.

의상실 안의 모든 사람은 조용히 걸어 다녔고, 소곤대며 말을 주고받았다. 의상실의 사람들이 점차 줄어들더니, 이제 세 명의 친구만 남게 되었다. 요한이 울음을 그치자, 도슈키가 조용히 물었다.

"무슨 일이 있어, 요한? 이 친구야, 무슨 일이 있었지?"

요한은 고개를 들었다.

"아무것도, 여보게! 정말 아무것도. 단지, 아버지가 돌아가셨어. 그리고 ……그리고……그것뿐."

그는 고개를 흔들고는, 갑자기 거울 속에서 자신의 화장한 모습을 오랫동안 바라보았다. 이 얼마나 웃기는 모습인가! 그리고 그는 갑자기 웃기 시작하더니 화를 벌컥내며, 거울을 주먹으로 부숴버렸다.

"아버지가 돌아가셨단 말이야. 그리고 그것뿐이야!"

샤르쉬는 그를 위로하려고 했다. 도슈키는 말이 없었다. 이상하게도 그 주저하는, 아픔의 '그리고'라는 말이 그를 사로잡았다. 요한은 무슨 말을 하고 싶었지만 참고 있는 것 같았다. 그는 예기치 않게 도글러가 생각났지만 그런 생각을 떨쳐 버렸다.

살짝 출입문을 두드리는 소리가 문에서 들려 왔다. 도슈키는 문을 열러 갔다. 문 앞에 피자가 아이를 데리고 서 있었다.

"검사 부인이 저분을 기다리고 있어요."

피자는 작은 소리로 말했다.

"그 부인은 기다리도록 내버려 둬요! 요한 바르디는 정말 오늘 그 부인과 동행하지 못할 것 같소."

"무슨 일이라도?"

"그가 편지를 받았소. 편지에는 어머니가 아버지가 돌아가셨다는 소식이 있었다고 해요."

피자는 위로하러 요한에게 달려가려 했지만, 도슈키가 그녀를 말렸다.

"당신이 그 부인에게 가서, 이 불행한 소식을 알려주는 게 더 나을 것 같아요. 오늘은 혼자 시내로 가라고요."

피자가 가려고 하자, 요한이 그녀를 멈춰 세우고 잠시 생각했다. 그는 다른 내용을 알려주라고 했다.

"하지만 그렇게는 말고! 요한은 곧 갈 준비가 되어있다고만, 오늘 편지 이야기는 하지 말아요! 알아들었소?"

피자는 고개를 숙여 알았다며 나갔다. 그녀는 카탸가 있는 방의 출입문 앞에 멈춰 섰다. 그녀는 자기 느낌에 따라보면 요한과 놀아나고 있는 이 여자가 미웠다. 정말, 피자는 검사 부인을 잘 알고 있었다. 요한 이전에도 많은 남자가 있었고, 그 뒤에도 많은 남자가 있을 것이다. 검사인 남편은 이를 눈감아 주었다. 왜냐하면, 그 검사에게는 자기 아내의 인형 같은 미모를 앞세워 자신의 방패막이가 될 사람들이 필요했다. 또 피자는 그 매력적인 검사 부인보다 자신이 훨씬 정직하다고 자신을 평가했다.

계속해서 피자는 그 자리에 선 채 생각에 잠겼다. '요한은 왜 그녀 자신으로 하여금 그 부음 소식을 카탸에게 알려 주지 못하게 하는가? 그 소식을 알려주면, 검사 부인이 어떤 표정을 지을지 몰래 훔쳐볼 수 있을 텐데.' 보통은 사람들이 그런 것으로 상대방의 기분을 떠보는 경우가 허다하다. 그녀는 마음에 결심을 단단히 하고는 그 방의 작은 문을 열고 들어갔다.

그리고 그녀는 초조하게 기다리고 있는 카탸를 바로 앞에서 보았다. 그들은 서로 잠시 노려보았다. 카탸는 이 아가씨를 알고 있었다. 한때 그 아가씨에게서 자기가 쓴 편지를 찾아온 적이 있었기 때문이다. 좀 의기소침해진 카탸가 말을 먼저 꺼냈다.

"요한 바르디 선생님은 벌써 갔어요?"

피자는 머리로 의상실 쪽을 가리켰다. 그녀는 아직도 좀 망설였다.

잠시 시간이 지나자, 이제 피자가 말했다.

"그분 아버지가 돌아가셨대요."

피자는 그 여인의 얼굴을 유심히 바라보았다.

얼굴에는 놀라움이 잠깐 일었지만, 더는 아무것도 볼 수 없었다.

"누가 그 소식을 알려 주었나요?"

"그분이 편지를 받았대요."

카탸 표정은 유쾌하지 못한 생각으로 어두워졌다. 그녀는 거침없이 물었다.

"그분이 당신에게 다른 이야기는 없었나요?"

피자는 강하게 또박또박 말했다.

"'그분은' 다른 말씀이 없었어요. '그분은요,' 다른 말씀은 없었어요."

거리의 여자가 말하는 어투에 카탸는 마음이 상했다. 카탸는 그녀 두 눈에 반쯤 숨겨진 미소도 발견했다. 카탸는 참지 못했다.

"좀 거만하게 대답하군요."

피자는 눈을 크게 뜨고는 천진스런 웃음을 내보이며, 짐짓 겸손한 채 물었다.

"거만하다고요, 부인? 그랬다면 저를 용서하십시오, 부인! 그분은 아무 말씀도 정말 없으셨습니다."

그리고 피자는 증오와 분노가 치밀었지만 계속 겸손한 목소리를 유지하며 말했다.

"부인께서 제 대답에 마음이 상하셨다니, 정말 유감이군요. 정말 존경해 마지않는 부인께서 용서해 주십시오!"

카탸는 계속 되풀이 되는 '부인'이라는 말에 놀림을 당했다고 느꼈다. 그녀는 분노로 몸을 떨었다. 거리의 걸레 같은 여자가 거만하게 겸손을 가장한 채 자극해 오자 그녀는 자신이 놀림감이 된 것 같았다. '이 거리의 여자가 그녀를, 검사 아내인 그녀를!' 카탸는 마음이 상해 피가 머리로 역류하는 것 같이 느껴, 가만있을 수가 없었다. 카탸는 그 아가씨의 뺨을 때렸다.

카탸가 뺨을 약간 스치는 정도로 약하게 때렸지만 이에 지지 않고 피자도 마치 암호랑이처럼 난폭하게 그녀 가슴에 뛰어들었다. 피자가 손톱으로 부인의 비단블라우스를 찢었다. 피자는 난폭한 눈빛으로 치를 떨고 있었다. 피자의 입에서는 주저하면서도 말도 안 되는 말을 내뱉어버렸다. 말로 표현할 수 없을 정도의 저속한 말을.

 카탸는 황급히 그 자리를 피해 보려고 출입구로 서둘러 갔지만, 출입구에 도착하기도 전에 피자가 앞을 가로막고 섰다. 피자가 자신의 두 손과 코를 떨면서 또 가슴을 들썩거렸다. 피자의 심장도 마치 난폭해진 망치처럼 크게 뛰고 있었다. 카탸도 이에 질세라 소리를 지르고 싶었지만 그렇게 하진 못했다. 반대로 카탸는 자신이 피자에게 뺨을 때린 것의 용서를 구하고 있었다. 이 숨 막히는 순간에 피자는 냉정을 되찾고는 싫은 듯이 비난했다. "그래, 여성동무, 우린 똑같게 되어 버렸어요. 더 정직하게 되었지요! 계산하지 않고 스쳐 지나가는 것보다야 골백번 더 정직하게 되었어요. 두려워하지 말아요! 난 당신을 건드리진 않겠어요. 그렇지만 난 아직 할 말이 남아 있어요. 몇 마디만, 존경해 마지않는 여성 동무이자 아끼는 여성 동무에게. 귀를 열고 들어봐요!"
그러나 카탸는 좀 용기를 내어, 다시 출입구 쪽으로 몇 걸음 더 걸어가려고 했지만 파자가 막아섰다.
"나를 내버려 둬요! 더 할 말이 없다고요! 오늘 일은 법정에서 대답해 보세요. 길이나 비켜 줘요!"
피자는 승리한 듯 웃었다.
"아직은 안돼요! 조금만 기다려요! 난 짧게 끝내겠어요, 내 말 들어 봐요, 여성 동무! 당신이 지금 기다리고 있는

그 사람과 잔인한 사랑놀음을 하고 있다는 것을 난 알아
요."

카탸는 깜짝 놀란 뒤에는 한참 웃었다.

"아하, 사랑싸움, 질투라!……난 그걸 몰랐군! 그리고 그
분은 내 앞에서 코미디를 했고, 모든 유혹을 물리치는
신성한 은둔자의 역을 했지요……하하하!"

갑자기 카탸는 그 아가씨를 비켜 걸어갔다. 그러나 피자
는 그녀의 손을 잡았다.

"좀 있어 봐요! 당신이 틀렸어요. 그분은 손가락 하나도
나에게 대지 않았어요. 알아듣겠어요, 여성 동료, 당신은
정말 여성 동료이기 때문이니까요. 내가 지금 강조하고
싶은 것은 더는 그분과 놀음을 하지 마세요. 그분을 더
는 유혹하지 마세요. 난 그분이 똑같이 당신의 희생자가
되는 것을 원치 않으니까요."

"나의 희생자라고요?!" 그리고 카탸는 허풍을 떨며 웃었다.

"그래, 당신의 희생자! 당신은 당신의 그 많은 희생자를
잊었으면, 내가 기억시켜 주지. 3년 전, 당신이 결혼하기
전에는 그 젊은 코카서스 출신의 대위. 그는 나중에 총
으로 자살했지요. 당신이 결혼할 때도. 그럴 수가, 나도
부끄럽다고요! 장군의 부관과의 관계로 나를 놀라게 했
지요. 당신 남편이 그 사람과 결투하여, 그 사람은 평생
불구자가 되었지요. 당신 침대에서 자신의 동맥을 끊은
스위스 적십자사 대표를 생각해 보세요. 또 당신 남편이
시내 극장의 의상실에서 코사크의 무서운 회초리로 쫓아

낸 흑인 배우와의 그 증오할만한 비극적 순서가 그 다음
에 기다리고 있군요. 그리고 요한보다 앞서서는, 감옥에
서 죽은 젊은 터키군 장교가 있지요. 이젠 그분 차례군
요. 그분과도 당신은 똑같은 놀음을 하고 있어요. 난 알
아요. 그분이 당신의 히스테리 같은 변덕에 투항했다면
모든 게 벌써 끝났을 것인데도요."

카탸는 말없이, 마치 돌이 된 듯 서 있었다. 피자의 두
눈에는 다시 난폭한 불이 이글거리고 있었다.

"당신이 얼마나 당신 남편을 속여 왔는가는 하나님만 알
거요. 그래, 정말 존경해 마지않는 여성 동무, 당신을 두
고 악마라고 하지요. 당신은 남편을 우롱하고 있어요. 남
자들이 당신을 사랑을 좇아가는 순교자인냥 여기고 있는
것 같은데. 당신은 거리의 여자인 우리보다 더 죄가 많
아요. 당신은 현명함도 앗아가고 정직도 앗아가고 영혼
도 앗아 갔으니. 그렇게 하는 것이 그게 당신의 일이라
면 하세요. 하지만, 이 남자에겐 그런 놀음을 하지 말아
요. 당신은 그걸 용납하지 못하는 내가 있음을 알아야
해요."

카탸는 피자가 감정적으로 말할 바로 그 순간에 정신을
차렸다. 카탸는 아름다운 고개를 흔들고는 비웃듯이, 하
지만, 아주 매력적으로 바라보고서 이젠 조용해진 아가
씨를 보며 웃었다.

"그분과 놀지 말라고, 내가 그분을 사랑하고 있어서. 당
신은 왜 그걸 전부 드러내 놓고 이야기하지 못해서인가

요? 더 정직하게 말입니다. 그보다 더 정직하게!"

피자는 두 눈에 눈물이 보였다. 카탸는 그녀의 눈물을 발견하고는, 자신의 독설적인 톤을 더 날카롭게 했다.

"왜 곧장 말 못 하지요? 이루어질 수 없는 사랑이라서! 얼마나 로맨스가 있는데! 정말 심금을 울리는 일인데요. 그 사랑에 대해 소설을 써도 되겠다 이 말이군요. 난 정말 당신을 진심으로 가엽게 여긴답니다. 당신에게 내가 복수하려면, 내가 당신 대신 그분 앞에서 사랑을 고백을 해야겠네. 그는 밀랍 같은 마음을 가졌어요. 로맨틱한 것을 좋아하지. 당신은 들을만 할걸. 하하하하! 그럼 당신은 그분을 보호하는 작은 천사이겠구먼!"

피자가 눈살을 심하게 찌푸렸다.

"그러면 내가 그분을 당신의 희생자들 무덤에 인도해 줄 거요."

카탸는 어깨를 움츠리고는 양 입술을 비웃듯이 오무렸다.

"그래 인도해 드려요! 그분은 당신 말을 믿지 않을걸요. 그분은 아무것도 믿지 않을 거요."

그 방의 출입구의 작은 문이 갑자기 열리더니, 요한이 문 앞에 서 있었다. 그 뒤에는 그의 친구들이 있었다. 깜짝 놀란 어린아이 같은 피자는 두 눈을 아래로 내렸다. 카탸는 얼굴이 창백해졌다. 카탸는 요한의 얼굴을, 그 순간에 보여준, 그 아픔에도 침착한 얼굴을 한 번도 본 적이 없었다.

그는 카탸에게 몸을 돌려, 아주 겸손하게, 아버지가 돌아가신 걸 알리고는 미안하다며 오늘은 자신이 그녀를 동행할 수 없다고 말했다. 대신, 도슈키가 역으로 데려다 줄 예정이었다. 마지막 기차는 아직 오지 않았다.

카탸는 그의 말을 들으면서 그를 탐색하듯 바라보았다. 그녀는 요한이 그렇게 두 사람이 다툰 대화를 들었는지 추측해 보고 싶었다. 하지만 요한이 작별인사를 위해 모자를 약간 벗자, 카탸는 서둘러 갔다.

요한은 멀어져 가는 카탸를 슬픈 표정으로 오랫동안 바라보고 있었다. 그때 그의 손을 누가 주저하며 건드리자, 그는 정신을 차렸다. 피자가 자신의 행동에 정말 후회하며 그의 옆에 서 있었다.

"저를 용서해 주세요, 바르디 선생님. 난 어리석은 시골 뜨기예요. 아주 어리석은."

요한은 말없이 가버렸다. 피자는 울음이 나오려는 것을 억지로 참고 있었다. 그녀는 떨리는 몸으로 도슈키에게 소곤대며 말했다.

"모든 걸 다 들었지요? 미치겠어요! 내가 정말 잘못했어요. 하지만 난 정말 그렇게 하고 싶지 않았어요. 아마 저 분은 저 여자를 사랑하시나 봐요."

도슈키는 다정하게 그녀를 팔짱꼈다.

"아마 그는 그럴 테지만, 그녀는 정말 아닐 거요!"

피자는 고개를 숙인 채 한숨을 내쉬며 애석해 했다.

"누가 알아요? 그리고 오늘은 제가 그분에게 '악마의' 모습을 보여드렸군요."

제9장. 혁명재판부

"붉은 정부"는 벌써 8월에 트란스바이칼[9) 지구에서는 이미 고통을 느끼고 있었다. 약탈 짐승같이 난폭하게 야만의 쾌락만 찾으며, 피를 기다리는 무리들이 곳곳에 횡행했다. 속임수에 넘어간 이상주의자들은 자신의 꿈이 물거품이 되는 것을 절망적으로 바라보다가 열변을 토해봐도 아무 소용이 없었다. 한낱 종이 위의 이상론은 무식한 대중의 희생만 뒤따를 뿐이었다. 기회주의자들이 이타적 이상 앞에서 이익을 챙겼다. 듣기 좋은 문장들은 떠돌고, 아름다운 이름으로 매일 각종 위원회가 만들어졌다가 다음날에는 벌써 자신의 음흉한 발톱을 드러냈다. 혁명정부의 권력은 중산층과 농민들에 대해서만 억압적인 위력을 발휘했지만, 공권력은 감옥소에서 해방되어 무장한 폭도들에겐 전혀 미치지 못했다. 폭도들의 행동을 제지하려 했던 이상주의적인 지도자들이 폭도들에게 살해된 뒤로는, 폭도들은 약탈과 살인과 파괴를 일삼았고, 그러면서 그 행위를 아나키즘이라는 미명을 사용했다.

온 트란스바이칼 지구는 마치 불타는 지역 같아 보였다.

---

9) 역주: '자바이칼'이라고도 한다. 러시아의 동시베리아에 위치한 지역으로 바이칼호의 동쪽 지역. 자바이칼에 속한 지역은 부랴트 공화국, 치타 주, 이르쿠츠크 주이다. 서쪽에는 바이칼호가, 동쪽에는 실카강과 아르군강이 흐르고 있다. 북쪽은 파톰스코예 고원과 세베로바이칼스코예 고원, 남쪽은 중국과 몽골에 접해 있다.

오로지 포로수용소만

여러 민족으로 구성된 불쌍한 사람들만 한숨을 쉬며, '자유'로부터의 억압을 허락하는 중립지대의 섬 같아 보였다. 족쇄는 차르 정부 때보다, 가장 엄격한 독재의 통치 때보다 더 무거웠다. 솔직히 말해, 단 한 가지 서류에만 서명하면

누구나 자유롭게 될 수 있었다. 그건 붉은 군대에 입대함을 뜻했고, 그렇게 되면 고국으로 돌아갈 모든 희망은 포기해야 했다.

요한은 벌써 몇 주간을 시내로 가지 않았다. 요한은 그 아름다운 여인과의 만남을 피하려고 했다. 그는 그 여인이 두려웠다. 하지만 더는 그 여인의 낭랑한 웃음소리를 듣지도 못하고, 그 마돈나 같은 유혹적인 매력의 얼굴을 더는 보지도 못하자, 더욱 간절히 그 여인을 그리워했다. 이제까지 한 번도 그녀가 지금처럼 그 앞에 생생히 살아 있음을 느껴본 적이 없었다. 함께 지낸 시간 속의 모든 에피소드가 다시 생각나고, 그를 유혹했다. 이젠 그는 이 유혹에 대항하는 부적도 없었다. 아버지 죽음을 알려준 그 편지는 (도슈키는 잘 알고 있었다) 그의 마음에서 또 다른 잔인한 상처마저 잘라내 버렸다. 그는 그 편지를 믿지 않으려고, 억지로 믿지 않으려고 했다. 그러나 자신을 속이지 못했다. 그 제단은 황폐해졌고, 그는 죽음 같이 상처받은 마음 때문에 쓰레기 더미에서 비틀거리고 있었다.

그는 공식 행사에서 물러났고, 좀 더 뒤에 그는 극장을 폐쇄하였다. 그의 에너지는 부서졌다. 그는 낮에는 허공만 무심하게 바라보며, 저녁에는 막사의 인적 없는 거리를 배회하고, 또 밤에는 온몸에 열이 펄펄 나, 잠도 제대로 못 잣다.

그러던 어느 날, 그는 산속 어느 나무의 넓은 그림자 아래 벤치에 앉아 있었다. 계곡 아래로 포로수용소가 있는 시가지가 내려다보였다. 그의 주위에는 죽은 포로들의 묘역이 있었다. 인근 나무숲의 오존 향기와 뒤섞여 신선한 건초 풀냄새를 그는 느낄 수 있었다. 그의 옆에는 친구 도슈키가 언제나 함께 있었다. 같은 운명의 그 착한 친구는 친구가 가는 곳이면 조용히 따라 가 주었다. 도슈키는 붙임성 있던 요한의 제성격이 다시 나타날 그 순간까지 참고 기다려 주었다. 여러 주간을 그들은 함께, 말없이, 둘 다 벙어리인 것처럼 보냈다. 그리고 말을 먼저 꺼낸다는 것 자체가 언제나 아무 의미 없는 것 같았다. 요한은 대화를 의도적으로 피했다. 몇 마디만. 아니면 피곤한 제스처가 언제나 대답 전부였다.

한 시간 이상 그들은 말없이 그 자리에 앉아 있었다. 그러자 갑자기 요한은 앉아 있던 자리에서 일어나 걷기 시작했다. 도슈키는 그대로 앉은 채, 산 너머 마을로 향하는 모래 길을 똑같은 보폭으로 걷고 있는 친구를 바라보았다. 묘역의 끝까지 그 친구는 계속 걷고 있었다. 요한의 우울하게 숙인 고개는 도슈키에게 고통어린 동정을 다시 불러일으켰다. 이런 동정도 아무 소용없고, 아무 도움 되지 못함을 알고, 그는 마음이 아팠다. 그는 생각에 잠겨 있었다.

피자와 카탸 사이에 벌어진 불쾌한 사건 뒤로 그도 그 아름다운 검사 부인을 만나지 못했다. 때로 그는 시내로 가서 그 여인의 집을 찾아가기도 했지만, 하녀가 마님이 그와 이야기하고 싶지 않다고 말만 전해 주었다. 그 때문에 그는 마음이 상했지만, 그가 어떻게 한단 말인가? 그 여인을 만나러 간 일이 잘되지 못한 채 삼일이 지났을 때, 그는 길에서 바로 그를 찾고 있던 하녀 마루사를 만났다. 하녀는 자신의 죽은 아들의 세례서류를 찾으러 왔다. 그는 그 하녀에게 서류를 돌려주었다. 서류를 그가 갖고 있을 권리가 없는 것이라면 어찌할 도리가 없지 않는가? 그는 헛되게도 마루사에게 한 번 더 간청했다. 하녀는 좀 슬픈 표정으로, 되풀이해 말해 주었다. "마님은 엄명을 내렸고요. 저는 그 명을 지켜야 합니다."

하지만 마루사는 떠나기 전에 경고가 섞인 말을 위험을 무릅쓰고 전해 주었다. "그 아이와 또 바르디 선생님 잘 지켜 주세요."

어느 날, 피자가 군복을 입고 나타났다. 피자는 아나키스트들의 여군 보병대대에 입대했다. 이것은 도슈키를 깜짝 놀라게 했다. 왜냐하면, 피자는 전에 한 번도 극성적인 혁명당에 대해 열의를 보이진 않았다. 그는 비웃음을 감출 수 없었다. 피자는 별로 관심이 없는 듯 가벼운 웃음을 지었다. 하지만, 잠시 뒤 그 두 사람만 따로 남자, 가벼운 미소는 싹 가시고, 자신이 입대하게 된 이유를 씁쓸하게 설명해 주었다.

그녀 이야기는 도슈키에게는 실로 놀라운 일이었다. 누군가가 새 정부에다 피자를 전쟁포로들과 무슨 음모를 꾸몄다고 고발을 했다. 그 고발을 곧장 듣게 된 피자는 그 고발이 허위임을 보이려고 당시 모집 중인 여군 보병대대에 자원해 입대하였다. 같은 날 저녁, 피자는 다시 예술인 막사에 들렀다. 심사숙고 끝에 그녀는 아이를 데려 갔다. 피자는 그 죄 없는 아이를 어디에 숨길 것인지 알고 있었다.

도슈키 이 흑막 뒤에는 필시 마음에 상처를 입은, 헛꿈을 꾸는 그 아름다운 여자가 그날 일로 자신에게 복수하려는구나 하고 추측했다. 그는 증오의, 부르주아 계급에 속한 카탸가 어떤 식의 영향을 받았는지 이해가 되지 않았다.

하지만 의문도 명백하게 해결되었다. 이틀 전에 그는 시내에 여행증명서를 신청하러 막사의 사령관실을 방문했다. 그는 부관실의 큰 난롯가에서 어느 청년을 껴안고 있는 카탸를 보게 되었다. 도슈키는 당황했지만, 카탸는 당당하게 웃음을 짓고, 그의 외출 신청을 거들어 주었다. "시몬 페트로비치 씨, 저분의 여행증명서 발급을 거절하진 마세요! 저분은 그것이 꼭 필요한 것 같으니까요. 난 저분을 잘 압니다. 저분은 용감한 남자입니다."

도슈키는 그런 찬사와 요청하지도 않은 거듭에 황송한 듯 경례로 감사를 표했다. 그러나 그는 그 아이를 맡아 두고 있는, 피자가 알고 지내는 할머니 집에 가 볼 계획을 포기해 버렸다.

요한은 묘지들 사이에서 벌써 모습이 보이지 않았고, 도슈키의 시야에서 사라졌다. 그도 자리에서 일어나, 요한이 간 곳으로 가려는데, 갑자기 속삭이는 듯한 말소리로 그를 제지하는 사람이 있었다.

"도슈키 선생님, 가지 마세요! 기다려요!"

그는 피자의 목소리임을 알았다. 그가 뒤돌아서서 보니 짙은 수풀 뒤에 서 있는 피자를 발견했다. 피자는 그가 말을 하지 못하게 몸짓으로 경고를 보냈다. 그는 깜짝 놀라, 주위를 살펴보았지만, 아무것도 발견하지 못했다. 그는 웃으면서 물었다.

"피자, 당신이 숨어서 보고 있었소?"

아가씨는 귀밑까지 붉어졌다. 당황한 그녀는 말없이 있다가, 나중에, 아주 진지하게 다시 작은 소리로 말했다.

"난 내 인생의 가장 귀한 분을 지키고 있어요."

그녀의 떨리는 목소리와, 갑자기 그녀의 푸른 두 눈에서 흘러내리는 눈물을 보자, 도슈키는 어찌할 바를 몰랐다. 군복을 입고, 권총을 허리에 차고, 천진스런 로맨스를 마음에 두고 있는 아가씨에게서 그는 뭔가 신비스러운 느낌을 받았다. 그는 자신의 일상적 어조를 잃어버릴 정도의 감동도 받았다. 그는 발끝을 이용해 피자가 숨어 있는 곳으로 다가갔다.

수풀이 난 쪽으로 열두 걸음 정도 갔을까, 그곳에서 좀 더 아래쪽에 요한이 서 있었다. 그는 죽어, 안식을 누리는 같은 운명의 죽은 이들의 이름을 보고 있었다. 갑자기 그의 뒤쪽과 묘지 사이에서 우아하게 차려입은 여자가 급히 그에게 다가왔다. 카탸였다. 그녀의 발걸음을 소리마저 부드러운 모래가 삼키고 있었다. 요한은 그 여인이 다가오는 것을 전혀 눈치채지 못했다. 피자와 도슈키는 숨을 죽인 채, 이 모든 것을 지켜보고 있었다. 이제 카탸는 다정하게 요한의 어깨에 두 손을 얹었다.

"요한 바르디 유로비치!" 그녀는 속삭였다.

요한은 떨었다. 익히 알고 있던 여인의 목소리가 그의 폐부 속으로 들어 왔다. 그러나 즐거움이 갑자기 사라지면서 그의 입가에서 떨고 있었다. 하지만 그것은 잠시뿐이었다. 그가 몸을 돌리자, 그의 표정엔 벌써 피곤함과 우울함이 배여 있었다. 그는 말을 하지 않았다.

"요한 바르디 유로비치!"

다시, 더 온화하게, 더 간청하듯이 다시 말이 들려 왔다. 피자와 도슈키는 신경을 곤두세워 듣고 있었다. 그들은 지금 대단한 광경을 보고 있고, 두 사랑하는 마음의 결투를 지금 보고 있음을 느끼며, 집중해 듣고 있었다. 요한은 고집스럽게 말이 없었다. 카탸는 대답을 기다리는 것이 헛일임을 알고 당황했다. 도슈키는 카탸가 그렇게 아름답게 보일 수가 없었다. 카탸의 얼굴은 부끄러운 듯

자줏빛이 되고, 두 눈은 혼돈된 듯 반짝이고 있었다. 눈물어린 웃음도 보였다. 그는 이틀 전 저 여인이 부끄럼 없이 그가 보는 앞에서 천박한 사랑을 즐기고 있었다는 것이 지금 믿기지 않았다.

이젠, 카탸는 침착함을 되찾아 요한에게 더 가까이 다가가, 그의 두 손을 잡았다. 요한은 손을 빼내지 않았지만, 계속 침묵을 유지하고 있었다.

"난 후회하면서 왔어요,"

카탸가 말을 꺼냈다.

"난 요한, 당신에게 많은 죄를 지었어요. 나를 용서해 줄 수 있겠어요?"

요한은 힘없이 저항하는 제스처를 취했지만, 카탸는 자신의 손을 그의 입술에 갖다 대고는 그의 말을 제지했다.

"내가 더 말할 수 있게 해 주세요. 난 당신의 눈길에서 화도 복수심도 없음을 알아요. -다만 깊은 슬픔만 보인다는 것을 잘 알아요. 그것이면 난 만족해요. 난 기쁘기도 하군요. 당신의 아픔을 보니. 당신이 아직도 나를 사랑하고 있음을 증명해주거든요…… 하지만, 난 지금 당신에게 계산하러 왔어요. 난 그걸 계산해야 해요."

"필요 없어요, 부인,"

요한은 무기력하게 그 말을 끊었다.

"들어 봐요, 요한! 난 나의 죄를 부정하고 싶진 않아요. 그 아가씨가 말한 것은 모두 진실이어요. 난 되풀이해 말하고 싶어요. 그 일은 진짜지만, 동기만은 가짜였어요.

내가 당신의 존경을 잃었다는 거 알아요. 그리고 그걸 다시 얻기란 불가능하지만, 난 당신 사랑을 잃진 않았어요……아니! 아니! 아니! 그 사랑은 살아있어요. 난 알아요, 어느 때보다도 지금 더 잘 살아 숨 쉰다고요. 내 말을 들어봐요. 난 희생자예요. 내 아름다움의 희생자, 부정한 남자의 욕심이 낳은 희생자라고요."

요한의 입가에서 나오는 내키지 않는 웃음은 카탸에게 아이러니를 느끼게 했다. 그 때문에 카탸는 마음이 상해 흥분했다. 카탸는 자신의 목소리를 더욱 높였다.

"이 말은 믿어 줘요, 요한! 내 말의 진실성을 걸고 믿어 줘요! 사람들이 나를 팔았다고요! 바로 내 아버지가 나를 팔았어요! 듣고 있나요? 내가 열일곱 살이 되었을까, 아버지 공장이 파산 직전에 다다랐을 때, 그때 아버지는 부유한 청년을 소개해 주더군요. 난 아무 불순한 의도를 알지 못했어요. 왜냐하면, 그 남자는 나에게 이상적인 사랑의 가면을 쓰고 다가왔어요. 난 그가 마음에 들었어요. 마음씨도 착한 것 같고, 점잖고 정직한 것 같았어요. 하지만, 그 뒤 내가 그를 사랑하자, 아버지는 우리를 언제나 따로 있게 하더군요. 그렇게…… 그렇게…… 나는 무슨 이유인지 알아채지 못한 채 1년이 지났어요. 내가 그이에게 결혼하자고 제안했을 때, 그이는 거만하게 웃으며 내게 직접 말하더군요. 그건 계약에 없었다고요. 그는 그의 직위와 가문에 어울리는 어느 부잣집 처녀와 결혼해야 했어요. 난 믿을 수 없어, 아버지에게 달려갔어요.

그리고…… 아버지는 부정하지 않더군요. 나는 눈앞이 캄캄해 오는 걸 느꼈어요. 난 자살을 결심했어요. 그것도 사람들 때문에 못했어요. 그래서 돈과 공무를 위해 나를 필요로 하고, 곧 태어날 아이에게 성이 필요한 남자를 찾아 주더군요. 그 남자가 지금의 내 남편이었어요."

요한은 감동을 받은 듯하였고, 진정어린 동정심이 그의 얼굴에 나타났다. 카탸는 눈물을 흘리며 말을 이어갔다. "난 그 남자에게 깊은 감사를 느꼈어요. 어떤 방식으로든지 나는 그의 동정심에 보답해주고 싶었어요. 아, 얼마나, 나는 어리석었던가! 어느 날, 남편이 자신이 입게 될 피해를 막으려고 나더러 자기 상사에게 가라고 제안하자, 나는 놀라며, 이를 원치 않는다며, 그런 일이 어찌 성공할지 의심하자, 남편은 나에게 증오스런 힐난을 퍼부으며 나에게 달려들더군요. '넌 어디라도 도달할 수 있어, 정말로 예쁘니까!' 난 머리가 빙- 돌더군요. 내가 이런 사람을 존경하고, 이 사람만 사랑하고, 보답해 주었다니! 난 기절했어요. 나의 모든 것은 그때 죽었어요. 남자들에 대한 꺼지지 않는 증오와, 잃어버린 내 명예와 내부의 파괴로 인한 복수심만 남더군요. 그래서 난 복수를 결심했어요. 애정도 동정심도 없이, 악마처럼 격렬히 복수하기로 마음을 단단히 먹었어요…… 그리고 그때부터 나는 나를 탐내는 누구에게나 내 몸을 던졌고, 그 값은 언제나 어마어마했지요……나를 그런 여자로 만든 남편을 위해 보란 듯이 지옥을 만들었어요…… 우린 함께 살

- 217 -

고 있어요. 공동으로 저지른 죄악이 우리를 묶어 두었기 때문에요…… 기억해 보세요, 요한, 난 당신에게 말한 적이 있었을 거예요. 당신이 내게 설명을 요구하지 말라고 한 말을. 왜냐하면, 그런 말을 했더라면, 나에 대한 당신의 존경심은 허무하게 무너져 버리게 되니까요. 그 존경은 정말 잃어버렸지만, 이젠 이 고백으로 아무 위험을 느낄 필요가 없어졌어요."

카탸는, 보기에, 좀 전부터 감동된 듯, 듣고 있는 요한을 쳐다보았다. 그러나 그의 표정은 이젠 마음에 와닿는 표정보다는 더욱 명상에 잠긴 표정을 보이고 있었다. 카탸는 고대했던 대답도 듣지 못했다. 그녀는 조급하게 떨리는 목소리로 말했다.

"한마디라도 나에게 해 줄 말이 있을 것 아닙니까!"

요한은 자신의 손에서 그녀의 하얀 손이 미끄러져 나가는 것을 내버려 두고는 아주 진지하게 말했다.

"다른 사람들의 죄를 이용해 당신은 죄 없는 사람들을 벌하고 있군요."

카탸의 양 볼은 화끈했다. 카탸는 두 눈에 화가 났다.

"난 죄가 없지도 않고 깨끗하지도 않고 정숙하지도 않다고 말하는가요? 남자들이 나를 이런 여자가 되도록 만들었어요. 그들의 동물적인 정욕 때문에 나는 악마가 되어 버렸어요…… 그들이 내게서 아름다운 모든 것을, 이상적인 모든 것을 죽여 버렸어요."

그녀 두 눈은 갑자기 눈물로 가득 차 울먹이며 말했다.

"요한, 나를 이해해 줘요⋯⋯나를 이해해 줘요⋯⋯. 난 이제까지 결코 누굴 사랑해 본 적이 없어요. 내 과거로 인해 나를 부끄럽게 만든 첫 사람이 당신이라고요. 내 아름다움에 주목하지 않는 첫 사람이 당신이라고요. 나에게서 영혼을 불러냈어도, 내 육체를, 이 저주받은 아름다운 몸을 무시한 첫 사람이 당신이라고요. 나에게서 내 본연의 모습을 보고, 그대로 평가한 첫 사람이 당신이라고요. 요한, 난 내 과거로인해 당신을 잃었어요. 난 당신을 잃었지만, 당신 없인 난 살 수 없어요⋯⋯ 난 살아갈 수 없어요⋯⋯난 살고 싶지도 않아요⋯⋯"

요한은 신경질적으로 움직였다. 그는 그런 이야기를 어떤 식으로든 제지하고 싶었다,

"설명 그만해요!"

그는 말했다.

"난 당신을 정말 동정하오, 부인. 난 당신이 처음 무너진 것에, 또 당신 스스로 도덕적으로 일어설 수 없음에 대해, 특히 당신을 동정하오. 당신은 너무 약해요. 여자가 사랑 때문에 쓰러진다면, 그 여자는 깨끗하지요. 사랑한다는 것은 죄가 아니기 때문이지요. 하지만, 사랑과는 반대의, 죄를 범하는 여인은 자기 운명에 책임을 져야 하오."

카탸는 큰 소리로 울먹였다. 그녀의 눈물은 아름다운 얼굴에 긴 줄을 만들었다. 요한은 그동안의 침착한 체한 것도 그대로 할 수 없었다. 그의 굳은 태도도 이제

온화해지고, 눈물로 반짝이는 그녀 두 눈의 매력 때문에 반대 입장에도 설 수 없었다. 만사를 제쳐 두고도, 지금 그는 다시 사랑의 감정에 사로잡혀, 모든 다른 일은 잊게 만들었다. 그는 좀 전에 자신이 아무렇게나 말해 버린 것을 후회하고는, 다시 위로와 동정의 목소리로 말해야만 했다.

"그럼 울어요! 울어요, 눈물은 나쁘지 않아요. 그렇게 울 수 있는 당신이 부럽군요. 나도 눈물 흘릴 수 있었으면! 눈물로 내 고통을 더 쉽게 할 수만 있었으면! 내 울음은 내부적이고 더욱 속타게 만들고, 더욱 잔인하오. 난 당신에게 거짓말하고 싶지 않소. 내 마음속엔 당신에 대한 동정 이상의 것이 들어 있음도 부정하진 않아요. 하지만 우리를 떼어놓는 도덕적 장애물에 대해 잘 알고 있어요. 이 두 감정 때문에, 슬프고도 비참하게 쥐어짜는 내 마음 때문에 얼마나 울었는지! 두 사람을 동시에 사랑한다는 것은 믿기진 않지만 정말이오. 그 둘을 동시에 다 잃는다는 것도 있을 수 있지만, 믿기지 않아요. 이게 바로 그런 일입니다. 내겐 위대하게 죽은 이들이 있고, 난 절망적으로 지금 장례를 치르고 있어요."

카탸는 그의 입술만 바라보고 있었다. 카탸는 그의 말을 집어 삼킬 듯이 주의 깊게 듣고 있었다. 그러나 수풀 뒤에서 피자와 도슈키는 언제나 더욱 흥분되어 듣고 있었다. 피자의 마음은 이상한 감정에 휩싸이게 되었다. 동정과 질투. 그녀가 미워하지 않으면 안 될 여인의 감동적 고백이 있은 뒤에도, 그녀는 내부적으로 싸우고 있었다. 도슈키는 더 꼿꼿한 자세로 서서, 그가 아름다운 암고양이라고 별명을 붙여 준 여인의 진실을 그는 그렇게 믿질 않았다. 카탸 이야기는 -그가 생각하기로는,- 뭔가 진실된 면이 있긴 하지만, 전부가 진실은 아닐 것이다. 더구나 지금 그로선 더 관심가는 점은, 요한이 지난 몇 주동안 헤어나지 못했던 무관심적 우울증의 진정한 이유를 지금 밝힐 것인지에 가 있었다.

하지만, 요한의 행동은 갑자기 변했다. 그는 자신의 좀 전의 감동 때문인 듯 씁쓸히 웃었다. 그의 모습은 거슬렸고, 그의 시선은 뭔가를 관통할 듯이 변했다. 그리고 그는 카탸가 아프다고 할 정도로 세게 카탸의 두 손을 잡았다. 그는 그렁대는 목소리로 난폭하게 카탸에게 소리쳤다.

"당신은 왜 지금 나에게 왔어요?"

카탸는 요한의 경련을 일으키는 듯한 모습에 혼비백산해 쳐다보았다.

"말했잖아요!"

그녀는 속삭였다.

요한은 난폭하게 웃었다. 그는 그녀가 아파 땅에 쓰러질 정도로 그녀 손을 꼭 잡고 있었다. 그녀는 깜짝 놀라 소리쳤다.

"당신은 미쳤군요?"

요한은 그 말에 떨었다. 그는, 숨이 막힐 듯하는 자신의 목에서 마치 딸국질할 듯 말을 해버렸다.

"당신은 코미디를 기대하군요……그래 코미디라고 해요!…… 당신은 나를 너무 단순하게 보고 있군요…… 코미디를 당신은 기대했기에, 난 코미디를 했었지요……전쟁을 당신은 원했어요, 그래서 난 전쟁을 벌였고, 승리를 당신에게 헐값에 주진 않을 거요……"

카탸는 혼비백산하여 중얼거렸다.

"난 당신을 이해하지 못하겠어요……왠가요? ……난……난……"

"당신은 지금 왜 나에게 왔어요?" 요한은 난폭하게 쉿소리를 냈다. "당신은 지금 왜 왔어요? 대답해 봐요! 대답을!"

카탸는 그가 잡은 손을 단단히 압박해오자, 자신의 손을 자유롭게 하려 했다. 하지만, 요한은 그 손을 꽉 쥐고 놓아주지 않았다. 겁을 주는 힐난이 그의 입가에 나타났다.

"좋아요! 당신은 대답하고 싶지 않다. 그럼 내 스스로 당신께 말해 보겠어요!"

그가 갑자기 한 손으로 그녀의 블라우스를 찢고는, 그녀 속옷에서 서류를 꺼냈다. 하얀 줄로 묶여진 몇 장의 종이들이 보였다.

"이게 그 이유이지요?……당신은 나를 파멸에 빠뜨리려하고 있소!…… 복수심 때문에 더러운 음모를 꾸미다니! 이게 그거지요! 내가 공모했다는 가짜서류들! 당신은 그 서류들을 몰래 훔치려 했지요! 당신은 나를 감옥에 보내고 싶은 거지요! 내게서 증거를 찾도록 말이지요, 증거를? 그게 당신이 위선자처럼, 교활하게 온 이유이지요! 난 당신이 코미디를 다 끝낼 때까지 내버려 두었어요. 내가 정말 코미디언이라는 것을 당신은 잊고 있었어요. 하지만 당신 코미디는 너무 위험해요. 그 코미디로 여러 사람 잡을 수 있으니. 눈길 한 번 당신에게 주지 않은 사람들의 목숨을 또, 당신을 괴롭히지도 않은 몇 사람들의 목숨을, 또 아무 힘없는 우리가 숨겨 둔 채 지켜내려고 했던 죄 없는 아이 목숨까지도."

그가 폭로하자, 카탸는 절망적으로 땅에서 일어나려고 발버둥치고 있었다. 마침내 그녀는 자리에서 일어섰다. 분노, 절망, 당찬 결심과 양 입술을 꽉 다문 저항이 그녀 얼굴에 교대로 나타났다. 마침내 그녀는 더는 침묵하지 않았다.

"아뇨, 요한! 정말 잘못 알고 있군요!……내 사랑을…… 이해해 줘요…… 당신은 뭔가 오해하고 있어요…… 정말 놀랍게도 오해하고 있어요……"

하지만, 그러한 격정 속에서도 요한은 아무 말이 없었다. 그가 카탸의 손을 세게 비틀어, 아프게 하자, 카탸는 자유로운 다른 한 손으로 그의 얼굴을 연거푸 때렸다.

때림은 셌다. 요한은 휘청거렸다. 잠시 뒤엔 그는 눈에 아무것도 보이지 않을 정도로 크게 한 방 맞았다. 그는 그녀를 놓아 주었다.

그는 카탸가 계속 외치는 소리를 들었다.

"하지만 내가 시작한 일은 끝까지 할 거라 고요." 그런데 깜짝 놀라는 외침도 들려 왔다. 그는 누군가 힘센 손이 자신의 어깨를 잡는 것을 느꼈다. 그는 쳐다보았다. 도슈키가 그의 옆에 서 있었다. 도슈키는 몇 걸음 떨어진 곳에서 두려움 속에 서 있는 카탸를 보았다. 피자가 카탸 앞에 권총을 들고 서 있었다.

두 사람은 공포와 흥분 때문에 떨고 있었다. 요한은 소리쳤다.

"피자! 안돼요! 안돼요! 쏘지 말아요!"

그리고 요한은 카탸에게 달려갔다. 그녀는 힘을 소진한 듯 기절하여 그의 두 팔에 쓰러졌다.

도슈키가 맨 처음 정신을 차렸다. 그는 서류뭉치를 집어 들어 호주머니 안에 넣었다. 그리고는 그가 피자에게 가서 권총을 뺏어, 그녀의 권총집에 넣어 주었다.

"미친 짓이고, 무의미한 짓이군!" 그는 중얼거렸다.

피자는 사색이 되었다. 그녀는 혼돈 속에서 기절한 여자가 요한의 팔에 안겨 있는 것을 보았다. 미동도 없는 백지장 같은 얼굴이 그의 눈길을 붙들고 놔두지 않았다. 그 여자 얼굴은 깨끗하고 평화로웠다. 그녀의 얼굴엔 이젠 복수심은 잠들었고, 수려한 모습이 구겨지지도 않았다. 만약 그녀가 결코 깨지 않고, 언제나, 이 평화롭고 온화하고 천사 같은 면만 보일 수 있다면!

도슈키는 가까이 갔다. 그는 그 여인의 머리 쪽에 멈추어 서서는, 들릴 듯 말듯 말했다.

"아름다운 암고양이. 그렇게 실신하고 있는 모습이 더 어울리네."

카탸가 이제 눈을 뜨자, 이번에는 도슈키의 얼굴에, 또 다음에는 요한의 얼굴에 눈길을 옮겨 갔다. 그러나 그녀는 그 길 위에 꼼짝 없이 서 있는 피자를 보진 못했다.

"당신들은 나를 죽이고 싶지요……안 그래요?"

아무도 대답하지 않았다.

"난 지금 당신들 수중에 있으니, 당신들은 나를 용서하지 않을 거란 것도 알아요."

요한은 뭔가 말하려고 했지만, 도슈키가 그보다 먼저 말했다.

"아뇨, 부인. 우린 전쟁포로일 뿐이오. 우리를 지금 지켜주는 것은 아무것도, 아무도 없어요. 우린 이곳이 낯선 곳이고, 무기도 안 가졌고, 당신은 음모를 계속 꾸밀 수 있겠지요. 그럼 가요. 가서, 이 모든 것을 다시 시작해 보시오. 하지만 급히 해야 할 거요, 왜냐하면 시간이 급박하기 때문이오. 당신 스스로 가장 잘 알 걸요. 이르쿠츠크는, 내일이나 모레쯤이면 시 외곽에서 포진해올 체코군단에 함락될 것이라는 것을. 그들이 돌아오면, 적군이자 당에 너무 동정심을 보탠 당신에 대해 대답을 요구할거요? 그건 당신에게도 반가운 일은 아니겠지요. 우리가 입수한 이 서류는 우리가 기꺼이 잘 보관하고 있겠소. 아마 우리가 그 서류를 쓸 수도 있어요."

이상한 미소가 카탸의 얼굴에 나타났다. 그녀는 바로 서서, 옷을 정리했다. 그녀는 요한에게 다가가, 온화하게 그를 한 번 쳐다보고는, 말없이 몸을 돌리고는 걸어갔다. 몇 걸음 걸어가자, 그녀는 피자가 있음을 알았다. 그녀는 멈추어 섰다. 주저하는 것 같았다. 그리고는 계속 걸어갔다.

"여성동무, 이제 군인이 되었네. 당신은 혁명을 위해 일하군요. 당신이 내가 하는 음모를 방금 알렸는가 보지요. 난 당신에게 호소해요, 날 가둬 줘요! 당신의 길에서 나를 없앨 절호의 기회지요."

피자는 깜짝 놀라 당황했다. 카탸는 온힘을 다해 더 큰 소리로 되풀이했다.

"난 당신에게 나를 가둬 달라고 요구한다고요!"

피자는 그 이상한 요구를 들어주지 않으려고 옆으로 비켜섰다. 이제 길은 트여 있었지만, 카탸는 고집스럽게 남아 있었다. 그리고는 나중에 카탸가 말을 꺼내고, 이제 그 목소리에는 흥분과 요청이 들어있었다.

"이게 바로 당신의 위대한 사랑이자 희생이군요! 당신은 내가 두렵겠지요. 만약 내가 이 자리를 떠난다면, 난 계속 싸울 거란 것을 알아 둬요. 나는 위협 같은 것엔 겁내지 않아요. 나에겐 센티멘탈한 로맨스 같은 건 감동을 주진 않아요. 난 절대 용서 안 해요. 음모를 꾸미면 나는 음모대로 했고, 난 당신들 모두를, 그런 일이 없었지만, 공모한 것으로 몰아, 서류로 입증할 수 있다고 자신해요! 당신이 사랑하는 남자의 목숨도 내 손에 쥐고 있어요. 난 단번에 그의 목숨을 끝낼 수도 있어요. 당신은 그를 지킬 용기가 없나요? 난 악마요, 악마라구요! 이해하겠어요? 그의 목숨을, 난 그의 목숨만 뺏기만 하면 돼요. 이제, 여성 동무, 이제 나를 당신의 손에 넘기는데, 뭘 그리 주저해요? 이제 나를 잡아가요?"

요한과 도슈키는 이 모든 폭로에 놀라 듣고 있었지만, 카탸와 마주 보고 선 채, 카탸의 행동을 주시하고 있는 피자는 이상한 인상을 받았다. 카탸의 표정에는 그럼에도 불구하고 그렇게 감히 말하는 억센 말투와는 정반대의 다른 분위기가 있었다. 그 분위기에는 절망적 투쟁이, 깊은 아픔이 들어있었다. 그 마지막 말에서 흥분과 감히 도전하는 것 이상의 간청을 발견할 수 있었다. 피자는 그녀 자신이 수수께끼 같은 존재 앞에 선 느낌을 받았다. 그걸 해결하려면, 그 이상한 바람을 들어주는 것이 가장 현명한 것 같았다.

"갑시다, 그럼!" 피자는 말했다.

요한은 그들을 막아서려 했지만, 도슈키가 그를 막아섰다. 피자와 카탸는 출발했다. 요한은 사라지는 환영처럼 그들을 바라보고 있었다. 여기서 증오와 사랑이 함께 같은 길에 가고 있는 것 같았다. 그는 말없는 자책감으로 괴로웠다. 그는 그 중 한 사람을 사랑하고 또 사랑하지만, 또 다른 한 사람을 끝없는 동정으로만 느낀다는 것을 부정할 수 없다. 그의 생전에 한 번도 그렇게 아프게 속임을 당하진 않았다. 아양을 잘 떨고 그렇게 쉽게 행동하는, 카탸가 그렇게 도덕적으로 타락했으리라고는 예상하지 못했다. 그는 그녀가 진실로 자신을 사랑한다고 믿었고, 그녀 두 눈이 보내는 온화한 어루만짐을 믿었고, 응석부리듯이 웃는 입술에서 나오는 사랑의 말을 믿어 왔다. 그러나 그는 이제야 알았다. 그의 사랑은 그들이 처음 만날 때부터 생겼다는 것을. 그가 '마음속 제단에 둔' 다른 여인 때문에 그녀의 포옹을, 그녀 키스를 거부했을 때, 그는 자기 내부 마음과의 싸움에 정말 고통스러웠다. 그리고, 그 제단의 그림이 찢겨진 바로 이 순간, 그는 자신에게 그만큼 잠 못 이루는 밤과, 열이 난 마음속 싸움을 가져다준 여인의 진실된 모습을 알게 되어야 했다.

도슈키는 동정하며, 그의 아픈 표정의 몰입을 관찰하고 있었다. 오랜 시간은 침묵 속에 있고, 그는 저녁이 되었다고 말해야 했다. 그들은 막사로 되돌아 왔다. 요한이 말을 다시 꺼냈을 때, 그들은 길의 거의 절반쯤 돌아왔을 때였다.

"페트로, 나도 울 수만 있다면, 울 수만 있다면!"

"울어, 요한, 울어 버려!"

도슈키는 위로하듯 말했다. 그리고 요한를 껴안았다.

"난 할 수 없어……난 할 수 없어……그렇게만 된다면야!……난 정말……정말로 그녀를 사랑하고 있어……"

"그 여자는 자네가 사랑할 만한 여자가 아니야."

"그런 말은 말게, 페트로…… 난 그녀 영혼을 죽여 버렸어……내가 죄인이야."

도슈키는 어떻게 대답해야 할지 몰랐다. 요한은 자신의

아픔을 가볍게 하려는 듯이 더욱 말이 많아졌다.

"그 여자는 내게 그 괴로운 연극의 밤이 있고 나서 장문의 편지를 보내 왔었어. 그녀는 자신의 사려 깊지 못한 행동에 대해 용서를 청하더군. 그녀는 마음을 찢는 듯이 자신의 사랑에 대해 불평했지만, 난 그 사랑에 답해 줄 용기가 나지 않았어. 이주일 전에, 다시 그녀 편지를 받았어. 몇 줄만 씌여 있더군. 그게 나로서는 수수께끼였어. 난 내 마음에 구속되지 않고, 내 마음에 따라 곧 답을 했지만, 편지 쓰면서, 여기서 내가 아무것도 아니라는 것을 잊고는 내가 응당 할 수 있는 것 이상으로 그녀에게 약속을 했어. 난 꿈속에 빠져 있었어, 난 꿈을 만들고 있었어. 하지만, 편지를 우체통으로 가져가면서 난 잔인하게도 그 꿈에서 깼어. 그때 그 길에서 그녀를 만났어. 그녀는 지금의 부관과 팔짱을 끼고, 아주 다정하게 속삭이며, 꼭 붙어 걸어가더군. 그녀가 나를 보자, 얼굴이 창백해지더군, 나는 내가 들고 갔던 내 편지를 모두 찢어 버렸어."

도슈키는 의도와는 반대로 강조했다.

"암고양이가 자신의 발톱을 드러냈군."

요한은 그 말에 개의치 않고 계속 말했다.

"며칠 전, 저녁에 나는 방황하게 되었어. 난 오랜 시간 목표없이 방황하다 피곤해, 그 극장 앞 계단에 앉아 있었지. 갑자기 누군가 내게 말을 걸어오더군. 요쵸였어, 한때, 불을 피워 주던 그 사람. 이제 그도 붉은 군대에 들어가 군인이 되었더군. 그는 아나키스트야. 오각형의 뽀쪽한 검은 별은 그를 자랑스럽게 만들진 않았지만, 그는 나를 '자원입대자 선생님'이라고 불어더군. 그래서 난 그에게 '당신은 아나키스트 아니오? 당신은 아나키즘이 뭔지 아느냐?'라고 물으니, 그의 얼굴은 밝아지더군. 그의 대답은 '그래, 알아요, 하루에 150루블이라고요. 난 약혼녀를 위해 돈 모아야 해요…….'라고 하더군."

"불행한 바보로군!"

도슈키가 대답했다.

"하지만 내 말을 더 들어보게. 문에서 그는 주위를 둘러보더니, 내게 뭔가 비밀 얘기를 하는 표정으로 이야기를 해 주더군. 그의 동무인, 한 때 극장 장식가였던 동무가 그에게 말해 주더라더군. 뭔가 큰 위험이 내 앞에 도사리고 있다고. 내가 지금의 정부에 대항하는 무슨 음모를 꾸몄다고 말해 주더군. 내가 그런 음모를 꾸몄다는 배신에 대한 증거 서류도 있다더군. 아마 곧 내가 총살될 거라고 하더군. 그때 나는 그 이야기를 듣고 웃었지만, 어제 요쵸가 다시 나를 찾아와, 말해 주더군. 그의 동무들이 피를 찾아다니는 게 구역질 난다고 하더군. 그 친구는 나더러 어디 숨으라고 또 달아나라고 하더군. 왜냐하면 오늘 나를 포함해서 우리 제10호실에 있는 예술인들을 체포하러 온다고 하더군. 난 그 이야기를 의심하고 있었지만, 그때 그는 그 아름다운 여인이 이 모든 걸 준비해 왔다는 이야기를 까놓고 이야기하더군. 그가 사령관의 부관실을 정리하고 있을 때, 그녀 손에 잡힌 서류들을 보았다더군. 부관과 그녀는 그 일에 대해 오랫동안 상의하더군. 요쵸가 잘못 알고 있겠지하고 난 생각했지. 그는 러시아말을 못하거든. 그러니 그가 이해하는 말도 아주 적다고. 하지만, 그는 이 모든 일을 추측해낼 만큼 충분히 이해하고 있다는 주장을 굽히지 않더군.

그리고……그리고 오늘 아침, 나는 그녀가 보낸 편지를 받았어. 그녀는 나에게 꼭 할 이야기가 있다며, 이곳 묘지에서 만나자고 하더군. 여기서 무슨 일이 벌어졌는지는 자네도 보았지. 하지만, 그녀의 복수심이 나뿐만 아니라, 자네와 많은 다른 사람들도 위협하고 있는 상황을 내가 알게 된 그날 밤엔 정말 잠이 오지 않았던 건 자넨 상상도 못할 거야. 내가 어떻게 가만히 있을 수 없음에 자넨 상상도 못할 거야. 나는 나 자신이 동물같이 하찮게 여겨졌고, 그걸 난 안타까워했지. 아픔과 분노로 나는 분별력을 잃어버렸어." 도슈키의 놀램은 그 이야기를 듣는 동안 더욱 커져, 폭발해버렸다.

"난 그 여자를 질식시켜 버리고 싶었어."

그들은 막사에 도착했다. 같은 방 사람들은 모두 제10호실에 있었다. 한 사람은 뭔가 읽고 있고, 다른 사람은 아무 생각없이 핏빛으로 물들이는 서쪽 하늘의 저녁노을을 바라보고 있었다. 또 다른 사람은 뭔가 슬픈 곡조의 노래를 기타로 연주하고 있었다. 다른 사람들은 꿈꾸듯이 듣고 있었다. 일상의 인사 뒤, 요한과 페트로는 탁자에 앉았다. 그러나 요한은 마음이 불안해 어쩔 줄 몰라 하고 있었다. 그는 그 자리에서 떠나고 싶었다.

바로 그 순간, 복도에서 시끄러운 소리가 들려 왔다. 갑자기 문이 열리더니, 문 앞에는 피자가 지휘하는 무장 군인들이 나타났다. 그녀 표정은 엄숙했다. 그 모습은 굳어 있었고, 그 목소리는 대단하고도 명령조였다.

"혁명재판부 이름으로 나는 이 방 사람들을 적과 공모한 죄로 검거한다."

모두는 깜짝 놀라, 자리에서 일어났다. 몇 사람은 그걸 농담이라는 듯이 웃었지만, 다른 사람들은 겁에 질려, 들이닥친 군인들을 바라보았다. 요한과 도슈키도 깜짝 놀라 동시에 소리쳤다.

"피자, 당신이? 당신도?"

그 외침에 개의치 않고 피자는 도슈키에게 걸어가, 그날 그 묘지에서 그가 호주머니에 주워 넣어두었던 그 서류들을 압수해 갔다. 그 서류들을 어느 무장 군인에게 주고는, 차례대로 검거하기 시작했다. 그녀가 이름을 부르자, 무장 군인들이 흥분한 구경꾼들로 떠들썩한 복도로 호명된 사람들을 끌고 갔다. 피자는 도슈키와 요한의 이름도 부르고는, 특별한 명령을 했다.

"이 자들은 시내로 압송한다. 국영 감옥소로. 다른 용의자들은 수비대 감옥소로! 알아들었어?"

요한은 자신이 두 눈으로 직접 보고도 믿기지 않는 듯이 되풀이 했다.

"피자, 당신이? 당신도?"

"난 군인이에요. 사령부가 명령을 하달했으니, 난 그걸 지켜야 해요!" 그녀는 좀 날카롭고도 메마르게 대답했다.

"동무들, 이젠 가지."

막사 앞에는 포로들이 중얼거리고 있었다. 그들 중에는 뭔가 새 사실을 알려고 이리저리 절망적으로 뛰어 다니던 이조르 스테이너도 있었다. 그는 검거 이유에 대해 알게 되자, 커다란 절망감이 그를 놀라게 했다.

"그리고 내 서류는? 내 서류에 대해선 어떻게 될까? 오, 내가 그에게 내 서류를 주어버렸으니 난 당나귀야!"

그리곤 그는 자신을 책망했다.

"난 내가 너무 소심한 것으로 인해 희생자가 되어 버렸어. 저 빌어먹을 서류는 내 머리를 꽉 비틀기 시작하는 군."

검거된 사람들은 두 그룹으로 나누어졌다. 한 그룹은 수비대 감옥으로, 다른 그룹은 역으로. 피자가 역으로 가는 그룹을 지휘하고 있었다. 그 무리는 시내로 들어가는 기차에 곧장 태워졌다.

피자는 국영 감옥소에 도착하고 난 뒤, 요한과 페트로를 당직 군법무관에게 인계했다. 그들은 긴 복도를 지나, 각자 다른 감방으로 이송되었다. 두 친구는 한동안 굳은 악수를 하고는 헤어졌다.

잠시 뒤, 감방의 무거운 침묵이 벌써 그들을 휘감고 있었다.

자정이 될 무렵, 요한의 감방문이 조용히 열렸다. 그 문을 등지고 서서, 칸이 쳐진 쇠창살을 바라보고 있던 요한은 발끝으로 사뿐사뿐 다가오는 방문자를 알지 못했다. 피자였다. 그녀는 요한 어깨를 건드리자, 요한은 깜짝 놀라 돌아섰다. 그녀는 손짓으로 조용히 하라고 명령했다. 그녀는 요한의 손에 쪽지를 전해주고는, 벌써 나가려다 요한에게 살짝 말했다.

"요한 바르디 선생님, 난 카탸 손에 키스했어요. 당신도 키스해 줘요! 카탸가 사랑을 고백했을 때, 난 부끄러웠어요."

그 문은 소리 없이 다시 닫혔다. 요한은 어서 그 쪽지를 펼쳐 보았다.

익히 아는 사람의 손으로 쓴 문장이 있었다.

'죽을 때까지 당신을 사랑해요.'

쪽지는 땅에 떨어졌고, 요한의 눈에서 오랫동안 고대했던 눈물이 보였다.

제10장. 체코 군단의 공습

그날 밤 내내, 이조르 스테이너는 잠을 이루지 못했다. 그가 잠자려고 눈감으면 곧 잔인한 장면이 떠올랐다. 그가 눈을 뜨면, 이상한 소리가 귓전에 스치는 것 같다. 아마 군인들이 그를 잡으러 오는 것 같았다. '어떡한담? 달아난다? 하지만, 어디로? 어려운 문제군! 소문에는 서쪽에는 체코군단이 포로들을 옷 벗겨 안가라강[10] 물에 밀어 넣고는, 강물에서 마치 사냥하듯 그 포로들을 향해 총을 쏴 죽인다면서, 길을 막고 있다던데. 그럼 남으로? 불가능해, 중국 쪽 국경은 경비가 삼엄해, 그곳엔 러시아 '하얀' 군대가 호시탐탐 노리고 있다. 러시아 장교들도 잔인하기는 마찬가지다. 그들은, 소문대로라면, 중세 종교재판을 하듯, 잔인하게 권력을 휘두른다. 동쪽으로 달려간다? 그건 물통에서 드럼통으로 빠지는 꼴이다. 헝가리 붉은 군대가 동부로 후퇴해, 가까이 있던 일본군대 아가리로 곧장 들어가는 셈인데. 더구나, 헝가리 혁명군

---

10) 역주: 러시아 중부의 남동지방을 흐르는, 바이칼호에서 흘러나온 아름다운 안가라강(1779km의 길이, 예니세이강 지류)은 이르쿠츠크를 통과한 뒤 시베리아를 거쳐 북극해로 흘러 들어간다. 이르쿠츠크는 1652년에 코사크 부대가 앙가르 강의 하류에 세운 야영지가 시초였다. 1651년 코사크 부대들에 의해 세워졌다. 1686년에 도시로 등록되었다. 이 도시는 1686년까지만 해도 작은 도시였지만, 17세기 말부터 중국과 몽골로 통하는 무역으로 부상했다. 중앙정부로부터 추방당한 사람들의 유배지였던 도시지만 이들이 이르쿠츠크 도시 발전에 큰 역할을 했다.

도 잔인하기야 마찬가지다. 아마 그들이 그를 잡으면, 장교 한 명 잡았다고 할 것이고, 그리고 그 때에는,……빌어먹을!…… 하늘의 별 만큼이나 많은 못이 그의 어깨에 박힐 것인데. 이제 북쪽 한 곳만 남아 있는구나. 하지만 북쪽에는 끝없는 대초원과 민둥산들만 있는데. 그 뒤에는 얼음과 얼음만 끝없이 펼쳐진다. 그래 좋다. 하지만, 그런 지리적인 어려움은 제쳐두고서도 야만적인 원주민들은 어떡한담? 그럼 도대체 어디로 가야 하나? 여기 남아서 마지막 순간까지 훈제된 연어고기와 크라코프[11] 산 소시지와 롤빵과 후추와 소금을 팔거나, 아니면, 그걸 다 챙겨서, 다시 텐트 주변에 파 두었던 참호 속으로 다시 들어간담?'

그는 어떡하면 좋을지 자기 운명에 대해 결정을 내릴 수 없었다. 한밤중에 그는 자리에서 일어나, 펜과 종이를 들고 자신의 유언장을 만들어 갔다. 하지만, 그는 첫 단락부터 화가 났다. 그의 아내는 한번도 막내딸의 이름을 알려주지 않았기 때문이었다. 그뿐 아니라 살로몬이 이 유언장을 이용해 속일지도 모를, 교활한 유대인이라는 것도 다른 이유가 되었다. 그는 쓴 유언장을 찢어버리고는 짐을 꾸리기 시작했다. 꼭 필요한 것만으로. 교활한 살로몬이 그런 준비를 하지 않은 것이 얼마나 다행한 일인가. 살로몬은 자신과 이조르 두 사람이 하는 동업에 대해 자기 생명도 걸지 않아도 자기 이익은 챙겼다. 이

---

11) 역주: 폴란드 역사와 문화 중심 도시

조르는 지금이라도 조금 분을 풀어보려고, 코고는 살로
몬 허벅지를 때려 깨웠다.

살로몬은 잠을 깼다. 그의 째진 눈이 긴장했다.

"뭐예요?!"

"아무것도!"

"그럼 왜 깨웠어요?"

"뒈져라!"

"한밤중에 농담이라뇨?! 당신, 이조르군요."

"내가 농담한 줄 생각하나?"

"내보고 뒈져라 라고 말하니까요."

"그게 자네에겐 농담으로 비친다 이 말이군! 그게 바로
자네가 교활하다는 거야."

살로몬은 자신의 짙은 수염을 연신 만지더니, 하품하며
이조르를 바라보았다. 살로몬은 이조르가 짐을 꾸리고
있는데도 놀라지 않았다. 그런 일은 이조르가 물건들을
제대로 정돈해 놓으려고 언제나 하는 일로 생각했다.

"뭘 하고 있어요, 이조르?"

"난 짐을 꾸리고 있네, 살로몬."

"나도 보고 있네요. 하지만 짐을 왜 꾸려요? 한밤중이라
고요."

"한밤중은 지났어, 살로몬, 이미 지났네. 하지만, 그런
교활한 질문은 왜 하나? 자넨 우리 사업에 목숨을 걸지
도 않았는데. 목숨은 나 혼자 걸었지. 자넨 평화롭게 잘
수 있지만, 난 지저분한 개라서 사람들이 안 보이는 곳

으로 숨어 다녀야 한다고. 편안히 자게, 살로몬. 이 일은 자네에겐 전혀 흥미가 없을걸. 모든 거래는 자네를 흥분시키지도 않구. 정신을 못 차리게 하지도, 꼬집지도, 밀지도, 쑤시지도 않게 하지만, 떨리는 나는 주저하고, 머리 아프고, 땀 흘리고, 싸우기도 한다네, 졸도할 정도로 내 주장을 펴기도 하네. 난 머리가 찢어지는 것 같다고……"

"그런 일은 나도 한다고요," 살로몬은 살짝 웃으면서, 손가락으로 자기 수염을 쓸어내렸다. "더구나, 왜 그렇게 흥분하세요?"

이조르는 놀라, 자신의 이마를 때렸다.

"허허, 정말 교활한 질문이군! 내가 모든 것에 대해 자네를 배신하라고 하는 것 같지? 안 그래? 위험이 전혀 없는 거래를 하려면, 나는 마음속까지 붉지 않다는 것을 입증해주는 서류를 얻은 것을 자네가 호기심이 있으면, 죽어라, 내가 자네에게 말해 줄까? 도슈키 선생님이 내 서류 갖고 있다고 말해 줄까? 내가 직접 이야기 하는편이 나은 것 같군. 오늘 체포되어 국영 감옥소로 이송된 도슈키 선생님 호주머니에 그 서류가 있어. 이틀 뒤에는 하얀 군대가 아마 여길 오게 될 것이고, 그땐 나를 위험한 혁명분자로 여겨 나를 교수형에 처할 것이라는 이야기도 해야 돼? 자네의 그 빌어먹을 지껄임으로 인해서 이 모든 일이 엉망이 되어, 나마저 망하도록 모든 것을 까발려 이야기해야 하나? 알기나 해! 내가 왜 짐을 꾸리고 있는 지를?"

잠이 고픈 마음이 살로몬의 두 눈에서 싹 가시었다. 그는 완전히 절망하여 팔을 한번은 위쪽으로, 한번은 아래로 흔들었다. 처음의 제스처는 뭔가 도움을 청하는 것 같았고, 둘째 제스처는 자신의 관절염이 있는 팔을 온화하게 매만지는 것 같았다.

"무슨 일이 일어납니까요, 이조르?"

그는 울먹이는 듯한 마찰 소리를 냈다.

이조르는 나폴레옹 같은 포즈를 취하고는, 다시 마찰 소리를 냈다.

"날 교수대에 세울지 몰라."

살로몬은 자리에서 일어났다. 그는 배낭을 계속 정리하고 있는 이조르를 무표정하고 멍하니 쳐다보았다. 그는 어떤 식으로 조언해야 할지, 아니면 어떻게라도 자신의 상사를 위로해야 할지 모른다.

"짐은 왜 싸고 있어요, 이조르?"

마침내 그는 말을 꺼냈다. 왜냐하면, 무슨 말이라도 해야 했다.

이조르는 갑자기 고개를 들었다.

"그런 교활한 질문이 어디 있나! 자넨 왼손으로 오른쪽 귀를 어떻게 긁는지 묻는 것 같군! 자넨 내가 자네에게 남겨줄게 무엇인지 알고 싶다는 거군. 아무것도! 절대로 아무것도! 자넨 지금까지의 사업 관계에 대해 만족하지 못하는가? 이익의 오십 퍼센트를 자네에게 주는 것이 못

- 239 -

마땅한가? 자넨 이 거지같은 배낭에도 군침을 흘리는 가?"

살로몬은 조용히 눈물을 글썽였다. 이조르도 감동이 되었다. 그는 마음이 허전해졌다.

"난 알아. 살로몬, 자네가 가장 착한 사람이고, 가장 신심 있는, 같은 종교를 믿는 사람이자 동업자야! 이게 나의 유언장이야! 지금까지와 같으면 좋네. 당나귀도 자네에게 선물로 주겠네. 당나귀의 생명을 잘 보호하려면, 당나귀 이마에 석회를 좀 발라주어야 할 거세. 그리고 석회는 하얀 색이 되어야 하네. 당시 내가 그 이마에 붉은 오각형 별을 그려, 그 분위기를 느끼게 한 걸 알아야 하네. 내가 한 가지만 더 조언하지. 특히, 만약 자네가 완전히 그런 정치적 성향을 나타내지 않으면, 자네의 정치적 확신에 대한 증명서류 같은 걸 요청하지 말게."

이조르의 양 볼에 눈물이 조용히 흘러 내렸다. 살로몬은 그를 위로하려고 애썼다.

"이조르, 이조르님! 그래도 당신을 교수형에 처하진 않을 겁니다. 그런 일을 장담하고 다니면 안 됩니다. 제 말을 들어봐요! 당신이 새 서류를 요청하러 가면 무슨 일이 일어납니까? 처음의 것에 대한 필사본을. 처음의 것을 준 사람은 둘째 것도 줄거라구요."

이조르는 그런 아이디어에 얼굴을 찌푸렸다.

"살로몬, 자넨, 내가 만난 사람들 중에 물정을 전혀 모르는 친구군. 자넨 사람들을, 특히 프로케치 대위 같은 인물을 전혀 모르는군. 자넨 그 대위가 나에게 하얀 군대가 몇 마일 바깥에 와 있는 이때, 그 대위가 주겠다고 자넨 생각하는가? 그 대위는 2주 전에 모든 관계를 끊었어. 2주일 전부터 그는 나에 대해 아무것도 알고 싶어 하지 않다고."

겁 많고 단순한 그 두 사람은 절망적으로 앞만 바라보았다. 이런 저런 생각이 나고, 이런저런 계획이 섰지만, 단호한 결심은 늦추어졌다. 이조르는 계속 짐을 쌌고, 살로몬은 말없이 도왔다.

"하지만, 어떡하려구요, 이조르? 어디로 갈 작정이예요?" 한참 생각한 뒤 살로몬이 말했다.

"난 국영 감옥소로 가겠어. 아마 거기 가면, 도슈키 선생님을 만날 수도 있을 걸. 그러면…… 무슨 일이 있을지는 하나님이나 아시지?!"

벌써 먼동이 트고 있었다. 먼저 일어난 몇 사람은 밖에 나가 신선한 아침 공기를 마시고 있었다. 낮에는 정말 질식할 정도로 더웠다. 그런데 그들 중 누군가 질겁하며 막사 안으로 들어왔다.

"무장 군인들이 막사를 에워쌌어요. 나갈 수 없어요."

모두가 자리에서 일어섰다. 모두 흥분되었다. 아무도 그 이유를 몰랐다.

이조르는 전신을 떨며, 살로몬에게 속삭였다.

"이제 그들이 정말 나를 잡으러 왔나 보다."

살로몬은 그에게 용기를 북돋울 말을 해 주려는 순간,

바로 막사의 대문이 열렸다. 군인들이 문 앞에 섰다. 그
군인들 중 누군가 선언했다.

"텐트는 곧 소개된다. 모두 짐을 싸, 역으로 간다. 4량의
열차가 기다리고 있다."

이조르는 안도의 숨을 쉬었다. 그는 군인 중 한 사람에
게 나아가 말을 걸었다.

"동무!" 그는 말을 시작했다. "동무, 나도 역으로 가야
돼요?"

"무슨 말인가?"

"좀 전에 동무 선생이 모두 짐을 싸라고 하셨으니 말입
니다. 난 이미 짐을 다 싸 놓았다는 것만 말씀드리고 싶
어요. 난 채비를 해 놓고 있어요."

그 군인은 다시 큰 목소리로 외쳤다.

"그래! 내가 잊고 말하지 않은 게 하나 있어! 군대에 소
속된 사람이나, 소비에트 분과에 속하는 사람들은 여기
남는다."

이조르는 뭔가 잘못될 걸 예상하고는 목덜미를 만졌다.

"왜 남아 있어야 해요, 동무 선생님? 난 이미 짐을 싸놓
은 걸요."

"전투하러! 내일모레 쯤 체코 군단이 시내에 도달할거다.
이쪽 산은 우리 방어선으로 아주 용이하다."

그 군인은 목청을 높여 대답했다.

"방어하기가 용이하다니요……?"

이조르는 의심을 하며, 그의 입안에 모여 있던 침을 삼

켰다. 그의 두 눈은 휘둥그레지고, 양 입술은 꽉 달혀 있었다. 그 군인이 그에게 장난을 걸려고 그의 어깨를 툭 쳤을 때, 그는 더욱 움츠러들었다.

"그리고 동무, 당신도 나와 함께 기계를 다루게 될 거야……"

"어떤 기계를 말하시는지?……난 기계 만지는 사람이 아니라서요……"

"기관총 말이야,"

그 군인은 웃으면서 설명했다.

"그래요, 좋아요. 하지만, 난 오늘 시내에 가봐야 해요. 난 급한 용무가 있어요. 내가 시내로 가면 안 되나요?"

"왜 안 돼? 그곳에도 기계가 있지……"

이 모든 것에 이조르는 전혀 마음이 편치 않았지만, 고맙다고 말했다. 그는 배낭을 짊어지고, 작별인사를 한 뒤, 출발했다. 밖에는 전투준비를 하느라고 분주했다. 모든 막사 앞에 군인들이 서 있었다. 곳곳에 네 줄을 지어 출발 준비를 하고 있었다. 중국인 군인들은 산 위의 참호로 대포 두 문을 운반했다.

역에는 정말 열차가 있었다. 네 량이 아니라, 여섯 량이었다. 그런데 이조르를 깜짝 놀라게 한 것은, 네 량의 객차를 매단 기관차들이 이르쿠츠크로 방향을 잡고 있었고, 나머지 두 량은 아마 사람들을 분산해 이동시킬, 유일한 방향인 동쪽으로 향하고 있었다. 또, 이조르를 정말 깜짝 놀라게 하는 것이 있다. 열두 정의 기관총 행렬은 포로들이 탈출 못하게 길을 막고 있었다. '이게 바로 전쟁이구나.' 그는 생각하고는 기차 안에 자신이 앉을 자리를 찾아 다녔다.

객차마다 사람들로 만원이었다. 객차의 좌석과 짐칸에도 붉은 군대 병사들이 마치 청어 떼처럼 앉아 있었다. 일대 소란이 벌어지고 있었다. 욕설과 시끄러운 싸움, 불평소리. 이조르는 객차마다 자리를 찾아보았지만, 어디에도 자신이 앉을 자리는 없었다. 마침내 그는 마지막 칸의 완충기에 자리를 잡았다. 완충기 위에 앉은 채, 7킬로미터를 가야할 판이다.

도시 내의 역은 포로수용소 막사가 있던 곳의 역보다도 더 번잡했다. 어디서나 절망뿐인 소란. 피난의 연속이었다. 이조르는 열차에서 용캐도 몰래 빠져나와, 시내로 들어섰다. 국영 감옥소는 셀렝가강[12] 강변에 위치해 있었다. 붉은 벽돌로 된, 커다란 2층 건물은 멀리서 보아도 국가 소유임을 알 수 있었다. 이조르는 큰길에서 벗어나, 들판으로 길을 바꾸었다. 큰길로 걸어가는 것은 별로 바람직하지 못할 것 같았다. 아마 강제로 잡혀 가도, 그는 참호 속에서 총을 쏘는 일엔 전혀 열성을 보이지 않을 작정이다.

그는 감옥소 가까이 와, 먼발치에서 거리를 두고, 감옥

---

12) 역주: 몽골 항가인 산맥에서 발원하는 이데르 강과 뫼뢴 강이 합류하여 이루어진 강. 길이는 1,000km, 유역면적은 44만 7000㎢이다. 몽골 북부를 관류하여 러시아 울란우데를 거쳐 바이칼호로 흘러간다. 예니세이 강~안가라 강~셀렝가 강의 길이 : 5,540km

소의 거대하고 무거운 철창을 바라보았다. 그는 대문 앞에서 큰 소리로 논쟁을 벌이고 있는 경비군인들에게 가까이 갈 용기가 생기지 않았다. 그는 강변의 어느 큰 바위 그림자에 몸을 숨였다. 아마 그는 적당한 기회를 엿보려거나, 그 군인들이 떠드는 말에서 뭔가를 알아내려고 하는 것 같았다.

반시간 정도 지났을까, 대문을 통해 카탸와 젊은 부관이 나왔다. 두 사람은 경비군인들에게 몇 마디하고는, 시내로 출발했다. 이조르는 깜짝 놀라 머리를 내저었다. 그 뒤, -그는 계속 기다렸다. 그는 다가갈 궁리를 여러 가지 해보았지만, 어느 것 하나 시도해 볼 용기가 나지 않았다. 그는 이제 포기하고, 역으로 되돌아가, 다른 사람들과 함께 피난할 결심을 했다. 바로 그 순간, 그는 그 감옥소에서 나오는 피자를 발견했다. 피자는 그를 배신하진 않을 것 같았다. 그는 그녀 뒤를 따라 숨었다.

한참 시간이 흐르고 나서야, 그는 그녀에게 말을 건넬 용기를 냈다. 그가 두려워하며 낮은 소리로 말을 걸자, 바삐 가던 피자는 돌아보았다.

"이조르, 당신이군요! 대피하지 않았어요?"

이조르는 한숨을 쉬고는 질책하듯 주위를 둘러보았다.

"내가 대피할 수 있어요? 이곳에 내 비밀이 있는걸요."

"비밀이라구요?!"

"그렇소, 비밀, 하지만 그것은 당신에겐 관심이 없을 거요. 난 도슈키 선생님을 만날 수 있는지만 알고 싶어."

"안돼요! 전혀 안 돼요! 그분과 바르디 선생님은 엄중한 감시를 받고 있어요."

이조르는 한숨을 다시 쉬었다.

"그럼, 나도 이제 대피할 수밖에." 그리곤 그는 역을 향해 주저함 없이 걸어갔다.

피자가 그를 불러 세웠다.

"오늘은 이미 늦었어요. 붉은 군대가 전투에서 패배하면, 남은 사람들을 데리고 갈, 두 량의 기차 편이 내일 있을 거예요."

"내일 전투가 벌어져? 내일이라고? 내일 그 빌어먹을 일이 벌어지다니? 저어, 모두 대피하면 누가 전투에 참가하지?"

"남은 사람들이요."

"내가? 나더러 전투에 참가하라고? 절대 안 돼! 난 싸울 줄 모르는 사람이오."

피자는 내키지 않는 웃음을 보였다.

"당신은 싸우지 않아도 돼요. 당신은 군인이 아니니까요. 막사에 '혼자' 남아 있으면 된다고요."

"왜 혼자요? 왜 혼자인지 말해 주게? 내가 혼자 곤경에 빠지는 걸 보고 싶은 모양이군."

"난 당신에게 가장 슬픈 사실을 알려드려야겠군요. 당신과 같이 있던 동무들은 좋은 무기를 가진 체코 군단의 광란에 투입하려고 전선으로 강제로 동원했어요. 그렇지만 그 사람들은 텐트가 소개된다는 말을 믿고 있지만,

마지막 순간에 가서야 사령부의 교활함에 놀아난 걸 알게 되었어요. 그들은 저항했지만, 그런 저항은 12정의 기관총 앞에서는 너무 약했어요. 그리고 그 잔인하고도 교활한 방법을 고안한 사람들이 바로 당신 동포라고요. 그들이 불행한 사람들을 죽음으로 인도했다고요."

이조르는 아연실색했다.

"난 언제나 그들이 약탈자이고, 형제를 죽이는 작자들임을 알고 있었어, 그리고⋯⋯"

피자는 자신의 손으로 그의 말을 제지하려고 그의 입술에 갖다 대었다.

"조용해요! 누가 들을지 몰라요."

이조르는 갑자기 조용해지고는 주변을 둘러보고, 울상을 지었다.

"살로몬도 데려갔을까?"

"그럴거예요. 텐트 안에는 환자들만 남아 있으니까요."

"그렇다면, 좀 안심이 되는군요. 살로몬은 류머티즘을 앓고 있어요." 그리고 그는 분개하여 덧붙였다. "더구나 그는 얼마나 교활한 유대인인데요."

그들은 시내로 갔다. 이조르는 피자가 바르디와 도슈키에 얽힌 음모에 대해 아는지 아주 궁금했다. 그녀가 들려준 대답은 그를 정말 놀라게 만들었다.

"그들은 전혀 음모를 꾸미지 않았어요."

"그럼 왜 그들은 붙잡혀 갔소?"

피자는 조용히 웃었지만, 의문이 들어 있었다. 그녀가 더 이상 말하지 않았기 때문이다. 이조르는 그 대답에 대해 다시 조급하게 물어보았다. 하지만 갑자기 피자는 화제를 바꾸었다.

"이조르, 난 당신에게 긴히 청이 하나 있어요. 들어줄 수 있어요?"

"그게 위험하지 않다면 들어 주지요…… 비겁한 사람은 아니지만, 난 마르마르스에 다섯 명의 아이가 있어요. 그리고……"

"바로 그 때문이지요. 당신도 아이가 있으니 말입니다…… 내일이면 내게 무슨 일이 일어날지 몰라요……난 죽을지도 몰라요……"

"전투에 참가할 건가요? 전투를 좋아하다니요?!"

"난 전투에 참여해야 해요. 들어봐요, 아마 당신도 아시다시피 도슈키 선생님이 한때 보호했던 아이를 내가 숨겨 놓았어요. 아마 난 그 아이를 다신 못 볼 것 같아요."

"아마 나도 못 볼 것 같군요." 이조르는 한숨을 쉬었다.

"왜 못 봐요? 당신은 군인이 아닌데요. 당신은 전투가 벌어져도 어딘가에 숨을 수 있지요. 이제 내말 들어 줘요! 저 강 건너가 보이지요? 저곳에 붉은 사람들이 반쯤 파괴해 버린 수녀원이 있지요."

"나도 보고 있소."

"집들을 '공식적으로' 수색하는 동안 '우연히' 집이 불타게 된 몇 가족은 저 수녀원으로 피난해 와 있어요."

"그것도 난 알고 있소."

"그들 중에 할머니 한 분이 계세요. 그분은 안나 리포바 할머니로 불려요. 도슈키 선생님이 원할 때, 그 아이를 찾아갈 수 있도록 그 할머니에게 맡겨 놓았어요. '안나 리포바'라구요! 잊지 말아요!"

이조르는 생각에 잠긴 듯이 목을 만졌다.

"저어, 그리고, 만약…… 하나님이 그 아이를 주지 않는다면,…… 만약 사람들이 도슈키와 바르디 선생님을 교수형에 처한다면? 그땐 어떻게 되어요?"

"그분들은 교수형에 처하진 않아요" 피자는 확신을 하며 대답했다.

"피자, 하지만,……이 거대한 소용돌이 속에서 무슨 일이 일어날지 아무도 몰라요……그때는 그 아이를 누구에게 맡겨야 하나요?!"

잠시 생각을 한 뒤, 피자는 씁쓸하게 대답했다.

"그분들이 만일 죽게 되면, 그 아이는 지금 있는 곳에 그대로 둬요. 안나 리포바는 그 아이가 내 아이라고 생각하고 있어요. 용서를 모르는 사람들에겐 용서해 줄 필요는 없지요."

그들은 시내의 입구에 있는 집에까지 갔지만, 서로 말없이 걷고 있었다. 그들 주위에는 공중으로 목표도 없이 총을 쏘대는 아나키스트 기마대가 지나가고 있었다. 긴 행렬의, 군수품을 실은 마차가 자갈길에서 요란한 소리를 내고 있었다. 다른 쪽에서는 중국인 농민들이 대포를 끌고 있었다. 큰 광장에서는 군인들이 빙- 둘러 경계를 섰다. 그 가운데에는 노인들, 잘 차려 입은 여자들, 겁에 질린 아이들이 떨며 서 있었다. 그들은 두려움에 서로 밀치고 있었다. 그 '나로드닉 돔'(인민회관) 앞 인도에는 총살된 남자 시체 두 구가 있었다. 얼굴에 피가 흐른 흔적이 있고, 옷에는 진흙이 묻어 있었다. 눈은 눈부신 태양광선을 투명하게 바라보고 있었다.

피자는 고개를 돌려, 발걸음을 재촉했다. 이조르는 눈을 감은 채 그녀를 따라갔다. 그는 온몸을 떨며 있었다. 피자는 역으로 가면서 말을 시작했다.

"이조르, 난 이 일을 정말 진지하게 생각해 봤어요. 난 자기 아이를 잃은 어머니를 슬프게 만들고 싶진 않아요. 들어 보세요! 도슈키와 바르디 선생님 두 분이 총살되면, 그런 일이야 일어나진 않겠지만, 또는 뭔가 불행한 일이 그들에게 닥쳐오면, 그 돌아온 메드베듀크를 찾아가, 그에게 그 아이가 있는 곳을 알려 줘요."

이조르는 말벌에 찔린 듯이 놀란 표정을 지었다.

"이런! 그건 나를 호랑이 아가리로 곧장 보내는 것인데요."

하지만 피자는 이미 그 자리에서 떠나, 옆의 샛길로 서둘러 가버렸다.

"난 병영 막사로 가서, 말 한 필을 골라야겠군."

이조르는 이런저런 걱정 때문에 혼자 남게 되었다. 그는 고개를 숙인 채, 주저하는 걸음걸이로 역을 향했다. 하지만 역에는 기차는 보이지 않았다. 어떡한담? 걸어서 막사로 돌아가야 한담? 오랫동안 주저한 뒤에 그는 다른 도리가 없다고 마음을 먹었다.

피자 말은 맞았다. 막사에는 쥐 죽은 듯이 썰렁했다. 인적이 없는 막사 주위의 거리들, 썰렁한 출입문들이 전부였다. 몇몇 군인들이 지키는 장교 막사에는 무리지어 장교들이 어찌할 바를 모르고 선 채, 흥분하여 사건과 기회에 관하여 토론하고 있었다. 텐트 옆의 산 능선엔 위장해 둔 대포 두 문과, 기관총 여러 정과 참호 속에서 자리를 지키고 있는 긴 행렬의 군인들을 막사에서도 볼 수 있었다. 그들은 붉은 군대의 중국인 연대에 배속된 군사들이었다.

이조르는 점점 흥분된 채, 위험한 전투준비를 바라보았다. 그는 이 막사에서 저 막사로 숨어들어 가, 마침내 전에 자기가 살고 지냈던 막사로 들어갔다. 그가 그 막사 안을 들여다보니, 안에는 아무도 없었다. 그는 안으로 들어 가, 다락에 숨어, 천장으로 향하는 창문을 통해 바깥에서 벌어지는 모든 것을 볼 수 있었다. '저주받은 막사군'-그는 생각했다.-'이 막사는 전선에 바로 붙어 있군. 그런데, 밤이 되면 더 나은 은신처를 찾아야 되겠군. 아마 장교들 곁이라면 더 안전할거야. 그래도 사람은 배고픔은 참을 수 없지.' 그는 자신의 배낭에서 롤빵과 소시지를 꺼내, 한 입 가득 먹었다.

바로 그때, 그는 갑자기 소스라치게 놀랐다. 왜냐하면, 그의 시선은 두려움으로 가득찬 누군가의 두 눈과 맞닥뜨렸다. 그들은 다락방의 희미한 밝음 속에서 서로 두 눈을 밝혔다. 롤빵은 목에 걸려 넘어가지 않았고, 한 손은 더 세게 작은 칼을 쥐었다. 그 모든 것이 잠시였다. 그 두 눈이 바라보는 쪽에서 비천하고도 그렁대는 목소리로 보아, 그게 살로몬의 목소리임을 알게 되었기 때문이었다.

"이조르 아닌가요?"

이조르는 이미 용기를 되찾았다.

그는 이제 경계를 풀었다.

"그래 나야. 그런데 웬일이지? 자넨 데려가질 않았나?"

살로몬은 조심해서 기어 나와, 작은 소리로 말했다.

"내가 당신을 기다리는 게 더 현명할 것 같아서요."

"그래, 자넨 교활하군, 살로몬!" 이조르는 다정하게 웃었다. "그래, 그것도 잘했군! 자 봐, 난 내가 뭘 먹을 땐, 누가 나를 놀라지 않게 해 주게."

살로몬은 지켜봐 주었고, 이조르는 먹었다. 그런데, 살로몬이 갑자기 소리쳤다.

"저어, 이봐요! 누가 저런 생각을 했어요?"

"소리 지르지 마, 당나귀야! 왜 소리를 버럭 질러?"

"와서 직접 봐요!"

이조르는 창가로 가서 살로몬이 가리키는 쪽으로 쳐다보았다. 젊은 부관과 카타가 이끄는 중국인 연대의 새 보병대대가 참호 쪽으로 행진하고 있었다. 군인들은 새로 참호를 파기 시작했다. 부관과 카타가 지시하며, 공격에 방어할 만한 장소를 자주 지적해 주었다. 십오 분 뒤, 포병대가 도착했다. 부관은 대포들을 놓을 장소를 정해 주었다. 그 뒤, 그는 카탸와 함께 떠나갔다.

이제 말발굽소리가 들려 왔다. 요쵸와, 한때의 극장 장식가인 남자, 그 두 사람이 이끄는 아나키스트의 기마병 분견대가 북쪽 산으로 달려 왔다. 그들 속에 피자가 보였다. 그들은 2정의 기관총을 갖고 있었다.

이조르는 사려깊게 자신의 귀를 귀울이고 있었다.

"살로몬, 내가 무슨 생각을 하고 있는지 알아?"

"난 추측도 못 하겠어요."

"러시아 사람들은 그렇게 현명하진 않단 말이야. 그 이유는 첫째, 여자들이 자유롭게 군에 입대할 수 있게 한 것, 둘째, 러시아 사람들은 여자들이 군을 지휘하도록 해 놓은 것, 셋째, 저 사람들은 한 곳에 너무 많은 군인을 집결시킨 것, 넷째, 저래 가지고는 북쪽 산을 전혀 못 지킬 것이고, 다섯째, 그들은 모두 달아나고 중국인들만 남겨 두었다는 점이 정말 우둔한 일이라는 거야. 난 중국 영화를 많이 보았어. 어디서나 그들은 악의에 차 있었고, 교활했어. 그게 내 의견이야."

"하지만, 러시아인은 중국인보다 더 교활할 수 있어요."

"그건, 그럴 수 있지……더구나 난 그들의 전략을 평가할 참모부 장군이 아니거든. 우린 이곳에 없는 것이 가장 안전하다는 점만 말할 뿐이야. 나는 밤이 되면 우리 둘이 장교 막사 중 한 곳에 잠입하자는 제안을 하고 싶어. 그 막사들은 북쪽에 있으니, 북쪽에서 공격해올 가능성은 없어."

해가 지자, 이조르는 어둠을 틈타, 주변을 살펴보려고 자신의 은신처에서 나왔다. 조심스럽게 그는 막사 문을 열고는, -그리곤 그는 문에서 꼭 붙어 섰다. 북쪽의 온 지평선이 붉게 변했다. 불길이 장교 막사 쪽에서 하늘로 번져갔다. 그곳에서 둔탁한 소란이, 나중에는. 곧 외침과 총 쏘는 소리. 그 소란은 더욱 가까워졌다. 뛰어다니는 사람들이 길에 보였다. 이제 산에서 요란한 대포 소리가 났다. 총소리가 탕탕 들렸고, 기관총 소리가 따따따- 들려왔다. 역사에서는 기관차의 날카로운 기적 소리도 들려 왔다. 피난 장교들이 벌써 맨 처음의 빈 막사에게 다다랐을 때는, 반대방향에서 한 무리의 사람들이 달려왔다. 외침과 욕설, 총소리, 대포의 천둥 같은 소리가 불타고 있는 막사들의 핏빛같이 붉은 화염 속에 더욱 두렵게 만들었다.

이조르는 자신의 팔다리가 떨고 있음에도 불구하고 다시 몸을 돌려, 살로몬이 있는 곳으로 올라갔다.

"이건 전투야, 살로몬, 이건 전투라고. 우린 전장의 한 가운데에 놓여 있어."

양 방향에서 서로 뛰쳐오는 사람들은 이젠 막사에 도착해, 그 안에 숨을 곳을 찾았다. 이조르는 자신의 막사에도 사람들로 가득 차 있음을 들을 수 있었다. 그는 숨을 죽이며 유심히 듣고 있었다. 그는 좀 정신을 차리자, 독일 말과 헝가리 말이 들려옴을 알 수 있었다. 그는 그 총소리가 더 세게 들려 왔을 때, 그는 이제 내려가고 싶었다. 총알들이 막사 위로 쉬-소리를 내며 날아다녔다. 이조르는 옆으로 몸을 숙였다.

몇번 총알은 양철 지붕을 뚫기도 했다.

총격전은 반 시간 이상 계속되었다가, 갑자기 그쳤다. 이조르는 이제야 사람들의 목소리를 분간할 수 있었다. 한 사람이 다른 사람에게 설명했다.

"하지만, 우리 상황은 더 나빠. 우리가 열차에 도착한 마지막 사람들이라구. 체코 사람들이 계속 총만 쏘대더군."

"그리고 우린,"

다른 목소리는 흥분하여 말했다.

"우린 체코군에 포위되어 있었어. 만약 기관차의 차장이 능숙한 분이 아니었더라면, 우린 지금쯤 땅 밑에서 제비꽃 냄새를 맡고 있어야 했을 걸."

"그리고 지금까지 피난하지 못한 사람들에게 무슨 일이 일어났을까?"

또 다른 사람이 말했다.

"그들은 죽게 될 걸. 더구나 벌써 사망자도 몇 명 생겼고, 부상자들도 많아."

"그리고 그 짐승 같은 작자들이 여기서도 우리를 총알로 대접하다니. 그들은 우리를 체코 군인들로 아는 모양이야."

"장교 막사들이 불타기 시작했어."

"하지만 내일은 무슨 일이 있겠지. 내일이면 체코 군이 당도할 거야."

이조르는 계속 듣고 있었다. 그리고는 모퉁이에서 말없이 웅크리고 있던 살로몬에게 소곤댔다.

"저어, 살로몬, 내일 우린 어떻게 될까?"

살로몬은 대답이 없었다.

"이런, 교활한 놈 봤나! 자넨 잡힌 장수풍뎅이처럼 이젠 죽은 체하는 군."

그래도 아무 대답이 없었다. 이조르는 그에게 기어갔다. 그리곤 그의 어깨를 잡았다. 살로몬이 그의 앞으로 푹 쓰러졌다. 그는 손에 뭔가 좀 뜨거운 액체가 흐르는 것을 느낄 수 있었다. 이조르 심장의 박동소리도 공포에 떨며 멈춰 있는 것 같았다.

"살로몬, 살로몬, 무슨 일인가? 이게 무슨 일이야? 농담하진 말게! 친구와 농담하진 마! 살로몬, 교활하게 굴지 마! 이젠 됐어! 이젠 됐다고!"

그는 사체를 흔들고는, 관자놀이에 난 작은 구멍이 이해가 되지 않는 듯 바라보았다. 그 구멍에서 피가 한 줄 흐르고 있었다. 그는 마음이 찢기는 듯이 한탄했다.

"살로몬! 이 친구야…… 안 돼…… 이러면 안 돼. 살로몬…… 자넨 정말 교활하군……" 그리곤 그는 연거푸 되풀이했다. "자넨 정말 교활하군…… 자넨, 정말 교활하군……"

그는 친구의 옷을 찢으며 울었고, 사체 앞에서 웅크리면서, 오랜 시간 기도했다.

첫 유탄이 그 막사 위에서 폭발했을 때, 거의 아침이 되었다. 중국인 보병대대와 포병대가 열심히 총으로 응사했다. 유탄이 웅웅-거리며 탁탁- 소리를 내자, 총알이 막사가 있는 시가지로 쉬익-하고 날았다. 시내에 거주하던 사람들은 어찌할 바를 몰라 은신처를 찾으러 내달리고 있었다. 총격전은 한 시간 이상 계속되었다. 총을 많이 쏘는 측은 방어하는 중국인들이었다. 보이지 않는 적은 탄약을 아끼려는 것 같았다.

태양이 벌써 높이 떠오르자, 적군은 더 활발하게 공격했다. 총탄은 쉿- 소리를 내며 더 자주 날아왔다. 체코군 대포의 포탄도 발사되었다. 목재로 만들어진 막사 벽은 그 포탄에 견디지 못했고, 부상자들이 신음 소리를 내고, 여기저기서 숨을 헐떡거리며 죽어가는 사람들도 있었다. 갑자기, 난폭한 기마행렬 속에는, 어제저녁 북쪽 산으로 갔던 아나키스트 기마대가 있었다. 그들은 말을 연거푸 때리면서 달려왔다. 그들 중 한 사람이 말안장에서 뛰어내리더니, 자기의 권총을 빼 들고는, 자기 머리를 쏘고 자살했다. 다른 사람들은 역 쪽으로 해산하고, 죽어가는 사람들은 피투성이인 도로의 먼지 속에서 숨을 헐떡거리고 있었다. 아나키스트의 새 그룹이 공포와 죽음의 두려움으로 씁쓸한 표정을 지으며, 말을 타고선 바삐 달아났다. 그들 중 한 사람인 장발을 할 그 군인은 죽어가는 자를 발견하고는, 갑자기 말에서 뛰어 내려, 말은 가도록 내버려 두고, 막사 안으로 피신하러 뛰어 들어 왔다.

산 위의 참호 속에서도 처절한 죽음의 외침이 들려 왔다. 체코 군단의 긴 행렬이 그 산의 '산자락'에 나타나기 시작했다. 그들은 총을 난폭하게 쏘기 시작했다. 중국인 군인들은 자신의 총을 버리고는 내달려, 산 아래로, 총포성이 들리는 곳으로 달아났다. 산 능선에는 체코군의 다른 무리가 나타났다. 그제야 총성은 이제 멈추었다.

총성은 이제 약하게 들리고, 기관차 기적 소리가 역으로부터 들려 왔다. 북쪽에서 벌써 체코 군단의 핵심부대가 물밀듯이 들어섰다. 도시 쪽에서는 러시아의 '하얀 군대'가 왔다. '붉은' 사령관의 젊은 부관은 미소를 지으며 그 군단을 지휘했고, 부관 옆에 카탸가 말을 탄 채 있었다. 러시아군대를 이끄는 사람은 메드베듀크, 바로 그 호랑이였다.

양 군대의 지도자들은 막사 앞에서 만났다. 그들은 승리를 만끽하며 서로 인사를 나누었다. 하지만, 바로 그 순간에, 길옆의 막사에 숨어있던 장발을 한 아나키스트 한 사람이 그들을 향해 미친 듯이 뛰쳐나왔다.

"배신자에겐 죽음을!" 그는 난폭하게 소리쳤다. 그리고 그는 자신이 들고 있는 권총을 메드베듀크 사령관을 겨누면서 방아쇠를 당겼다.

그런데 총알은 목표를 빗나갔다.

그 총알은 한때의 부관인 시몬 페트로비치 그릴로프의 어깨를 쉽게 관통하고는, 옆에 있던 카탸의 가슴도 뚫고 지나가 버렸다.

카탸가 자신의 말안장에서 중심을 잃었다. 열 몇 개의 칼이 그 아나키스트를 향해 휘둘러졌다. 그는 연거푸 총을 쏘았고, 그렇게 처참한 상처를 입고서도 마지막 남은 한 방까지 쐈다. 그리고는 난폭하게 휘둘린 칼들 아래 말 그대로 '조각난' 채 쓰러졌다.

카탸도 땅에 쓰러졌다. 장교 여럿이 말에서 뛰어내려 그녀를 일으켜 세웠다. 그녀는 아직 살아 있었다. 옆에 있던 부관은 그녀에게 몸을 숙였다. 체코군 장교 한 사람이 자신의 배낭에서 붕대를 꺼내 응급조치를 했다. 카탸는 말을 하고 싶었다. 그녀는 메드베듀크 사령관을 불렀다. 그리고 나서 사람들은 권총의 총알에 죽은 병사들의 사체를 길 옆의 구덩이로 옮겼다.

카탸는 헛되이 기다렸다. 카탸의 힘은 조금씩 자신에게서 빠져 나갔다. 카탸가 부상자를 싣는 들것에 옮겨지자, 기절했다.

붉은 정부는 졌다. 자신들이 모르는 사상을 위해 전투에 참가한 중국인들은 셀렝가 강으로 발가벗긴 채 쫓겨 났

다. 군인들은 강가에 선 채, 강물에서 헤엄쳐갈 사람들과 익사할 사람들에 대해 웃으면서 내기를 해대면서 총을 쏴댔다.

볼셰비키들과 아나키스트들은 말과 마차와 기차로 달아났다. 몇 사람들은 빈 막사에 용케 숨어, 야음을 기다리며 달아날 궁리를 하고 있었다. 도시에는 붉은 군대 사령관만 남게 되었다. 한때 차르 정부에서 중사였던 그 사령관은 훤칠한 키의 청년이었다. 그는 양 입술을 굳게 다문 채, 자기 자리에서 기다리고 있었다. 그 사령관은 사상을 위해 죽는 법을 알고 있었다. 누군가 사령관의 비서실 문을 열고 들어섰을 때, 그 사령관은 그 문에 맨 먼저 들어선 부관 시몬 페트로비치 그릴로프를 사살했다. 그리고 그도 자살했다.

막사들에는 아직도 포로들이 어찌할 도리 없이, 밖에서 벌어진 사건과, 자신의 다가올 운명에 대해 전혀 모르고 있었다. 흥분된 사람들은 '정보'에 따라서 자기 나름대로 토론하고, 예측해보기도 하고, 두려움도 느끼기도 하였다. 그들은 이젠 새로운 사람들의 손에 달려 있었다. 새로운 사람들의 기호와 변덕에 따라 그들의 운명이 정해질 것이다. 그들이 자신들에 대해 뭔가 결정할 수 있을지는 하나님만 알 것이다.

다음날, 이조르는 슬픔을 딛고 일어나 이젠 울음을 멈추고, 앞으로의 자신의 운명에 대한 걱정으로 사로잡혀, 대화를 나누고 있는 사람들 곁에 끼어들었다. 그는 그들의 이야기를 듣고 소름이 끼쳤으나, 섣불리 달아날 결정을 할 수 없었다. 왜냐하면, 그건 길가다 붙잡힐 수도 있고, 전투에 가담하지 않았음을 아무도 입증해주지 않을 것이고, 붉은 정부의 정치 활동에도 가담한 적이 없음을 증언해 줄 사람이 아무도 없었기 때문이다. 그는 남아 있기로 결정했지만, 자신의 결정을 곧 크게 후회했다.

체코 군인들과 러시아 군인들이 막사마다 들이닥쳐, 모든 소속이 있는 포로들을 모조리 잡아갔다. 이조르는 절망적으로 저항했지만, 그도 그 포로들 속에 밀쳐 넣었다. 막사 앞에는 아주 유명했던 사람들인, 이전 정부의 낯익은 인물 몇 명도 그 속에 들어있었다. 그들도 줄서게 되었다. 그들을 보자. 그는 걱정이 더 커졌다.

칼을 옆에 찬, 장례 행렬 같은 군인들이 출발했다. 길에는 동정어린 눈길이 그들을 따라갔지만, 사람들은 그들을 용서함은 아주 예외적이라는 것을 알고 있었다. 그런 흥미를 끄는 사람들 가운데서 이조르가, 무심하게 그 불행한 사람들을 향해 살짝 웃고 있는, 자신이 아는 사람인 프로케치 대위를 갑자기 발견했다. 잠시 도움을 받을 수 있을까 하는 기대로 이조르가 말을 걸었다.

"프로케치 대위님."

그는 소리쳤다.

"이봐요, 나를 좀 봐요. 당신은 내가 이런 일과 아무 관련 없음을 알겁니다. 이 사람들에게 나를 용서해 주라고 한 마디만 해 줘요."

프로케치는 그 떨고 있는 남자를 째려보고 호통쳤다.

"저어, 이조르, 거래란 언제나 위험이 함께 가는 거야. 자넨 위험을 너무 무릅쓴 게 탈이야."

군인 중 하나가 절망적인 구원의 손길을 뻗고 있는 이조르를 한 방 때려 그가 말을 못하게 했다. 그 무리는 무관심하게 지나가 버렸다. 프로케치 대위는 뒤에서 누군가 작은 소리로 알려 주었을 때도, 여전히 비웃는 웃음이 입가에 있었다.

"그리고 우리가 그에게 준 서류를 그가 사용한다고 무슨 일이 있겠어."

프로케치가 순간 당황해 돌아보자, 히트징거 소령에게 대답했다.

"난 그 점을 까먹고 있었네요. 더구나, 그 서류 쪽지야 우리를 위태롭게 하진 않아요."

"그 서류 쪽지는 아니겠지만, 지금의 저 행동은 반드시. 당신은 저 친구가 모든 방면에 죄 없음을 더 잘 알아. 더구나 저 친구는 가족이 많아."

프로케치는 자신이 그 일에 관심이 없다고 보여주려고 자신의 어깨를 약간 들었다.

"이 세상의 전쟁에서 한 사람이 더 많아지거나, 더 적어져도 계산하진 않습니다. 더구나 저 사람은 유대인이라고요."

히트징거 소령은 불쾌하고, 경멸할 듯이 그를 노려보았다. "자넨 그 문서를 무시했지만, 그 문서엔 내 서명도 있어. 난 내 의무를 알아. 난 저런 멍청한 작자가 이 제국의 국가에서 제국 군대이자 붉은 군대에서 장교가 될 수 있다는 게 유감이야. 그럴 날이 멀지 않았어."

그리고 소령은 떠나갔다. 화가 치밀어 얼굴이 붉혀진 프로케치는 이를 갈았다.

'이 교훈 내 반드시 잊지 않으마. 자유주의자 유대인 장교! 소령, 당신도 그걸 기억하게 해 주마!'

제11장. 하얀 군대

도시는 이미 점령되어도, 포로수용소 막사 근처에서의 전투는 끊이지 않았다. 메드베듀크가 지휘하는 하얀 군대가 이미 휩쓸고 지나갔다. 거리에는 장교들로 구성된 순찰대가 자주 다녔다. 체코 군단은 붉은 군대의 총칼의 숲을 지나 고국으로 향하는 길을 뚫기 위하여 동쪽으로 갔다. 그들은 반동의 손아귀에 놀아나는 도구들이다. 이상한 관심 때문에 수천 명씩 죽게 된 희생자들. 계속 바뀌는 정부가 그들의 애국심을 이용하고 있었다.

감옥의 큰 출입문이 활짝 열렸다. 석방된 사람들과 이미 검거되어 다른 곳으로 가게 된 사람들이 함께 나왔지만 다른 곳으로 가게 된 사람들은 긴 행렬을 이루어 그 석방자들 사이에서 멀어져 갔다. 큰 출입문에는 풀려난 사람들과 반갑게 인사를 나누는 사람들, 끌려가는 사람들을 향해 욕하는 사람들, 위협하는 사람들, 주먹을 흔들어 겁주는 사람들로 시끄러웠다.

그러나, 바르디와 도슈키는 각기 다른 감방에서 온종일 초조하게 보내고 있었다. 그들은 멀리서 대포 소리가 들려오는 것도 듣고, 가까이의 총성도 듣고, 감옥 안에서도 몇 번 총성도 듣고, 복도에서의 자주 여러 사람의 발걸음도 듣고, 나중에는 거리로 나가는 사람들의 시끄러운 소리도 들을 수 있었다. 뭔가 일이 벌어졌음이 분명했다. 그랬다.

여러 개의 문이 끼익하며 열리더니, 쾅하며 닫혔다. 마음에도 없는 커다란 웃음과 날카롭게 명령을 하는 소리, 하찮은 말소리들. 그리고 다시 조용해졌다. 큰 감옥은 다른 새 손님들을 받아들였다.

그리고 다시 열쇠로 여는 소리. 문들이 끼익하며 열렸다. 사람들의 이름을 부르는 소리들. 낯익은 이름들이다. 그렇게 호명된 사람들은 감방에서 나와, 복도에서 뚜벅뚜벅 걷고는 나중엔 그 소리가 들리지 않았다. 무슨 일이 있었나? 정권이 바뀌었다! 정말 정부가 바뀌었다!

그럼, 그들은? 그들에 대해선 잊어버렸나?

바르디는 이젠 무관심해지고, 나중에는 표정도 없었다. 그러나 도슈키는 더 신경질적으로 변해 갔다. 그는 감방 안에서 여기저기로 돌다가 멈추어 선 채, 신경을 곤두세워 주변 소리를 듣고는 다시 이쪽으로 세 걸음, 저쪽으로 세 걸음 걸어갔다. 그러다 그는 이젠 아주 피곤해, 침상에 누웠다.

도슈키의 흥분된 생각은 자신의 처지에 머물다가 요한의 운명으로, 이러한 주변 상황과 가능성과, 궁극적으로 벌어질 일로 변덕스럽게 바뀌어 갔다. 그 뒤, 그런 생각은 온화해지고, 어떤 여자의 모습에 휩싸여 있었다. '아마 그 여인은 돌아왔겠지!' 그는 그 여인이 자신이 잃어버린 아들을 다시 만나게 될 순간을 상상해 보았다. 그 호랑이가 지금, 아마도 태어나 처음으로 세상에 사람이 고마움을 느끼고, 그런 고마움 때문에 그에게 고마워하는 그림이 그에게 떠올랐다. 그 어머니의 두 눈엔 행복의 눈물이 반짝일 것이다. 이젠 그는 헤어질 때, 그 여인의 작은 손에 키스할 수 있을 것이다. 그 여인의 손에 키스한다는 것! ……그는 웃음을 지었다. '로맨틱한 소야!'-그는 자신에게 낮게 말했다. 그 뒤, 그는 두 눈에 눈물이 쏙 나올 정도로 한동안 크게 웃었다. 그리곤 그는 갑자기 아주 진지해졌다. 그의 환상은 금발의, 곱슬머리를 가진 아기 머리가 나타났다. 그 아이는 그를 '아빠'라고 불렀고, 그 아이에게 자기 엄마에 대해 '이 세상에서 최고로 훌륭하고, 동화 나라에 나오는 가장 예쁜 요정보다도 더 아름다운 사람'이라고 여러 번 이야기해 주었다. 마침내 그는 자기만의 집이 있고, 다정하며 아름다운 안주인도 있고, 고귀하고 예쁜 아이도 있는 광경도 떠올랐다. 더구나! 그는 그 여인과 함께 술을 한 잔 하며 축복을 기원하지만, 그는 아주 쉽게 자신을 억제할 수 있었다! '난 이젠 술 한 모금도 마시진 않을 거요, 내 사랑하는,……' 환상은 거기서 멈추었다. 그는 그 여인 이름을 몰랐다. 그는 그 환상에서 깨어나서는 잠에서 깬 듯 덜덜 떨고는 주위를 둘러보았다. 그는 주변 창살을 바라보고 자신의 지금의 처지를 확인하고는 쓸쓸한 한숨을 내쉬었다.
그리고 그는 자리에서 일어나, 창가로 갔다. 달은 은은히 감옥 마당을 비추고 있었다. 시멘트 포장이 되어 있는 감옥소 마당에는 앉아 있는 사람들, 웅크린 채 있는 사람들이 보였다. 중앙에 무장 군인들이 있다. 양떼와 그들을 지키는 사람들.

도슈키는 창살에 머리를 대며, 좀 더 시원한 공기를 크게 들이마셨다. 갑자기 그는 낯이 익은 사람의 얼굴이, -긴 수염에, 두려움으로 떨고 있는 사람이- 눈에 들어왔다. '혹시? ……아냐!' 그는 그 얼굴을 분간하지 못했다. 그 얼굴만 비슷했다……'누구더라, 누구더라……' 그의 마음은 떨렸다.

'이조르다! 그 서류! 정부가 바뀌다니! 아무 죄 없는, 어찌할 수 없는 사람이 자신의 유일한 구원의 도구인 그 서류가 없으니!' 그에겐 아마 이 순간 자기 생명을 구하려면 그 서류가 필요할 것 같았다. '서류가 어디 있지?' 그는 호주머니들을 다 뒤졌다. '옷 안에 있겠지? 그래 여기 있었군!……아니잖아!' 그건 도글러 가족사진이었다. 그는 언제 그 사진을 챙겨 두었는지 기억도 나지 않았다. '이게 맞을 거야!……' 호주머니마다 뒤져 보았다. '나는 흥분하지 않고 정신을 차려, 그걸 찾아야 한다! 정신을 다른 곳에 두지 말고! 이런 호주머니에 구멍이 나 있잖아!' 그는 호주머니의 헝겊을 찢어냈다. '그래, 이거,'-그는 숨을 크게 쉬었다. 종이뭉치와, 손때가 묻어 더렵혀진 봉투가 땅으로 떨어졌다. 그는 이조르가 준 종이뭉치를 집어서는 다른 호주머니에 넣었다. 그리고 그의 눈길은 땅에 떨어져 있는 봉투로 갔다. 헌 봉투에 써져 있는 주소는 아직도 알아볼 수 있었다: '베료체의 아틸라 베레요지 백작님 앞'.

그는 입을 삐쭉하며 웃고는 봉투를 들어 올렸다. 그리고 봉투를 찢어 그 내용물을 꺼냈다. 사진 두 장이 떨어져 나왔다. 신부와 병사. 그리고 여덟 장의 빼곡히 쓴 편지가 나왔다. 그리고 그 삐쭉거린 입에서 웃음이 사라지는 동안, 그는 다시 편지를 읽었다. 그는 언젠가 마음씨 곱고 정직했지만, 배신당한 남자인, 아버지께 이 편지를 쓴 적이 있었다. 오랫동안 그는 읽고 또 읽어 보고는 사진 두 장을 자주 쳐다보았다.

"여기에 내 과거가 있군!"

그는 마침내 말했다.

"하하! 백작님! 에이! 이젠 유혹하지 마!"

그리고 그는 그 편지를 조각조각 찢어 버렸다. 그리고 한때 복수심에 불탔던 신부의 사진도.

긴 회상과, 다시 달콤한 꿈. 마침내 피곤해 두 눈꺼풀이 감겨질 때는 새로 날이 밝아 왔다.

요한은 악몽을 꾸었다. 그는 딱딱한 침상에서 이리저리 뒤척거렸다. 식은땀이 방울이 되어, 그의 관자놀이에서 진주처럼 반짝였고, 잠자는 동안 가위눌린 듯이 한숨을 내쉬었다. 그는 자신이 묘지에서 방황하고 있음을 보고 있었다. 달빛은 묘지 사이에서 악령 같은 그림자들을 만들어 냈다. 이제 그림자들이 춤추자, 그림자들이 요한에

겐 이상한 멜로디를 내며 들려 왔다. 그도 그 곡조에 따라 춤추고, 노래 부르고 싶지만, 그의 두 발은 땅에 꽉 붙어 꼼짝못하고, 경련이 일어난 듯 입술은 굳게 닫혀 아파왔다. 그는 말도 할 수 없고, 움직일 수도 없었다. 그의 턱이 얼얼해졌다. 아프고 또 정말 아팠다! 그는 갑자기 길에 낯선 무리가 오고 있음을 보았다. 네 명의 젊은 남자들, 창백한 남자들이다. 그들의 손에 그의 심장을 쥐어져 있다니? 네 명의 젊은 남자들이, 창백한 남자들이 점점 가까이 왔다. 지금 그들은 그 심장 주위를 둥글게 에워쌌다. 이제 그들 중 한 사람이 요한의 발아래 그의 심장을 내려놓고 있었다. 다른 창백한 젊은 남자들도 똑같은 장면을 연출했다. 요한은 자신의 마음속에 날카로운 아픔을 느꼈다. 하지만, 그는 그 아픔을 없애려고 애썼다. 그러나 팔이 말을 듣지 않았다. 이젠 길에 더 긴 줄로, 더 많은 수효의 심장들이 보였다. 노래는 떨리고 있었다. 심장들이 노래 부르고 있었다. 그러나 요한의 심장은 말이 없었다.

멀리서 창백한 달빛을 후광으로 하고, 하얀 요정 하나가 나타났다. 요정의 금빛 물결 같은 머리카락이 흩날리고 있었다. 또 사랑이 그리운 손들이 만든 그림자들이 그 머리카락에게 다가 가, 그것을 집으려고 했다. 하지만 요정은 은은하게, 밝게, 뚫어보듯이 웃고 있었다. 요한은 그 은은한 울림을 듣지 않으려 했지만, 소리는 끈질기게, 폭포수 물이 내리치는 소리처럼, 하늘의 천둥소리처럼 크게 들려 왔다. 정말 아프게 들려 왔다.

그리고 요정은 다가왔다. 그 요정이 맨 앞에 놓인 심장을 밟고 지나가자, 그만 그 심장이 깨져버렸다. 둘째 심장을 지나가자 붉은 섬광이 번쩍거렸고, 나중에 셋째, 넷째까지 그가 셀 수 있는 정도로 지나갔다. 그 요정이 다가와 웃었다. 그리고 창백한 남자들은, 젊은 남자들은 같이 웃었다. 그 요정의 발아래 심장들에게서 따뜻한 피가 솟구쳐, 점점 그 피가 불어나고, 흘러서, 높이 차올라와서는 요정의 허리까지 차올라 왔다.

요한은 격렬하게 요정에게 다가갔지만, 그 요정을 잡을 수 없었다. 피가 목에까지 차올라, 요정의 미친 웃음마저 거품이 이는 붉은 파도가 삼켜버렸고, 결국에는 요정의 머리 위까지 붉은 물결이 넘실대고 있었다. 요정을 구할 수도 없다! 이젠 그의 귓전에도 메아리 되어, 웅웅거리며, 포효하는 큰 웃음이 천둥쳤다. 광란의 웃음이 천둥소리를 냈다……

찢어지는 고통이 주먹처럼 그의 심장을 때리고 있고, 그는 마치 질곡 속에서 흔들렸다. 이윽고 그는 눈을 이젠 떴다. ─그는 잠에서 깼다. 감방은 ─대낮같이 밝아 보였고, 복도에 시끄러운 소리가 들려 왔다. 그는 자리에서 일어나, 이마의 차가운 땀을 닦았다. 그는 주변에 귀를 기울여 보았다. 바깥에서 사람들이 이름을 부르고 있었다. 아마 지금은! 오늘은 뭔가 있어야 했다. 그리고 그때 그는 그녀를 볼 것이다. 그녀를, 그녀를, ─오, 그렇다.

그녀가, 언제나 그녀가 이 땅에서 그에겐 유일한 소중한 사람이었다. 그리고 가정의 화로는 엎어졌고, 앞으로의 운명은 불확실하고 의심스럽다. 잊은 과거 때문에 또 의심스럽고 걱정스런 미래 때문에 이런 대가를 치루다니! 곧 올 미래는, 그가 사랑하는 그녀, 또 그를 사랑하는 그녀와 함께 할, 곧 다가오는 감미로운 시간은…… 그는 자신의 꿈에 대해, 꿈속의 여인에 대해, 카탸 모습을 한 그 여인을 억지로 생각을 해 보았다. 그리고 네 명의 남자 - 그녀의 희생자들이었다. 그리고 그 긴 심장 행렬은…….

바로 그 순간, 그는 자신의 이름인 도슈키를 부르는 소리를 들을 수 있었다. 그는 벌떡 자리에서 일어나, 문으로 달려가, 긴장한 채 들었다. 호명되는 이름들, 이름들, 이름들. 하지만 자신의 이름은 없었다. 문이 끼익하며 열리더니, 꽝하고 닫혔다.

사람들은 그를 잊었는가 보다.

복도의 검사실 앞에는 긴 행렬의 남녀들, 투옥된 사람들과 석방될 사람들이 대기해 서 있다. 4명씩 심사위원회 앞에 들어갔다. 곧 그들은 그 검사실에서 나와, 그 중 석방된 사람들은 즐거운 마음으로 돌아갔다. 정치범이 아닌 몇 명은 감방으로 재수감되었다……

페트로 도슈키는 그런 대기자들 사이에 있었다. 그는 자기친구를 찾아보았지만 보이지 않자, 걱정되어 마음을 진정시키려고 애썼다. '아마 그는 이미 풀려났겠지. 아마 곧 따라 나오겠지.' 이젠 그가 속한 줄의 네 사람 이름이 불렸다. 호명하는 사람은 곰같이 큰 덩치에, 양처럼 생긴 얼굴인 이반 니콜라예비치 라드첸코였다. 검사보 직원이었다. 그는 도슈키에게 낮은 소리로 뭔가 말하려는데, 검사가 손짓으로 도슈키를 급히 불렀다.

넓은 방에는 서기들이 책상에서 허리를 숙인 채 일에 열중하고 있었다. 중앙의, 테이블 옆에는 페도르 가브리엘로비치 모로조프 검사가 앉아 있었다. 도슈키는 그 검사가 누구인지 겨우 알 것 같았다. 그 키 큰 검사는 그의 중요성과 직위를 지금 그의 태도로 봐선 몰라볼 정도로 무의미하고 창백하고 아주 겸손한 모습을 하고 있었다. 도슈키를 가장 놀라게 한 것은 그의 표정과 목소리였다. 그의 표정에는 큰 뭔가 억압당하고 있는 느낌이 들어보였고, 그의 목소리에는 메마르고 거친 소리가 들려 왔다. 그의 두 눈은 자신의 앞에 서 있는 사람을 피곤하게 바라보았다.

도슈키의 차례가 되었다. 검사의 피곤한 두 눈은 -아마 겉모습만- 위협하듯 빛나고 있었다. 그것도 잠시 뿐. 바로 그 뒤에는 거칠고 단조로운 목소리에서 말이 연거푸 쏟아져 나왔다.

"이름은?"

“페트로 도슈키입니다. 포로입니다.”

“국적은?”

“헝가리입니다.”

“출생년도는?”

“1889년입니다.”

“종교는?”

“로마 가톨릭입니다.”

“투옥된 경위는?”

“하얀 군대와 공모했다는 걸로, 하지만 이 고소는……”

“됐어!” 그는 서기에게 몸을 돌렸다.

“됐네!……저어, 가 봐요……”

도슈키는 용기를 내어 물었다.

“내 친구 요한 바르디는……”

“못들었어? 자유야. 가도 돼!”

그러고는 그는 자신을 돕고 있는 라드첸코를 향해 이미 외쳤다.

“다음 네 사람!”

하지만 도슈키는 움직이지 않았다. 검사는 그에게 신경질적으로 날카롭게 외쳤다.

“농담할 시간이 없어. 문 옆의 탁자에서 서류를 받아 가……”

“요한 바르디는요?……”

“그건 당신 일이 아니야!”

그리곤 주먹으로 탁자를 내리치며 호통을 쳤다.

"다음 네 사람."

도슈키는 어떡할지 망설이다. 자기 서류만 받고 나왔다. 이상하게도 그에겐 문 옆에 서 있는 라드첸코의 수수께끼 같은 동정어린 시선이 인상적이었다. 그러나 그는 라드첸코와 이야기할 수 없었다. 거리로 나온 그는 감옥 앞에서 웅성거리는 인파들을 파헤치며 지나갔다. 그리고는 역을 향해 출발했다. 걸어가면서 그는 모로조프의 냉담하면서도 공격적인 행동의 원인을 머릿속에서 찾으려고 했다. 이전의 모로조프 검사는 그를 만나면 언제나 아주, 때로는 너무 친절했다. 그랬다. 너무. 이제 그는 검사의 지난날의 친절함에 대해 뭔가 의식적으로 언제나 억지로 하는 것 같음을, 자연스럽지 못했음을, 두려움을 느끼게 하였음을 인식했다. 그런 친절을 보이는 사람에겐 보통 위선이 숨어 있다. 아주 자주 나쁜 사람들은 그런 위선적 행동을 잘 해 낸다. 이제, 오랜만에, 정말 오랜만에, 그는 검사의 한때의 점잖음과 정중한 인사 뒤에 악의와 경멸이 숨어 있음을 알게 되었다……'그럼 이제 그 검사는 그 위선의 마스크를 던져버렸는가? 무엇 때문에? 요한이 뭔가 정직하지 못한 일을 했는가? 그건 아닐 것이다. 카탸의 새 음모인가? 그럴지도 모른다.'

그의 그런 생각은 갑자기 귀에 익은 목소리 때문에 끊겼다.

"페트로 도슈키 선생님! 페트로 도슈키 선생님!"

그는 거리의 중앙에서 한 줄에 4명씩, 죄수들이 걸어가는 행렬을 보았다. 혁명이 가져다준 문서주의와, 강제로 끌려온 경우가 더 많은 새 희생자들. 죄수들 속에 이조르 스테이너가 그에게 절망적으로 외쳤다. 행렬 옆에 같이 가던, 행진을 지휘하던 담당 장교가 그를 계속 때리자, 그는 그만 입을 다물었다. 도슈키는 장교에게 다가가, 말을 걸었다.

"무슨 일인가요?"

"이 사람과 이야기 좀 하게 해 줘요. 전해 줄 것도 있습니다. 이 사람은 죄가 없어요."

"아닐 걸…… 그래, 뭘 전해 주려고요?"

"그의 무죄를 증명하는 서류요."

"안 돼. 벌써 저사람 일로 내가 두 번이나 골탕을 먹는군. 전에는 유대인 소령 때문에, 그리고 지금은 당신이 나를 괴롭히네. 저자를 깨끗하게 해주는 서류란 없어. 저자는 유대인이고, 모든 유대인은 볼세비키야."

이 논리는 도슈키에겐 이상하게 들렸고, 얼굴에도 그런 의문이 비쳤다. 그런 그의 표정을 보자, 갑자기 그 장교는 발끈했다.

"그럼 당신은? 당신은 누구요? 무슨 권리로 당신이 간섭해? 당신도 유대인이오? 서류 봅시다. 그렇지 않으면 당신을 당장 체포할거요. 어서 내보시오!"

그는 신경질적으로 도슈키가 내민 서류를 뺏었다. 그러나 '투옥경위'를 적은 난을 보고 그의 표정은 온화하게 되었다.

"하얀 군대와 공모했다고. 흠. 그래 좋아. 자유스럽게 가도 돼."

"하지만, 중위님, 내가 이 서류를 저 사람에게 전하는 걸 좀 허락해 줘요. 그는 정말 죄가 없어요. 용기 있는 사람이라니까요."

"그럼, 종이쪼가리 내놔 봐……에이!……이건 전혀 읽을 수 없군! 어느 나라 말로 써 갈겨 놓은 거요?"

"헝가리어로요, 왜냐하면 그가 고국으로 송환되면 그곳에 신원증명을 해야 하니까요."

"이건 효력이 없어."

그리곤 그는 그걸 찢으려다가 그때, 떨고 있는 이조르와 눈길이 마주쳤다. 그는 웃었다.

"그래, 이자는 위험한 공산주의자는 아닌 것 같군. 이 종이쪼가리는 당신이 가져가."

이조르는 그의 손에 키스를 거의 하다시피 했다. 그리곤 그는 목쉰 소리로 뭔가 애원하는 사람처럼 혼돈 속에 서 있었다.

"저어? 뭐 할 말 있어?"

"대위님!"

"중위야."

"죄송합니다! 난 계급은 잘 몰라요. 내가 안다 해도, 난 중위님의 견장도 못 볼 만큼 키가 작습니다. 중위님. 하지만, 사람이란 직급을 잘못 알고 낮춰 부르는 걸 듣는 것보다 높여 부르는 걸 듣는 것이 더 낫지요. 그 이야기를 아주 정직한 유대인인 아버지가 나에게 말했어요."

"그래, 좋아, 좋아. 하고 싶은 이야기는?"

"이 고명하신 기독교인에게 몇 마디만 할 수 있도록 허락해 주십시오."

"하지만 빨리, 그리고 러시아어로!"

"고마워요! 정말 고맙습니다!"

그리고는 이조르는 도슈키에게로 몸을 돌려 말을 재빨리 했다.

"도슈키 선생님. 하나님께서 선생님을 축원하실 겁니다! 하나님께서 당신의 정직한 마음에 축복이 있을 겁니다. '그 아이는'. 하나님께서 당신에게 보답으로 건강과 복음과 행복과 장수를 주실 겁니다. '수녀원 폐허 건물 안에' 있습니다. 아마 난 당신의 고명함에 '강 건너 있는' 언젠가 보답할 기회가 있을 겁니다. 잘 가세요, 또 '리포바 부인 댁에서' 다시 만납시다."

하지만, 장교는 아주 유심히 듣고 있었다.

"아이와 폐허 건물과, 강 건너 있다는 말이 뭔가?"

도슈키는 진실을 숨길 아무런 이유가 없었다.

"메드베듀크 장군의 아이 이야기이지요. 우리가 그 아이를 발견해 복수심의 희생이 되지 않게, 저 강 건너 수녀원 폐허 건물 안에 지금 있습니다."

장교는 그 소식에 깜짝 놀랐다. 그리고 그는 도슈키의 손을 고맙게 잡았다.

"아주 용감하시군요. 어서 메드베듀크 장군의 부인께 갑시다. 만약 그 부인이 상을 당해도, 우선 아이의 어머니인 그 부인을 위로해야 하지요."

"난 무슨 말인가 이해되지 않군요."

"어제 벌어진 전투에서 장군이 총에 맞아 그만 돌아가셨소. 어서 가요. 군인 두 명이 당신을 지켜 줄 겁니다. 그리고 이 유별난 유대인 걱정은 하진 마시오."

그리곤 그는 이조르의 어깨를 두드렸다.

"내가 이 사람을 보호해 주겠어요."

마음이 한결 가벼워진 이조르가 속한 행렬은 떠났다. 도슈키는 군인 둘과 함께 강을 향해 걸어갔다.

그는 다시 꿈을 꾸며 가고 있었다. 사념 속에서 그는 그 길을, 그 강을 건너게 해 줄 보트에 대해 기억을 더듬었다. '메드베듀크가 죽었다니. 그 순교자 같은 여인은 이제 종교 재판관 같은 이로부터 자유로워졌겠구나.' 아, 얼마나 그는 짐승 같은 그를, 이 포로수용소의 잔인한 사령관을 증오해왔던가. 그리고 -그 사령관의 가련한 아내의 눈에 맺혔던 눈물을 자주 보았던 도슈키는 그 사령관의 잔혹함에 대해 증오 이상의 증오를 갖고 있었다. 그 아내는 이제 사령관의 야수 같은 잔혹한 변덕을 더 이상 보지 않아도 될 것이고, 그 모든 것을 그 선의의 총알이 아름답게 끝을 내 주었다. '확실히 그녀는 더 자유롭게 숨을 쉴 수 있으리라! ……하지만,…… 만약 그렇지 않다면? 만약 그 여인이 그러한 성품의 그를 사랑했다면? 그리고 이젠 아무 의지할 곳 없는 여인에겐 무거운 짐이 된 고아 같은 아이는!' 아무것도 할 수 없는 그가 어떻게 그 여인을 도와 줄 수 있을까? 그는 그 여인의 일에 참관할 수 있는 권리가 있는가? 왜 그는 그 여인에게서 공감을 기대하는가? 그녀가 이젠 그의 얼굴도 잊어버렸을지 모른다. '시체가 든 관 앞에서 사랑을 고백한다? 그만큼의 불행한 사건들 사이에서 자신의 즐거움을 추구한다? 부끄러운 일이야, 부끄러운 일!'-더구나 도슈키는 이 순간 정말 자신을 미워했다. '자기 자신을 사랑하는 것처럼 하찮은 일이군!' 그는 자신을 책망했다. 그리고 그는 그러한 자신에게 붙여진 별명들, -'낭만적인 소'라든가, '센티멘탈한 하마'-이란 타이틀이 낯설지 않았다.

난폭한 개 짖는 소리에 그는 자신에 대한 도덕적 설교를 중단해야 했다. 그들은 반쯤 부서진 수녀원에 도착했다. 등이 굽은 거지들과, 뾰족한 턱을 가진 노파들이 수녀원에 피신해 있었다. 아무도 그들을 돌보아 주지 않지만, 그들은 이곳에서 조용히 살다 조용히 죽을 수 있다. 개 짖는 소리는 수녀원에 있는 사람들에겐 경종처럼 들렸다. 노인 몇 명이 겁을 집어먹은 채 문밖으로 나와, 수상한 방문객 셋을 바라보았다.

"오, 하나님! 군인들이군! 동정녀 마리아여 우리를 지켜 주소서!" 누가 먼저 소리를 죽여 말했다.

"예수, 마리아! 더구나 그들이 피난민들을 알아버렸구나!" 다른 사람이 맞장구를 쳤다.

"쉬잇! 조용히! 아무 이야기도 발설하지 마세요!"

"아마 그들은 무슨 사유가 있어 여길 왔을 거야……"
"입 닥쳐요! 우린 그들을 정중하게 받아들입시다!"
그리고 가장 나이 많은 노파가 자신의 주름진 얼굴을 애써 친절하게 하려고 애썼다.
"건강하십시오! 건강하십시오, 군인 여러분! 우리가 이런 영광스런 방문에 뭐라 고마움을 표할까요? 여러분."
"저희는 어린 아이를 찾고 있어요. 이곳에 그 아이가 있는 줄 압니다만, 리포바 아주머니 곁에."
도슈키가 대답했다.
"한 번도 나는 여기서 그런 아이 본 적 없어요, 여러분. 우린 아무도 그런 아이를 보지 못했지요, 안 그래요? 아무도, 아무도. 누가 당신들에게 거짓말을 했군요, 당신들을 잘못 오게 한 것 같군요. 내 말을 믿으세요."
"그렇진 않습니다. 이곳에 그 아이가 꼭 있답니다. 금발 아이입니다. 아이 이름은 이바쵸입니다. 그는 2살이구요. 걱정하지 마십시오, 솔직히 말씀해 주십시오."
그중 가장 나이 많은 노파가 의심하며, 도슈키의 외모를 훑어보았다.
"당신은 전쟁포로이군요?"
"그렇습니다."
"그럼, 들어오십시오."
그녀는 그를 문 안으로 인도했다.
"그럼, 당신이 아버지군요?"
"그렇습니다."

"헌데, 우린 군인들이 무서워요. 아이 엄마 때문에. 당신도 이유를 알지요."

"그렇습니다."

그는 정말 이유를 모르지만, 그렇게 대답했다.

"고열로 앓고 있어, 그들이 본다면, 좋지 않아요……"

"아이가 아픈가요?"

"아뇨, 그 애 엄마요."

"엄마가요!"

"그래요. 어제 전투에서 부상당했어요."

도슈키는 아무 이해가 되지 않았지만, 그만큼 더 궁금했다. 그는 두 군인에게 소리쳤다.

"두 사람은 여기서 잠시 기다려 주시오, 내 곧 돌아오리다."

그리고 그는 노파를 앞세우고 지저분한 복도를 걸어갔다. 어느 문에서 그들은 멈추었다. 여러 번 문을 두드리자, 안에서 '누구요?'라고 물었다. 문을 통해 서로 상황을 알렸다. 마침내 문이 열리고, 도슈키는 감자 썩는 냄새와, 배추 냄새로 질식할 것 같았다. 가난의 진정한 움막 같았다. 가린 창문 때문에 낡은 가구와, 길에서 주워온 가재도구가 놓인 쪽엔 충분한 빛이 거의 들어오지 않았다. 등이 굽은 노파와, 증오의 궤양에 걸린 얼굴을 한 노인이 방안에 있었다.

"아내를 만나러 왔소?"

그 노파가 의심하듯 물었다.

"그렇습니다. 그렇습니다! 그 사람 만나러 왔대요."
문에 있던 노파가 확인해 주었다.
"좋아요, 좋아요! 그리고 아이에게도. 아이 이름이 뭡니까?……"
그 노파는 아직도 천연덕스럽게 물었다.
"에이, 에이, 아직 나를 못 믿는군요. 이바쵸에게 말해 줘요, 도슈키 아빠가 왔다고요."
도슈키가 웃었다.
그 노파는 그제야 웃고, 활발해지자 말이 많아졌다.
"오, 이바쵸, 그놈 잘 생겼더군요! 그럼, 도슈키 아빠군요. 예수님, 난 지금 아이가 당신과 얼마나 닮았는지 보고 있다고요!"
"아인 지금 어디 있어요?"
"곧장, 곧장! 따라와요! 그는 '천당'에 있지요. 우린 작은 예배당이 있는 정원을 그렇게 불러요. 그럼 이리로 와요!"
다시 복도들을 통과하는 안내가 있었다. 지루해도 다정한 대화였다. 마침내 대문으로 향하는 계단. 그 '천당'으로 향하는 대문으로. 이 '천당'은 어지럽게 만들어진 화단 몇 개, 나무 몇 그루, 정원 한 모퉁이에 위치한 예배당이었다. 그러나 도슈키는 그 점에 대해 만족하고 있었다. 그가 화단 모래밭에서 모래로 성을 쌓으며 놀고 있는 금발의 이바쵸를 금방 보았기 때문이었다. 다음 순간, 아이가 페트로의 목에 그만 매달려 버렸다.

"도슈키 아빠! 도슈키 아빠!"

도슈키 아빠는 그 귀여운 아이를 자신의 품에 꼭 껴안았다. 아이에게 입을 연신 맞추었다. 그러나 따가운 키스 때문에 아이는 자신의 뺨을 만졌다. 아이가 도슈키 손을 잡고는 어디론가 데리고 갔다.

"와 봐요! 피자 엄마가 아파요."

"피자가? 여기 있어?"

"오, 젊은이, 우리가 말했지 않소. 기쁨이 당신을 혼돈스럽게 했네!"

그 노파는 놀라워했다.

"그렇군요, 그렇군요! 우린 저 아이 따라 가보지요,"

당황해 하며 도슈키가 말하자, 아이가 끄는 대로 예배당 안으로 끌고 가도록 내버려 두었다. 두 노파는 기쁜 마음으로 그들 뒤를 따르면서 고개를 끄덕였다.

예배당 안에는 침대와 탁자가 가득 있었다. 예배당으로서의 옛 모습은 제단의 성화에서나 볼 수 있을 뿐이다. 그 성화도 정말 심하게 파손되어 있었다. 뜨거운 마음의 그리스도. 하지만 그 마음 안으로 야수 같은 손이 칼을 내밀어, 그 성화의 천을 발끝까지 잘라 놔 버렸다. 어느 침대에서 피자가 도슈키가 온 것을 보자 살짝 웃었다.

"카탸가 당신을 보냈군요?"

그녀는 손을 내밀면서 먼저 말을 꺼냈다.

"카탸가 이 일 알아요?"

"알구 말구요. 내가 그 일을 다 말해 주었지요……"

"피자, 당신이 그 일을 하도록 용기를 주었군요? 그녀가 그 아이 서류를 다시 뺏어 간 것을 정말 알고 있었군요. 그녀가 우리를 모함해 우리를 감옥에 보냈소……당신도 그녀를 증오하면서……난 이해가 안 돼요…… 수수께끼, 수수께끼 같군요……"

피자는 슬프게 미소지었다.

"수수께끼란, 사람들을 사랑하기도 하면서 때로는 방해하기도 하는 모든 여자라구요. 침착하세요! 우린 그녀를 오해했어요……그녀는 착한, 아주 착한 여자라고요…… 그녀는 요한을 자기 자신보다 더 사랑해요. 복수심을 가진 사람은 다른 사람이라고요. 난 그가 무서워요. 그녀가 아니고요……"

"하지만, 왜 우리를 투옥시켰어요?"

"카타는 세 가지 목적으로 그 일을 했어요. 요한을 구하려고요. 또 어제 징집과 전투의 위험으로부터 요한의 친구들을 구하려고요. 돌아온 자들이 동정을 갖게 해서 마침내 요한에게 자기 사랑을 증명해 보이려고요. 바르디도 풀려났지요?"

"아뇨. 더 정확히 말해, 난 모르고 있소. 검사는 그런 기분이 아니었어요. 그는 대답을 회피했어요."

"왜죠? 무슨 일이 있나요?"

"아무것도 아는 바 없소. 난 이 아이를 데리러 서둘러 왔소. 이 아이 엄마가 집에 돌아왔소."

"그리고 아버지는요?"

"그는 죽었소."

피자는 한숨을 내쉬었다.

"그럼 왜 검사는 죽지 않았지요?"

그녀는 좀 주저하다가 말했다. 그 말에 깜짝 놀란 도슈키에 대해 개의치 않고 그녀는 갑자기 자리에서 일어나, 옷을 주섬주섬 챙겨 입기 시작했다.

"어딜 가려고 하오?"

"가요. 어서 가야 해요. 당신과 함께. 검사에게로. 난 걱정이 되어요. 검사는 악의에 차서, 복수심에 가득 차 있어요. 그는 이제 권력도 양손에 쥐고 있어요."

"피자! 당신은 정말 부상당했군요!"

"괜찮아요! 빌어먹을 총알이 내 근육만 뚫고, 어디에 쑤셔 박혔는지는 악마나 알아요……"

"하지만, 그 상처는 매우 아플 텐데! 당신은 열이 많이 나는군요!"

"괜찮다고요! 난 붕대를 하고 있어요."

"하지만 군인들이 밖에 서 있소."

"군인들이? 색출하러?……"

"아니오, 아니오! 그들은 나와 함께 온 착한 사람들이오. 하지만 이 붕대 감은 모습을 보면, 그들이 당신을 수상하게 여길 거요. 당신도 정말 군인이니까요."

피자는 끈기있게 고개를 내 저었다.

"괜찮다니까요. 난 모로조프에게 가야 해요. 그는 잔인한 인간이라구요…… 복수심에 불타 있구요."

"바로 그 때문이오. 당신이 간다고 해도 아무 도움이 되지 않고, 오히려 위험에 뛰어드는 꼴이지요. 그 복수심이 충족될 때까지 기다려요. 피자, 이성을 차려요."

하지만, 피자는 도슈키 손을 뿌리치며 웃었다. 이상하고도, 수수께끼 같기도 하고 위협적인 웃음이었다.

"괜찮아요. 난 가야 해요…… 난 가야 해요……"

그때 두 노파가 다가왔다. 도슈키는 그들에게 도와 달라고 요청했다. 피자를 다시 침대에 뉘려고 그 두 노파가 애를 먹었다. 그리고, 잠시 뒤에. 많은 말로 설득과 위로와 진정시키는 말이 오간 뒤에야 -그녀는 갑자기 이부자리에 얼굴을 묻고 울음을 터뜨렸다. 온 전신을 떨며 흐느껴 울었다.

도슈키는 위로의 말도 없이 일어섰다. 그가 더 오래 머물고 있을 수가 없었다. 군인들은 벌써 조바심이 나 있을 것이다. 자신의 광적인 사랑 때문에 불행해진 피자는 자신을 희생하고 싶어 했다. '그녀는 요한에 대한 어떤 위험을 예감했을까? 그녀는 그런 위험을 어떻게 회피하려 했던가? 어떡한담?' 이제 그가 여기 남아 있는 것이 정말로 불가능했다. 벌써 군인들이 그를 찾고 있고, 그러면 그들은 피자를 발견하게 될 것이다. 그는 서둘러야 했다.

"안녕, 피자! 진정하고, 정신을 차려요! 두 분께서는 제 아내 좀 잘 돌봐 주십시오!"

그는 그렇게 외치고는, 아이를 팔에 안아 밖으로 달려

나갔다.
바로 그때! 그는 벌써 복도에서 그 군인들을 만났다.

한 시간 뒤, 그는 벌써 메드베듀크의 집 앞에 서 있었다.
대문까지는 몇 걸음만 가면 되지만, 그 거리가 그에겐
도달할 수 없는 먼 거리로 보였다. 그는 울타리 틈새로
정원을 몰래 들여다보았다. 그 안에는 아무도 없었다. 베
란다 가운데 가구들이 포개져 놓였고, 가구들이 놓였던
자리엔 고인의 관대가 놓여 있었다. 문 위로 검은 천이
늘어 떨어진 채 있고, 다리가 긴 촛대가 양쪽에 놓여 있
었다. 열려 있는 문을 통해 어두운 안쪽만 보였다. 대문
은 그림이 없는 테두리처럼 보였다. 그리고 지금 도슈키
의, 사랑의 날개 같은 환상은 그 테두리에 천사처럼 온
화하면서 슬픈 여인의 초상화를 만들어 놓았다. 오, 그는
지금 이 고귀하면서도 피곤하게도 고통 받는 분위기를
기쁨으로 바꿔 놓을 것이다. 그렇게 그는 그 여인에게
위로를 가져다 줄 것이다. 하지만, 그는 대문 손잡이를
잡을 용기가 나지 않았다. 누구라도 나온다면, 조문객이
라도, 아니면 하인이라도 나와, 그가 이곳에 왜 서있는지
물어 준다면. 아이는 주변의 조용함에 지루해 했다. 그는
그새 못 참고, 아빠의 기운 곳이 너무 많은 바지에 구멍
을 하나 만들었다. 아이는 아빠의 면도도 하지 않은 굳

어 있는 창백한 얼굴을 보고 웃었지만, 아빠는 그의 웃음에 답해 주지 않았다. 아이는 아빠 얼굴에서 눈물이 흐르고 있음을 보았다. 그리고 그때, 아이의 작은 마음도 슬퍼져 도슈키의 양 다리를 힘껏 붙잡고는 간청했다.

"도슈키 아빠, 도슈키 아빠…… 이바쵸는 아빠 사랑해요……우리 가요, 어서요, 우리 가요…… 울지 마세요……"

정말 도슈키는 이제 가야겠다고 마음을 정했지만, 집안에서 어떤 말소리와 위로의 말이 들려 왔고, 그 가장자리에 실제로 사람이, 장례를 혼자 치르고 있는 미망인이 나오는 것을 보았다. 여인은 피곤하고 마른 두 눈으로, 자신의 앞만 바라보고 있었다. 그녀는 힘이 다 빠진 듯 슬픈 표정으로 굳어 있었고, 체념한 듯 겸손한 분위기를 띄고 있었다. 그녀는 조문 온 두 여자 친구의 말을 조용히 듣고는, 고개를 숙여 작별인사를 한 뒤, 집안으로 다시 들어갔다.

도슈키는 큰 나무 뒤편에 얼른 몸을 숨겼다. 그는 그 여자 조문객들을 알고 있었다. 장교 부인들이다. 그들은 잠시 그 대문 앞에 멈추어 서더니, 한 사람은 연신 한숨을 내쉬며, 자신의 핸드백에서 화장용 분 바르는 수건과 거울을 꺼냈다.

"얼마나 이 사건이 잔혹하게 느껴지는지 넌 상상도 못할 거야!" 그 여자는 한숨을 내쉬며 말했다. 그리고 한 손으로 그 화장용 분수건을 능숙하게 움직여 좀 전 장례식장에서 흘린 눈물 자국을 지웠다. "하지만, 난 솔직히 말해, 얘냐, 그 미망인의 무심함에 정말 놀랐어."

"왜?"

"그녀는 울지도 않더군."

"그녀는 그분을 전혀 사랑하지 않아서 그래."

"믿기지 않아! 고인이 얼마나 부자인데!"

그녀는 깜짝 놀란 듯 흠칫했다. 그녀는 작은 거울에 마지막으로 한 번 자신의 모습을 쳐다보고 난 뒤, 핸드백을 닫고, 여자 친구와 팔짱을 끼었다. "어서 가, 얘. 시몬이 벌써 날 기다리고 있어."

"그럼 네 남편은?"

"에이!"

그녀는 무시한 듯 혀를 찼다.

"그 사람은 지나라는 여자와 재미보고 있어."

도슈키는 그 자리를 떠나는 여자들에게 눈살을 찌푸리며 싫은 듯 계속 바라보았다. 그리고 그는 갑자기 자신을 흔들어, 마치 '그녀' 이름이 '그들의' 입에 오르내리는 것으로 인해 생긴 불쾌감을 떨쳐버리려는 듯했다. 마침내 결심한 그는 아이 손을 잡고는 집으로 향했다. 검은 대문 앞에서 그는 멈추었다.

"이바쵸! 내 말 잘 들어요! 도슈키 아빠 곧 돌아올 테니. 내가 돌아 오면, 그때 같이,······그러면 너에게도 더 낫겠지! 여기 잠간만 점잖게 기다려요! 내 곧장 돌아 와요."

그리고 그는 집 안으로 들어섰다. 그는 멈추어 섰다. 그

앞의 관대에 불타고 있는 양초들 사이에 메드베듀크가 잠자는 듯 누워 있었다. 그의 죽어 있는 모습은 더 아름답게 보였다.

도슈키는 혼자였다. 그는 발끝으로 다가가, 오랫동안 고인을 내려다보았다. 그리곤 낮게 아주 온화한 목소리로 그 죽은이에게 말했다.

"2년 전, 내가 이 집 정원에서 장작을 패다 기절하자, 당신은 나를 심하게 매질했지요. 생각납니까, 메드베듀크? 지금 당신의 잃어버린 아이를 데려왔습니다. 화내지 마십시오, 메드베듀크. 당신이 침을 뱉고, 발로 찬 그 포로가 당신 아내를 위로하러 온 것을 허락해 주십시오. 화내지 마십시오, 메드베듀크, 고이 잠들어요."

그리고 그는 순진무구한 믿음의 조율 위에, 그리스도의 용서를 갖고, -그리스도의 진정한 봉사자 자리를 이미 내던졌던 신부가 찬송가를 진심으로 불러 주었다. 한참 뒤에야 그는 고개를 들었다. 그의 눈길이 문 옆에 서 있는 미망인의 눈길과 마주쳤다. 그녀는 그가 누군지 회상하려고 애쓰는 모습이 역력하게 보였다. 갑자기 가벼운 홍조가 그녀의 양 볼을 덮었다. 그 여인은 뭔가 지난 일을 거슬러 가는 것 같았다. 여인의 얼굴은 그가 한동안 보지 못해도 매일 막사의 유리창에서 보아온 모습 그대로였다. 이전과 같은 꿈의 표현인 얼굴, 똑같은 헌신적인 두 눈, 아픔 속에서도 온화해진 모습, 고상하고 높은 이마……모두가 이전과 똑같았다. 잠시 그 여인은 상상 속에 다시 살고 있었다. 그 여인은 자신이 아주 외롭고, 아주 속박 당해 있다고 느꼈을 당시, 그의 동정어린 아픈 눈길에서 위안을 찾으려고 그의 얼굴을 몰래 보려고 자기 집 창문으로 얼마나 자주 가보았던가. 그런 일이 있었다. 그 뒤에도 그녀는 그의 얼굴을 자주 보지 못했다. 그리고 지금, 이 아픔의 순간에 그의 얼굴이 그 여인 앞에 다시 나타났다. 그녀는 한동안 그 이상한 감정과 놀라움, 혼돈 속에서 말을 꺼낼 수 없었다. 도슈키는 몇 걸음 다가섰다. 그때 그녀가 먼저 말을 꺼냈다.

"여기서 무얼 찾으세요?"

그렇게 말해 놓고도 그 여인은 자신이 너무 차갑게 말을 했구나 하고 스스로 느꼈다. 그녀는 자신에 대해 화를 냈다. '왜 자신이 자기 뜻과는 반대로, 그렇게 무미건조한, 마음에도 없는 말을 하게 되는가?' 도슈키는 당황했다. 그는 백 번도 더 상상해 왔고, 꿈꾸어 왔고, 계획해 온 순간이었지만, 정확한 말을 할 수 없었다. 말없이 선 채, 두 줄기 큰 눈물이 그의 두 눈에 자리하고 있었다. 내부의 흥분 때문인 듯, 여인은 그에게 다가와, 구겨진 군인 모자를 잡고서 떨고 있는 그의 손을 다소곳이 잡았다.

"왜 이제 왔어요?"

여인은 물었다. 그녀는 자신이 한, 이 하찮은 문장에서 느껴오는 다정한 따뜻함이 있음을 알고는 정말 스스로 놀랐다.

"기쁨도 드리고 조문도 드리려고 왔어요."

도슈키는 꿈꾸고 있는 것처럼 말했다.

"이상하게도, 그리고 다시 당신이!"

그 여인은 더욱 자기 자신에게 말하듯이 말했다. 이 모든 장면은 그녀에겐 동화처럼 느껴져, 현실이 아니게 느껴졌다. 이제 그의 굵은 눈물 한 방울이 그녀 손등에 떨어졌다. 그녀는 다시 정신을 차리고 황급히 물러섰다.

"당신 아이를 돌려주기 위해 왔어요."

도슈키는 계속 말했다.

여인은 두 눈을 갑자기 긴장해하며 떴다. 그녀는 이해가 되지 않는 듯이 쳐다보았다. 그리곤, 그녀는 떨면서 천천히 말했다.

"아이라고 했나요? ……저어……제……아이를요……"

도슈키는 말없이 고개만 끄덕였다.

"아이가 살아있나요? 하나님, 하나님! 내 정신을 뺏어가지 말아요!"

"그 아인 살아있어요. 아이는 곧 이곳으로 곧 올거요."

그녀는 머리를 찢듯이 외쳤다. 그리곤 갑자기, 그녀는 그 관대 계단에 몸을 던지고 울먹이며, 큰 소리로 외쳤다.

"아이가 살아있대요! 아이가 곧 이곳으로 온데요! 당신 듣고 있어요, 잔인한 사람! 하나님이 아이를 되돌려 주었어요…… 하나님이 아이를 되돌려 주었어요. 우리 아이는 살아 있대요……아이는 살아 있어요……"

도슈키는 몰래 그 방에서 빠져 나와, 아이를 데리고 다시 들어 왔다. 그는 아이를 반쯤 기절해 있는 어머니에게로 데리고 갔다. 아이는 두려워, 도슈키에게 더 세게 꼭 붙었다.

"자, 말해 봐, 이바쵸! 이제 말을 해!"

도슈키는 그에게 속삭이며 부추겼다.

천진한 어린아이 목소리는 마치 그리스도 탄생을 알리는 종소리처럼 낭랑했다.

"엄마, 울지 마……"

어머니는 그 목소리를 듣자, 갑자기 자리에서 일어났다. 어머니는 미친 듯 아이를 끌어안고는 웃음과 울음으로, 마치 미친 여인처럼 외쳤다.

"아들아……내 아들……말해 봐…… 얘야, 말해 봐. 엄만 너 목소리 듣고 싶어……이바쵸…… 귀여운 것……"

아이는 이 감정의 격류 앞에 놀라, 크게 울음을 터뜨렸다. 어머니는 이제 정신차리고는, 아들의 두 볼을 닦아주며, 아들에게 멍청한 이름을 말하고, 아이를 흥얼대며, 입 맞추고, 껴안았다……

그리고 도슈키는 서서, 죽은 이를 내려다보았다. 고인의 생생했던 엄한 모습이 그를 날려 버리는 것 같았다. '여기서 무얼 찾고 있나? 자네 임무는 끝났어. 자넨 이 집에서 필요 없어.' 그리고 그는 조용히, 발끝으로 그 방을 떠났다. 그 집을 빠져 나와, 포로수용소로 향해 갔다.

이젠 마음의 완전한 평화와, 마음을 어루만지는 즐거움과, 따뜻하게 압박하는 아픔이 그의 영혼 속에 섞여 있었다. 이상하게도, 그는 꿈처럼 비웃는 듯한 미소를 띠며, 자신에게 말했다.

"이게, 바로, 네가 '로맨틱한 소'란 것을 증명해! 그래도
넌 그녀 손엔 키스를 못 했어."

제12장. 수도원, 코사크 병사, 요한과 피자의 이별

무더운 여름날 저녁, 별들이 동쪽 하늘에서 반짝이고 있었다. 작은 구름들이 검푸른 하늘의 여기저기로 떠다니고 있었다. 달이 구름들과 숨바꼭질 하고 있고, 환영 같은 달그림자가 강물을 따라가고 있고, 반쯤 폐허가 된 수녀원 그림자를 감쌌다. 그러나 서쪽 하늘은 캄캄해, 두려울 만큼 빛이라곤 없었다. 멀리 서쪽에서 무슨 소리가 몇 번 들려오곤 했다.

수녀원 예배당 유리창은 호기심 많은 달빛에 여러 색깔로 비쳤고, 예배당의 임시로 마련된 침대에 피자가 누워 있었다. 노파 세 명은 옆에서 고개를 숙인 채 때로 고개를 저으며 졸고 있다. 잠자고 있는 피자는 평온하고 온화한 모습이다. 하지만 피자는 열이 나, 양쪽 볼이 붉고, 한탄 속에 머리카락을 흐트러뜨린 채 긴장이 풀린 모습이다. 피자는 이상하게도 달콤하면서도 씁쓸하게 때로 웃었다. 피자는 마치 허락되지 않은 쾌락을 꿈꾸는 정숙한 여인처럼 그곳에 누워있다. 갑자기 피자는 눈을 떴다. 그녀는 아무 움직임도 없이 눈길만 여기저기로 향하면서 마치 멍한 상황에 빠진 듯이 방황하고 있었다. 그녀는 자신이 있는 곳이 어딘지 몰랐다. 벽에는 이상한 모습으로 파손된 장식물이 있고, 여러 색깔의 빛도 유리들도 보였다. 피곤한 그녀는 뭔가 생각을 정리해보려고 했다. 그런데 그녀 앞에 갑자기 비친 환한 달빛으로 인해 '제단의 성화(聖畵)'가 살아 움직이는 것처럼 보였다.

온몸이 찔린 채 피를 흘리고 계시는 그리스도가! 땅을 내려다보는 온화한 얼굴로, 깊고 푸른 두 눈이 초인적 온화함으로, '선함'의 심금을 울리는 힘으로 그녀를 내려다보고 있었다. 때문에 그녀는 눈을 감지 않으면 안 되었다. 그래도 그리스도의 두 눈은 계속 보였다. 더 생생히 보였다. 이제 그녀는 지금 그 온화한 얼굴이, 그 '선한 모습'이 더욱 인간적이고, 더 지구상의 인물의 모습으로, 지금까지 알고 지내던, 오호라, 정말 다정한 사람의 얼굴로 바뀌었다. 그리고 피자는 쉽게 한숨을 쉬었다.

"요한 선생님이구나!"

그녀는 자신이 크게 말한 목소리에 정신이 들고 고개를 내저었다. 침대에서 그녀는 천천히 일어나 앉았다. 갑자기 그녀는 자신이 어디에 있는지 알았다. '이런 할머니들도 계시는구나! 고개를 떨어뜨린 채 어찌 저리 앉아서 주무실 수가! 마치 동화 속 돌이 되어 버린 마녀들 모습이네!' 피자는 노파들을 보며 웃음을 지었다.

'그럼, 저분들이 살아있는지 한 번 깨워볼까?'

그녀는 노파들의 코를 간지럽게 하려고 지푸라기를 꺼냈다. 그러나 그녀 시선이 다시 성화인 그리스도 얼굴과 마주쳤다. 그녀는, 마치 꼼짝 못 하게 된 듯, 손에 든 지푸라기가 떨어졌다. 그리스도 얼굴의 눈길이 곧장 그녀를 향해 내려다보고 있었다. 바로 그녀 위에서 그녀는 그런 눈길을 오래 받고 있기가 거북했다. 갑자기, 그녀는 온몸을 움직여 침대에서 벌떡 일어나, 먼 한쪽 구석으로 달려갔다. 그리스도의 두 눈이 그녀를 따라갔다. 그녀는 다시 온몸을 떨며 반대 방향으로 달려가 보았다. 그러자 이번에도 그 눈길은 따라왔다. '기적이네! 이 성화가 살아 있구나!'-그녀는 온몸을 떨며 무릎을 꿇었다. 그녀는 반은 웅크린 채, 반은 무릎을 꾼 듯이 그런 자세로 자신의 더운 몸을 벽에 기대었다. 그리고 그녀는 혀를 떨면서 기도의 귀절들을 중얼거렸다.

갑자기 사방이 완전히 어두워졌다. 이제 그 그림은 피자가 조금 정신을 차려 크게 뜬 눈앞에서 사라졌다. 그녀는 꼼짝 않고, 목에까지 자기 심장이 뛰는 소리를 느낄 수 있었다. '지금 무슨 일이 있는가?' 침묵. 어두움과 침묵. 더욱 무거워져 갔다. 날카롭게 꽝- 하는 소리가 이곳저곳에서 몇 번 들렸지만, 그 소리가 아주 세서, 그녀는 숨을 잠깐 멈춰야만 했다. 갑자기 그녀가 있는 곳에서 위쪽으로, 어느 모퉁이에서 달가닥거리는 소리가 들려 왔다. 날카롭게. 끝임없이 미친 것 같은 파닥거림도 들려 왔다. 이야, 그건 파리였다. 그 소리는 파리가 파닥거리는 소리였다. 그녀는 정신이 들었다. 이제 다시 달빛이 보이기 시작했다. 그녀는 웅크렸던 자리에서 일어났다. 그녀 머리 위의 한 모퉁이에서 거미줄에 갇힌 파리를 발견했다. 벌써 뚱뚱한 거미가 다가와 있었다.

갑자기 피자는 거미줄을 찢어 버렸다. 파리는 날아갈 수 있었다.

"이제, 됐어!"

만족스런 그녀는 작은 소리로 말하고는 자신의 몸을 돌렸다. 그녀 눈길은 다시 그리스도의 신비한 눈길과 마주쳤다. 하지만 이제 그녀는 더는 겁내지 않았다. 그녀는 자기 침대로 돌아갔다.

그녀는 침대 끝에 앉았다. 노파들은 아직 잠자고 있었다. 그녀는 붕대를 감은 한팔을 한번 건드려 보았다. 팔은 이젠 거의 아프지 않았다. 다만 머리만 돌처럼 무거웠다. '관자놀이가 얼마나 세게 뛰는지! 습포 같은 것을 발라야 할 것 같다. 도슈키가 그걸 주었는데, 그리고……그는 지금 어디 있을까……그 아이와 함께……요한은 올 수 없었다고……검사가……카탸는…… 카탸가 정말 도와줄거야……카탸가 그를 도와주려고 했어……그녀에게 무슨 일이 있었을까……혹시 그 검사가?……' 아픈 머릿속에서도 이 생각 저 생각이 지나갔다. 이런저런 생각. '그녀가 도와주어야 하는데……카탸가 도와주려 하지 않으면,……돕지 못할 때는……어떡하지? 강에는 경비가 삼엄하다고 도슈키가 말해 주던데……' 에이, 그녀는 도와야 한다……그녀는 가야 한다…….검사와 이야기해야 한다……그리고 그녀는 옷을 주섬주섬 챙겨 입고는 조용히 예배당을 나가려고 걸어간다. 발뒤꿈치를 들고. 복도를 지나, 정원을 지난다. 그녀는 숨을 죽인 채 뛴다. 때로는 피곤해 기우뚱하기도 했다. 그녀는 벌써 강에 다다랐다. 늙은 어부 아베르키예프는 이 강에서 고기를 잡고 산다.

또 배도 한 척 있다. 그녀는 그 집 문을 두드린다. 아무 대답이 없다. 그녀는 주먹으로 치고, 발로 찬다. 그래도 아무 대답이 없다. 그녀는 집을 둘러보고는, 배가 어디에 있는지 알아보았다. 배는 보이지 않았다. 그녀는 팔이 심하게 아파왔다. 그녀는 마치 기절할 듯이 장작더미 위로 쓰러졌다. 그렇게 얼마의 시간이 지났는지 그녀 자신은 몰랐다. 갑자기 그녀는 몸을 뒤척거렸다. 그녀가 누군가의 말소리를 들었을까? 정말 남자 세 명이 가까이 왔다.

"승리한 뒤에 술 마시는 습관은 좋아요."

누군가 말했다.

"패배한 사람들이 더 쉽게 도망갈 수 있으니까요."

"그래도, 조심해야지. 그늘 있는 곳으로 가지!" 그 때 피자는 그 목소리가 늙은 어부 아베르키예프의 목소리임을 알 수 있었다.

"흠, 정말. 작은 나무사이로는 가지 마아!" 나머지 한 사람 목소리는 헝가리 말이었다.

남자 일행 세 사람이 그 집에 도착했다. 피자는 얼른 자리에서 일어나, 그들이 놀라지 않게 하려고 재빨리 말을 걸었다.

"저, 피자예요. 아베르키예프 할아버지, 이 강을 지금 제가 건너 가야 됩니다."

"안 돼!"

그 노인은 고개를 저었다.

"군인들이 지키고 섰어."

"난 가야 돼요! 알아듣겠어요? 난 가야 된다고요! 지금 당장요!"

"지금은 안 돼! 반시간쯤 뒤에. 저 검은 구름들을 좀 봐. 저 구름들이 달을 가려 버렸어……"

"할아버지, 할아버지, 난 가야 돼요!"

피자는 간청했다. 하지만 노인은 고개를 저으며 지금은 안 된다고 했다. 모두 집 안으로 들어갔다. 어둔 구석에 모두 앉았다. 피자는 창가에서 하늘을 바라보았다. 구름들이 왔다 갔다 했다. 마침내 그녀는 더 이상 앉아서 기다릴 수만 없었다.

"정말 비가 올까요?"

"그럼. 구름이 바이칼 쪽에서 오니까. 비가 오지."

"흠, 그것 잘 되었네요!"

다시 헝가리 말을 하는 사람이 말했다. 그리고는 좀 뒤에 러시아 말이 들렸다.

"저어, 요쵸, 막사 참호 속에 있는 것 보다야 여기 있는 게 낫지?"

"트란슬바니아에 있는 편이 가장 나아…… 예수 그리스도 자신은 그렇게 아나키즘이 끝나리라고는 생각을 하진 못 했을거요. 그 마지막 150루블은 내가 못 받았어."

피자는 낯선 헝가리 말을 이해하지 못하고 다시 구름을 바라보며 있었다. 구름들은 더 자주 그리고 밀집되어 왔다. 하지만 갑자기 그녀는 그 자리에 앉아 있던 다른 사람이 하는 말을 듣게 되었다. 그 낯선 피난민이 말했다.

"노인장은 그 열차 봤지요. 그건 '우파'13)에서 온 겁니다. 객차마다 차단되어 있었어요. 객차마다 사오십 명씩 들어 있었어요. 남녀노소 할 것 없이. 그들은 20일 이상이나 기차에 그렇게 탄 채 있었고, 아마 루스키 오스트로프14)로 가려면 20일은 더 가야 할걸요. 누렇고 뼈만 앙상한 얼굴들이 보였어요. 창살이 쳐진 유리문에서 손을 덜덜 떨고 있는 얼굴들이요. 20일을 그렇게 있으면서 식사는 겨우 일곱 번 받았다고 해요."
"오호, 하나님, 하나님!"
노인은 한숨을 내쉬었다.
"형제가 형제에게, 러시아인이 러시아인에게 그런 짓을 했으니. 그래도 독일 사람은 더 용서할 줄 아는데."
"오, 그래요, 그들도 용서할 줄 아는 사람들이에요! 그들은 붉은 생각을 가진 사람들을 죽이진 않았어요. 그들은

---

13) 역주: 우파는 러시아 바시키르 공화국의 수도이다. 인구는 약 110만 명 (2003년)이다. 볼가 강의 지류인 벨라야 강과 우파 강의 합류 지점에 도시가 위치해 있다. 우랄 지방의 공업의 중심이며, 타타르 공화국의 카잔과 함께 러시아에 사는 무슬림의 종교적인 중심 도시이기도 하다. 모스크바와 1,519 km 떨어져 있다. 1574년에 러시아인에 의해서 이 땅에 요새가 건설되었다. 이후 이 지방의 행정·경제의 중심으로 발전했다.
14) 역주: '루스키 섬'의 러시아이름. 이 섬은 블라디보스토크에서 몇km 떨어진 곳에 위치한 섬으로 동해연안에 위치해 있다.
루스키 섬은 현재 블라디보스토크 관할에 놓여 있다. 가끔 이곳은 상트페테르부르크의 크론슈타트에 비교되어, 가끔 극동의 크론슈타트 라고도 불린다. 이 섬은 소련 시절에는 군사기지가 있던 곳이었다. 이곳은 안개가 자주 끼는 곳이다. 간혹 겨울에 안개가 너무 심해서, 섬이 잘 보이지 않는 경우도 있다.

그 사람들을 열차에 가두기만 했어요. 그런데 객차마다 시체가 썩는 냄새가 진동하더라고요. 또 그 빌어먹을 더러움이란, -스무날 동안 갇혀 있었으니! -이가 수천 마리 득실거리고…….우엑! 오늘 어떤 여자가 아이를 낳았는데, 갓난아이를 위한 포대기를 만들려고, 자신이 입고 있던, 하나 뿐인 자기 옷을 조각내었다고 하더라고요. 그녀는 완전히 벌거벗은 몸으로 열차 한 모퉁이에 앉아, 그 신의 선물에게 미친 듯이 웃으며, 나오지도 않는 젖을 물렸다더군요. 하나님의 선물이라니!……에이, 하나님도 바로 제때 뭘 어찌 해야 할지 모르시는 것 같아요."

그렇게 말하고는 그 사람은 쩔쩔 혀를 찼다. 노인은 십자가를 그었다. 요쵸는 한 모퉁이에서 벌써 졸고 있었다.

"또, 오늘 새로 비참한 운명의 사람들을 태운 여섯 량의 열차를 그 기차에 또 연결시켰어요. 지금까지는 그들을 감옥의 앞마당에 가둬 놓았는데. 이젠 그들마저도 자신이 죽어 들어갈 관에 두껑 닫고 못을 치는 것 같더라고요. 노인장! 노인께서 그런 처지에 있는 저희를 구했으니 뭐라 고마운 말씀을 드려야 할지요……만약 저희가 돌아올 때, 저흰 반드시 돌아올 겁니다. 그때 보답하겠습니다……"

노인은 그런 고마운 인사도 받기 싫어 자리에서 일어나, 밖을 내다보았다.

"당신들은 이젠 가도 돼,"

그 노인은 말했다.

"하지만 남으로만 가야 해요! 곧장 가면, 이틀 뒤에 중국 국경에 닿을 거야. 당신들 배낭은……?"

"오, 포로들이라면 배낭 하나는 잘 차리지요."

"포로들이 볼셰비키인가?"

"아뇨, 그냥 사람이지요. 저어기, 헤이, 요쵸! 발바닥을 간지럽혀야지! 가자!"

달콤하게 코 골던 소리가 중단하고서, 그는 온 사지를 쫙 뻗어 하품을 크게 했다.

"우리 출발하자. 헤이. 집에 가서 푹 자게!"

요쵸는 자리에서 일어나, 그 친구 뒤를 비틀거리면서 따라 갔다.

"내 생각은 내 약혼녀가 집에 지금 나를 기다리고서, 금 의환향하는 날을 기다리고 있을 거야."

피자는 이제 혼자 남게 되었다. 노인은 곧 돌아 왔다.

"저어, 우리도 이젠 가면 안 돼요?"

그녀는 노인을 보며 재촉했다.

"아직은 아니. 곧 비가 올 테니. 그땐 군인들도, 내가 그들을 잘 아니, 비 피하려고 숨을 거야. 조금만 기다려, 벌써 천둥소리 들리는군."

바깥이 벌써 단청같이 어두워지더니, 여기저기서 지그재그로 번개가 쳤다. 피자는 피곤함과, 아픔과 흥분으로 거의 기절할 정도였다. 갑자기 억센 바람이 불어와, 그들이 있던 출입문을 세게 열어제쳤고, 그들 뺨으로 굵은 빗방울이 들이쳤다.

"우리도 이젠 가지, 일이 그렇게 중하다면야."
노인은 그렇게 말하고는 피자에게 두툼한 외투를 입혀 주었다. 그는 쓰러질 것 같은 피자를 부축해, 바깥의 보트 있는 곳까지 데리고 갔다. 그리고 곧, 칼날처럼 날카로운 비가 퍼붓고, 귀먹게 하는 날카로운 천둥소리에 이어 노란 번개가 비쳤다. 보트는 강 건너 하안을 향해 미끄러져 나아가기 시작했다.

감방에 갇혀 있는 요한에겐 신경 쓰이게 하는 호기심이나, 고통스런 조급함이나 열렬한 흥분의 순간은 이미 지나 갔다. 지금 그는 피곤해서 고개 숙이고, 두 손을 아래로 힘없이 늘어뜨린 채, 자신의 걸음으로 다섯 걸음 정도로 긴 감방을 왔다 갔다 했다. 그는 압박해 오는 침묵을 쫓아버리려고 활발한 생각을 펼쳤다. 몇 번인가 그는 멈추어 섰다. 말할 때 그는 제스처를 취하기도 하였고, 또 뒷짐을 진 채 나중에는 다시 걸었다.
"카탸, 카탸! 내가 정말 그녀를 사랑하는가? 내가 그녀를 정신적으로 사랑하는가? 아니면 육체만 원하는 것은 아닐까? 아냐. 아냐! 난 그녀를 사랑해. 그 목소리, 그 웃음, 그 눈이 그렇게 누군가와 그렇게 닮았을 수가 ……"
"오, 언제나 그녀다. 잊혀지지 않는 영원한 젊은 얼굴.

언젠가 나를 차버렸던 첫사랑의 여인. 평생토록 아픈 상처를 내 마음속에 남기고 가버린 여인. 그때부터 여러 여인들이 때론 거짓으로, 때론 정말 사랑한 많은 여인들, -그래 나는 그 여인들에게 나의 첫사랑 여인만 찾아 헤맸구나. 끊임없이 찾기만 하고, 그중에 비슷한 사람이라고 생각했던 만남이 있었네. 또 나중에 아니구나 하고 확인 -그게 나의 인생이었어. 내 아내도 마찬가지였네. 그 '첫 사랑 여인'을 만났다는 심정으로. 내 아이의 어머니. 난 그녀를 잃어버렸네. 그녀는 어디론가 숨어 버렸어……"

"내 영혼은 가정의 화롯불처럼 탔다가 사그라져버렸어. 그리고 카탸는? 그녀는 정말 날 사랑하고 있어, 확실해!…… 확실한가? 위대한 사랑은 과거를 불살라버릴 수 있어도, 그런 과거로 인해 진정한 사랑은 가능할까?"

"양심의 가책, 그게 바로 오늘날의 빵이야. 왜 나는 평범한 사람처럼 살 수 없는가? -꿀을 훔쳐 먹고는 웃으며 훨훨 날아가 버릴 수 있는 그런 사람처럼?"

"아내, 카탸, 첫사랑과 다른 여인들이…… 그들 모두 나를 사랑하고는 나를 버리고 떠나가 버렸네. 왜지?"

"난 알아. 너무 개방적이었어. 내 감정을 내가 숨길 수 없어. 나는 길가의 사과나무와 비슷해. 사람들이 지나가고, 또 온다. 또 그들은 스쳐 지나간다. 모두 내 사과를 따 먹고 기분이 좋아졌다며 쉬고는, 다시 잔인한 자기 손으로 자기 이름을 나에게 새겨 놓는다. 그리고 그 사과나무는 태풍에도, 뙤약볕에도, 장대비에도 그냥 선 채로, 새로 지나갈 사람을 기다리고 있다. 결국 이 나무는 길옆의 움푹 파진 곳에 쓰러지면, 어느 가난한 농부의 집에 불을 지피는 장작이 되어버린다."

"오랫동안 나는 그 움푹 파진 곳에 쉬며 기다려야 하는가? 이 가난하고 추위에 떠는 이의 영혼을 따뜻하게 해줄 수 있을까? 그래 난 희망이 있어. 내 사랑은 없어질 수 없어."

"내 사랑! 내 사랑이 얼마나 아픈가? '오, 이 세상의 가장 큰 아픔이란 사람을 사랑하는 것이군'. 모든 사람을 예외 없이, 모든 이들을 사랑한다는 것이. 모든 인간의 영혼을 사랑하는 나는 미친 사람이야! 하지만 그들도 나를 사랑하는 걸. 내가 말을 걸기만 하면, 언제나 그들은 마음의 문을 열어주거든! 영혼은 얼마나 아름다운가! 이보다 더 아름답고 더 장엄한 것이 존재할까? 사원의 문은, 그 문이 사원을 드러내 보이고 싶을 때, 그때 열린다. 그리고 사원에서 사람들은 하나님을 사랑하는 것을 배운다. '그분을 사랑하고 두려워하지 않게 하는 것.' 나쁜 사람도 있는가? 없지, 다만 길을 잘못 들어 방황하는 사람들만 있지. 내가 이 불행한 사람들에게 자신이 잃은 길을, 자기 고유의 영혼을 향해 가는 길을 보여주는 초능력이라도 가졌으면!"

"나의 사랑은 얼마나 위대하고, 또 한편으로 얼마나 아프게도 위대한가, -또 얼마나 약한 사랑인가! 난 언제

누구에게 그런 길을 보여 줄 수 있었지? 누군가를 그 길로 안내하는 것이 진정 가능한가? 모든 사람은 인생이란 가시밭길과, 관심이란 진흙탕과, 사회의 속임이란 늪을 지나면서 그 길을 찾느라 스스로 무진 애를 써야 하다니! 얼마나 많은 영혼이 가시에 찔려 죽고, 늪에 빠져 삶을 마감하는가! 고상한 영혼들이 그 찾아 나선 길에서 얼마나 많이 혼절하는가! 영혼 없는 육체들은 벌레처럼 서로를 물고 뜯고 하지 않는가 -그것도 해초 한 조각을 위해서.”

“그러고 나도 마찬가지다. 나는 늘 사람으로, 진정 사람다운 사람으로 살아왔던가? 내 영혼은 언제나, 속박 없는 육신을 언제나 잘 지도했던가, 아니면 고삐 풀린 그 육신에서 혼절한 적은 결코 없었던가? 그리고, 내 영혼이 그 육신과 싸워 이겼다면, 그건 승리만을 위해 영혼을 낭비하진 않았던가?”

“카탸, 카탸! 사랑하는 카탸, 죄많고 착한 카탸, 달콤하고도 아프게 하는 카탸! 당신은 어디 있소……당신이 나를 속였어요? 내가 지난밤 꿈에 본 당신 모습이 마지막인가요? 잔인한 꿈이었소. 피흘리는 그들의 심장들과 함께 있는 피 흘리면서 숨막히는 듯한 그 여인. 난 미신을 믿지 않아. 하지만……”

그때, 갑자기 복도에서 열쇠로 문 여는 소리가 들렸다. 간수가 그에게 식사를 가져왔다. 빵 한 조각과 배추 수프가 나왔다. 요한은 간수에게 물었다.

"난 언제 풀려나겠소?"

간수는 어깨를 으쓱했다. 하지만, 잠시 뒤 그는 말했다.

"아마 저녁 쯤에요. 많은 사람이 오늘 나갔소. 200명 이상. 아마 당신도."

"200명 이상이라고요? 어떻게 그런 일이? 오늘 나는 문틈으로 들었소. 재심이 끝난 모든 정치범은 이젠 자유라고 하던대요. 그런데 지금……200명이라니……왜 내 이름은 부르지도 않았소?"

"난 모르오. 아마 정치범이 아닌가 보지."

"하지만, 내 친구는, 똑같은 이유로 투옥된 친구는 벌써 자유의 몸이 되었소."

요한은 외치듯이 말했다.

"내 상관할 일이 아니오!"

간수는 이미 문밖으로 나갔다. 열쇠가 달그락했다. 요한은 뛰어가, 그 문에 달려 가, 문을 세게 두드렸다. 그리고 큰 소리로 요구했다.

"감독관. 감독관을 좀 만나게 해 주시오."

"떠들지 마소, 헤이!"

간수는 말했다.

"내가 이야기는 해주겠소. 그가 원한다면 오겠지요."

그리고 요한은 돌바닥으로 된 복도에서 점점 작아져 가는 그의 발걸음을 들을 수 있었다. 그는 침대 끝에 앉아, 억지로 평상심을 유지한 채 저녁이 되기를 기다렸다. 오늘 저녁에는 정말 뭔가 꼭 있어야 한다.

마침내 저녁이 되었다. 갑자기 복도에서 활기차고 시끄러운 소리가 들려 왔다. 큰 소리로 이름을 부르는 소리. 열쇠를 달그락거리는 소리. 문이 끼익-하고 열리는 소리. 한쪽 복도에서 다른 쪽으로 여러 명의 죄수가 걸어오는 소리. 그 소리가 가까이 들려오고, 지나가 버리고는 중단되어 버렸다. 다시 그를 부르는 목소리는 없었다. 이제 감옥 앞마당에서 시끄러운 소리가 들려 왔다. 그는 창가로 갔다. 민간인 복장과 군복의 남자들, 젊은 여자, 늙은 여자와 아이들이 포승에 묶인 채 그곳에 모였다. 몇 사람들은 조용히 섰고, 그들의 얼굴에서는 시무룩한 모습이 보였고, 다른 사람들은 울먹이기도 했고, 몇 사람들은 욕하기도 했고, 귀먹게 하는 듯한 한숨소리도 들려 왔다. 아이들은 울먹이는 어머니 품속에 떨며 더욱 파고들었다. 그렇게 무장한 군인들이 포승에 묶인 사람들을 감시하고 있고, 또 일정한 거리를 두고 일단의 코사크 병사들이 말에 탄 채, 지켜 서 있었다.

이제 코사크 병사들이 욕설과 고함, 채찍질로 죄수들을 4열 종대의 행렬을 만들었다. 그 뒤, 장례 같은 행렬은 출발했다. 그 병사들은 이곳저곳에서 피곤해 뒤쳐지는 죄수들을 채찍으로 다그쳤다. 앞마당에 있던 죄수들이 이젠 보이지 않았다.

"좀 전의 석방이 간수가 말한 그대로이군!"

요한은 흥분하여 목이 쉰 소리로 말했다.

"어디로 저 불행한 사람들을 데리고 가지?"

그는 피곤하여 지친 몸을 침대에 던진 채, 그는 오랫동안 이런 의문에 대해 생각에 잠겨 있었다. 구름이 창백한 달빛마저 가리더니, 하늘이 어두워졌다. 그는 잠들었다. 한밤중에 그는 자기 문에 열쇠를 달그락거리는 소리를 듣고 갑자기 잠을 깼다. 떨리는 마음으로 그는 자리에 앉았다가 벌떡 일어났다.

'누가 오는가?'

'카탸일까?'

'마침내 카탸가?'

'바보 같은 간수, 열쇠를 잘못 걸었군! 그래, 이번에는!……'

문이 열리자, 간수가 손에 석유등을 들고 나타났고, 그 뒤에는 키가 크고 뚱뚱한 모로조프가 보였다. 검사가 감방에 들어서자, 간수를 손짓으로 내보냈다.

요한은 불쾌하고도 놀란 감정을 숨길 수 없고, 그의 창백한 표정이 그의 얼굴에 나타났다. 간수가 감방에 놓고 간 석유등의 노란 불빛에 그는 여전히 더욱 창백하게 보였다.

"요한 바르디 선생, 당신은 나를 기다리지 않았소?"

모로조프의 쉰 목소리에는 아이러니함도 들어있었다.

그들 둘 다 창백한 모습으로 마주 보고 서 있었다. 요한은 대답하지 못했다. 잠시 그는 이 남자에 대해 들었던 모든 것이 생각났다. 피자의 말에 따르면, 이 사람은 속은 남자이고, 불행한 남자라고 했고, 카탸는 보통 정도의

치한이라고 말해 주었다. 요한은 스스로 그를 아주 친절하고도 언제나 이상적 일에 관심을 갖는 사람으로 알고 있었다.

"대답을 못하는군요, 요한 바르디 선생,"

이번에도 더욱 끄는 듯하고 더욱 놀리는 소리가 들려 왔다.

"나를 기다리지 않았는지 감히 묻고 있어요? 아마 그 물음은 틀렸나 보군요. 그렇지 않으면, 내가 그걸 다른 방식으로 물어보아야겠군요. 요한 바르디 선생, 당신은 '나 아닌' 다른 사람을 기다리고 있었소?"

"아뇨!"

요한은 갑자기, 난폭하게, 초인적인, 이해할 수 없이 비웃는 어조로 화를 내며 말했다.

"그럼 내 아내를 당신은 기다리고 있었군요. 그렇지 않소, 요한 바르디 선생?"

"그렇소!"

똑같이 난폭하고도 당당하게 대답했다.

이 두려움 없는 당당함에 검사는 당황했다. 검사는 잠시 조용히 있었다. 그리곤, 갑작스런 손짓으로 그는 요한에게 침대에 앉기를 제안했다.

"우리 조용히 말해 보십시다, 요한 바르디 선생!"

그는 침착함을 가장하며 말했다. 그러나 그런 태도도 성공적이진 못했다.

"흥분하지 마십시오. 이제 난 흥분을 가라앉혔어요. 내가 흥분할 더 큰 이유가 있지만요."

"그럼 내가 그 흥분의 이유가 된 거요?"

"그렇소!"

모로조프는 소리치듯, 목쉰 소리로, 눈엔 화가 치민 불꽃을 튀기며 말했다.

"난 이해가 안 돼요,"

요한은 지금 정말 마음을 진정시켜 말했다.

"난 당신에게 죄 지은 게 없소. 당신은 나를 믿었고, 적어도 당신은 나를 믿고 있음을 보여주었어요. 난 전혀 당신의 신임을 배신하진 않았소."

"그래, 그렇소. 당신은 속이진 않았소, 나도 장담하오. 하지만, 난 방금 아내를 만나고 왔어요. 그녀가 고백했소……"

"당신이 달아나기 전에 당신이 알고 있는 상황과 다를 게 없지 않소."

요한은 신경질적으로 끼어들었다.

"뭔가 더는 그 여인이 고백할 게 없을 거요. 더 이상의 것은 일어나지 않았으니 말이오. 난 당신을 용기 있게, 또 당당하게 정면으로 바라볼 수 있어요. 당신은 나를 비난할 권리가 없소."

모로조프는 한동안, 요한이 응시하고 있는 두 눈을 노려보았다. 그 순간이 지난 뒤, 그는 아주 또박또박 말했다.

"당신은 내 아내를 사랑하고 있지 않소?"

요한은 혼돈 때문인지, 아니면 동정 때문인지 잘 몰랐지만, 잠자코 있었다. 모로조프는 요한에게 더욱 다가섰다.

"대답이 필요 없지요. 당신의 침묵은 충분히 이를 대변해주고 있군요."

"아마 그 점을 오해하고 있군요, 검사 선생."

지금 요한은 말을 꺼냈다.

"당신 부인이 당신에게 나를 사랑한다고 고백했겠지요. 내가, 내 자신에게조차 내가 그 부인을 사랑한다고 고백했던가요? 그러나, 당신에겐 그것이 중요하지 않아요. 내가 남편인 당신의 명예를 더럽히지 않았다는 것만 중요하지요. 내가 그걸 더럽혔다면, 그걸 나도 고백해야겠지요. 당신은 이것만은 알아야 합니다. '당신이 내게 강요한' 감정에 대항하여 오래 싸워야 했고, '내가 가진 감정'에 저항하여야 했다는 점이 얼마나 무거운 것인가를. 그리고 만약 누군가 의도적으로 그 감정들을 죽여 버렸다면, 그 죽은 감정을 되살리기란 전혀 불가능하지요."

모로조프는 악의에 찬 웃음을 크게 웃었다.

"하, 그래! 당신은 비유를 잘하는 군요! 당신은 나를 비난하고 있군요! 위선자! 하-하-하! 나쁜 범죄자라구!"

요한은 예기치 않은 모욕에 화가 나, 자리에서 벌떡 일어나, 모로조프 앞에 주먹을 쥔 채 섰다. 모로조프도 요한이 휘두르는 팔을 잡으며 자리에서 일어났다. 검사의 두 눈은 인광을 발하고 있었다. 그렇게 팔이 잡히자, 요한은 다시 정신을 차려, 팔을 내려놓았다. 검사는 그 손을 놓아 주었다.

"그렇게 하는 것이 더 설득력이 있어!" 그는 악의에 찬

힐난으로 말했다. "간수가 문 앞에 있어요. 점잖게 있으시오. 우린 아직 계산이 끝나지 않았소."

"난 당신과 아무 계산할 것이 없소!"

요한은 싫다며 말했다.

"그럼 혼자 계산해보지. -난 그 여자의 남편일 뿐만 아니라 검사라는 것을 잊지 마시오. 난 이곳에서 명령을 할 수 있소. 혁명의 시절에 포로들을 어디로 보낼지 그 권한을 누가 내게 주었겠어요?"

"당신의 양심이."

"그런 것은 내버려 두시오, 위선자 양반, 그런 건 내버려 두시오. 지금 교회 일을 의논하지는 않소. 당신의 속임에 대해 지금 이야기하고 있소. 당신의 약탈에 대해. 당신이 내 아내를 훔친 것에 대해서……"

요한은 끼어들려고 했지만, 한마디 하자마자 모로조프가 소리쳤다.

"조용! 내가 말하겠다! 모른다고, 이해가 안 된다고 헛소리하지 마! 당신은 내 가정의 모든 비밀을 알고 있어……"

"그게 내 죄요?"

요한은 경멸조로 외쳤다.

"그 때문은 아니지. 난 당신에게 말할 수 있어. 만약 당신이 모른다면. 당신이 당신의 죄를 모른다면 내가 당신을 비난한다고는 말하지 말아. 내가 당신에게 드러내놓고 이야기하지. 내 아내, 내 아내의 아름다움을 많은 사

람이 군침을 흘렸어. 내 말 듣나? 많은 사람이. 내 말
들어? 많은 사람이요!……"

요한은 잔혹한 증오를 느꼈다. 그가 주먹으로 쳐서 검사
를 쓰러뜨리고 싶은 생각에서 벗어나자마자, 이젠 다른
말들이 연거푸 그 검사의 마른 입에서 곰팡내 나는 힐난
이 들려 왔다.

"많은 사람이! 많은 사람이!……하지만 당신은 그런 군침
을 보이지 않았어. 당신은 더 많은 것을 원했어! 당신은
그녀 영혼을 원했어! 당신은 내 권력 안에 있는 그녀 영
혼을 훔쳐 갔어. 당신은 그녀를 나의 최면에서부터 깨웠
어…… 그리고 당신은 그녀의 아름답고도, 죄많은 몸을
무시했어……범죄를 저지르듯이 무시했지……"

"모로조프 선생! 당신이 무슨 말을 하고 있는지 모르고
있군요!"

요한은 깜짝 놀라며, 자신의 도덕적 감정에 흥분되어 소
리쳤다.

"하-하-하! 그리스도 같은 말씀이군! 그럼 더 한층 더
놀라게 해주지. 이젠 똑같아. 당신은 너무 많이, 정말 너
무 많이도 알고 있어. 그럼 모든 걸 다 알아 버려라! 그
래! 그녀 아름다움을 이용해 난 이 자리까지 왔어! 그래!
난 그녀 친분을 이용해 중요한 비밀들을 알아냈어. 그리
고 난 그녀 육신으로 내 정적들을 쓰러뜨리고, 지위를
차지했어. 그녀도 나의 부유함과 직위와 권력에서 제 몫
을 누리고 있었어! 육신이나 외모는 중요하지 않아. 하지

만 난 영혼을 갖고 있었어! 난 그녀 영혼을 찾는 모든 놈들을 피로 벌했어. 당신도 그 남자들을 알고 있겠지. 그녀 영혼은 내 노예이자 내 도구야. 그런데, 그때 당신이, 위선의 마스크를 쓴 늑대인 당신이 나타났어. 나는 어느 날 갑자기 이젠 그녀가 내 말을 듣지 않음을 보아야만 했어. 더구나 그녀는 나에게, 또, 그녀 자신에 대해 구역질을 하더군. 그녀는 나를 스캔들로 또 모든 것을 다 알려버리겠다고 위협했어. 내가 이제부터 뭔가를, 그녀 자신의 '도덕'에 반하는 뭔가를 명령한다면, 그녀는 내가 수년간 노력해온 모든 과실을, 직위를, 명예를, 권력을, 모든 것을, '만약 내가 당신을 손끝 하나라도 건드린다면', 나를 파멸시키겠다고 맹세했어. 그녀 자신이 당신을 사랑한다고 내게 고백했어! 그녀는 직접 내 눈앞에서 말했어. 그녀는 나를 자신이 증오하는 범죄자라고! 지금 당신은 왜 내가 그녀와 함께 달아나지 않았는지 알겠지. 그녀는 자기 아이의 생명을 걸고, 아무도 이제 자기 육신을 건드릴 수 없다며, 그건 오로지 당신에게만 속해 있음을 맹세했어! 그녀 육신을 가지고 싶지도 않으면서도 그녀에게 이 증오할 만한 자기방어로 최면을 걸어 놓은 당신이 우리 가정을 부수었고, 내 권력에서부터 그녀 영혼을 훔쳐 갔어…… 오, 난 이 마지막 계산을 할 수 있을, 이 순간을 얼마나 오래 기다려왔던가!……"

요한은 이 창백하면서도 난폭하게 행동하는 남자의 말을 듣고서 처음에는 대경실색하였다. 그러나 나중에, 언제나 더 생생히, 그의 앞에 그 사랑하는 여인의 얼굴이 떠올랐다. 더욱 깨끗하고, 더욱 빛나는 모습이었다. '성공적으로 자기 영혼의 사원 문으로 향하는 길을 보여준' 그 여인 모습이. 그 사랑, 그 아픈 사랑이, 이젠 그의 안에서 승리를 느끼고 있었다. 그리고 두 줄기 눈물이 요한의 두 눈에 가득 차게 했다. 그리고 요한은 무의식적으로 아주 따뜻한 마음으로 자신의 앞을 향해 조용히 말했다.

"난 그녀를 사랑합니다."

"바로 그 때문에 난 왔어! 사랑의 고백을 들으려고!"

모로조프는 크게 웃었다. 그러자 그는 난폭할 정도로 하얀 이를 드러내고 있었다.

그 큰 웃음은 요한을 다시 정신을 차리게 했다. 침착한 그는 팔짱을 꼈다.

"당신이 원하는 게 뭐요?"

모로조프도 팔짱을 꼈다. 그는 더 힐난했다.

"난 당신을 죽이진 않아. 난 당신이 믿는 이상으로 인간적인 사람이야. 당신은 그녀를 사랑하고 있어. 당신은 그녀 영혼을 빼앗았어. 그럼 이젠 그녀 육신도 가져 가."

요한은 침착하게 있었다. 그는 되풀이해 말했다.

"당신이 원하는 게 뭐요?"

"난 두 연인이 서로 가지도록 해주고 싶어. 정신적으로 그리고 육체적으로. 그게 이상적이지 않는가? 난 이 감방을 아름다운 신혼 방으로 만들어 주겠어. 다정한 두 사람을 위해. 난 이젠 정말 필요 없지!"

그 말의 비수같은 어조가 가져다주는 고통의 예감에 요한은 두려웠다. 요한의 꽉 막힌 목에서 겨우 말이 나왔다.

"그게 무슨 말인가요?⋯⋯"

"말 그대로지, 선생, 말 그대로야."

그리고 문을 치면서, 모로조프는 외쳤다.

"헤이, 루키치! 그 아름다운 약혼녀를! 어서! 약혼자 선생이 더 이상 못 참겠다는군!"

감방 문이 활짝 열렸다. 요한은 숨을 참고 기다렸다. 복도에서 발걸음 소리가 들려 왔다. 군인이 문 앞에 섰다. 군인의 팔에, ― 한 여자는, 인형처럼 뻣뻣하게⋯⋯결혼식 복장을 한⋯⋯카탸였다!⋯⋯

모로조프는 서둘러 갔다. 그리고 그녀를 받아 안았다. 그리고는 요한의 팔 쪽으로 그녀를 내던졌다.

"이 여자를 가져! 가져 가!"

요한은 쓰러지는 그 여인을 붙잡았다. 딱딱하고 무거운 몸체가, 밀랍같이 누런 얼굴에, 딱딱하고 슬픈 미소를 머금고, 두 손은 얼음같이 찼다⋯⋯

요한은 마비되었다. 요한은 그녀를 반쯤 미친 듯한 표정으로 바라만 보고 있었다. 그리고 그는 깜짝 놀라,그녀를 흔들었다.

"카탸⋯⋯카탸⋯⋯이게 어찌 된 일이요⋯⋯카탸⋯⋯카탸⋯⋯"

그런 말도 요한의 목에서 압박되어 잘 나오지 않았다.

모로조프는 문에 서서 팔짱을 낀 채, 목석같이 굳은 얼굴로 서 있었다. 밖에는 천둥이 치고 있었다. 군인은 이를 덜덜 떨며 성호를 그었다.

잠시 시간이 흐른 뒤, 요한은 움직였다. 천천히, 무거운 걸음으로. 그 사체를 자기 양팔에 안고, 침대로 그녀를 안고 갔다. 그 여인을 조심해 눕히고는 무릎을 꿇었다. 이제 그의 두 눈에서 첫 눈물이 보였다.

"카탸……카탸…… 내……"

그리고 목소리는 울먹임으로 변해 갔다.

이제 모로조프가 미친듯이 웃었다.

"당신 카탸, 듣고 있소? 당신은 왜 대답이 없어? 약혼자가 좋은 말을 하는데! 하-하-하!"

웃음은 갑자기 중단했다. 그는 헐떡거리며 외쳤다.

"헤이, 리키치, 저 자들을 채찍으로 쳐라! 이 도둑을 매질해!"

밖에 번개가 쳤다. 군인은 무릎을 꿇었다. 연신 성호를 그었다.

"이 용기 없는 개야! 넌 무서워하군! 난 안 그래!"

그는 그의 허리에서 7개의 혁대가 달린 채찍을 빼냈다. 귀먹게 하는 천둥소리와 함께 날카로운 철썩거림으로 온 건물이 일순간 뒤흔들리는 것 같았다. 그리곤 두 번째의 번개, 그리고 곧 이어지는 지축을 뒤흔드는 듯한 천둥이 날카롭게 가르고 있었다. 큰 빗방울이 창문을 때렸다.

모로조프 손에서 그 채찍이 떨어졌다. 그의 두 눈은, 미신의 두려움으로, 죽은 여인을 바라보고 있었다. 카탸의 두 눈이 지금 '뜬 채' 있었다.

"저 눈이……눈이……"

모로조프는 깜짝 놀라 외쳤다.

"지금도 저 여자는 당신을 지키고 있군……"

군인은 모로조프를 향해 무릎 꿇고 기어갔다.

"저 사람들을 건드리지 마십시오! 하나님이 원하지 않으십니다! 저 사람들을 건드리지 마십시오!"

모로조프는 벼락 맞은 듯 그 자리에 멈춰 섰다. 그의 굳은 시선은 여인의 두 눈에 고정되어 있었다. 저 유리 같은 파란 눈은 그에게 최면을 거는 것 같았다. 그는 머리가 오싹함을 느끼고는, 양 입술을 떨었다. 그는 둔탁하게 앓는 소리를 냈다.

요한은 그런 검사를 개의치 않았다. 온화하게 요한은 여인의 뜬 눈을 감겨 주었다. 그러나 곧 그 여인의 두 눈은 다시 떠졌다. 그는 그녀 입가에서 이상한 웃음을 보는 것 같았다. 바로 그 모습을 그는 꿈속에서 보았다. 무거운 몸으로 일어난, 그는 자기 관자놀이를 만졌다. 모로조프를 바라보지 않고 그는 말했다.

"당신이 죽였구나."

모로조프는 마치 깨어난 듯 자신의 몸을 흔들었다.

"아니요! 전투 중에 그녀가 치명적인 상처를 입었소."

이제 요한은 고개를 들었다. 그의 얼굴은 아주 창백해, 아주 아파 있었다. 그리고 자신을 잊은 요한의 아픔을 보자, 모로조프는 거의 두려움에 가까운 위엄을 느꼈다. 모로조프의 흔들린 영혼에서는 지금 모든 것이 혼란스럽다. 불확실하게. 그리고 모로조프는 자신이 벌주러 온, 말이 없지만 처절한 이 이방인의 아픔으로 인해 자신의 뒤흔들리는 영혼이 숨통 트이게 되는 것 같았다. 요한은 그 죽은 이를 내려다보며, 오랫동안, 눈물로 가려진 속에서도 오랫동안 바라보았다. 이제 여인은 요한이 보여준 길을 따라갔다. 그런 그녀가 그 길 위에서 죽었다. 그리고 '바로 이 길이 그녀를 죽인 것은 아닐까? 요한 자신이 그녀의 삶에 끼어들어, 그녀를 죽게 하지 않았을까?' 그리고 요한은, 꿈꾸는 사람인 요한은, 아무 힘없는 포로인 요한은, 영원한 양심의 가책을 느낀 요한은, 지금 갑자기 이 죽음에 대한 처절한 책임감을 느꼈다. 그리고 요한은 영혼이 떨리는 아픔 속에서 마치 이 양심을 질책하는 자괴감에 더 깊이 들어가고 싶었다. 그는 몸을 숙여, 아주 온화하게, 용서를 구하며 그 죽은 이의 이마에 키스했다. 그리곤 그는 모로조프에게 몸을 돌려 말했다.

"당신 말이 맞소. 내가 죄인이오. 벌을 주시오. 당신이 바라는 대로. 내가 죽였소."

모로조프는 말없이, 이해를 못 하겠다는 듯이 그를 바라보았다.

"벌하시오, 당신이 원하는 대로."

그는 되풀이했다.

"당신 말이 맞소. 내가 당신 아내를 죽게 한 원인을 제공했소."

이 침착한 양보에 모로조프는 완전히 당황했다. 그는 요한의 맑고도 깊은 시선을 바로 볼 수 없었다. 이 물러섬, 자기 책망, 죄를 회개하는 행동에 대한 목마름으로 지금 요한은 자신에게 고백했다. 모로조프는 완전히 무장해제를 당한 것 같았고, 정말 부끄럽게 되었다. 그러자 검사는 요한에게 놀라움, 존경과 마치 동정 같은 감정을 느끼게 되었다.

"당신은 도대체 누구요?"

모로조프는 혼돈으로 우물쭈물했다.

요한은 생각에 잠겨, 앞만 쳐다보고 있었다. 정말 요한 자신은 누구인가? 요한은 길가의 사과나무에 대한 회상이 떠올랐다. 그 나무는 독이 된 열매를 가지고 있다. 그 여인이 죽었다, 그 여인이 죽었다. 이 사실이 지금 다시 마치 번개처럼 요한을 때렸다. 그리고 요한은 이 영혼의 고통이 빠지게 될, 이 육체의 아픔에 대한 고통의 목마름을 느끼게 되었다. 요한은 영혼으로 더 느끼지도, 또 더 아파하지 않으려고 벌을 받겠다고, 무거운 형벌을 받겠다고 고대하고는 채찍을 맞는 야수처럼 취급되기를 열망하고 있었다. 그 뒤 요한은 작은 소리로 말했다. 요한 자신을 향해 더욱.

"난 누구인가요? 아무것도 아니오. 난 아무것도 이젠 아니오. 포로일 뿐. 난 당신 손에 들어있어요. 나를 벌하시오, 간청해요, 나를 벌하시오."

"당신이 원하는 게 뭐요?"

모로조프는 더욱 혼돈으로 더듬거렸다.

요한은 코사크 병사들에게서 채찍질 당하는 그 슬픈 집단에 대한 회상이 갑자기 떠올랐다. 오, 그게 요한에게는 구원이었다. 그들의 잔인한 운명을 함께 겪는 것.

"오늘 저녁 여기서 호송된 그 죄수들과 함께 보내 주시오."

요한은 단호하게 말했다.

"안돼!"

모로조프는 외쳤다.

"그들이 어디로 가는지 당신은 모르는군요."

"마찬가지예요. 간청합니다. 그들과 함께 가도록 해주시오."

"노역이 그들을 기다리고 있어요."

"마찬가지라고요. 그들과 함께 가도록 해주시오."

"그들은 꽉 막힌 죽음의 열차로 이동하게 될 거요."

"그래도! 나를 그들과 함께 보내 주시오."

모로조프는 온몸을 떨었다. 이 단호하고 결정적인 고집은 마치 그 검사의 혼돈된 영혼을 최면상태에서 암시하는 것 같았다. 그는 자신의 의도에 대해 회상했다. '바로 그걸 그는 원하고 있어.' 그를 그 열차에 실어 보내는 것이, 완전히 차단된, '죽은 자들과 함께 타는 그 기차에, 그리고 지금'. 그 검사는 양 볼을 붉혔다. 그 검사는 자신의 야만적인 계획에 대해 부끄러움을 느꼈다.

"난 그들과 함께 가면 좋겠소!"

요한은 절망적으로 고집스럽게 되풀이했다.

모로조프는 먼저 요한을, 그러고는 죽은 아내를 쳐다보았다. 검사의 두 눈에는 뭔가 기대하지 않은 눈물이 나왔다. 요한은 그걸 보았다. 이제 요한은 이 검사의 영혼에 일어난, 대단한 위기를 알아차렸다. 그리고 그 가엾은 고통을 당하는 요한은 갑자기 위로의 마음이 가득 찼다. 요한은 모로조프에게 다가가, 그의 손을 잡았다. 그가 손을 만지자, 모로조프는 흔들렸다. 그건 그의 손을 화끈거리게 했다. 그리고 요한은 말을 이어갔다.

"검사님, 당신이 뭔가 착한 일을 하고 싶으면, 나를 그들과 함께 보내 주시오. 내 인생은 목적이 없소. 그리고 나는 더 이곳에 살 수도 없소."

모로조프는 고개를 들고는 자신의 등을 감방의 벽에 붙인 채 기댔다. 그는 자신의 입술을 깨물며 흥분된 목소리로 황급히 명령했다.

"가시오, 당신이 원한다면. 루키치가 당신을 안내할 거요. 루키치, 이 분을 안내해 주게……역으로……그 죽음의 열차로."

"고맙군요."

요한은 그의 손을 꼭 쥐면서 조용히 말했다.

요한은 침대로 갔다. 오랫동안 그는 그 죽은 이의 눈을 뜬 채 있는 모습을, 양 입술의 딱딱한 미소를 내려다보았다. 그는 자신의 영혼 전체로, 마치 이 귀하고 다정한 얼굴을 몰입하여 영원히 간직하고 싶은 듯이 내려다보고 있었다. 그리곤 갑자기 요한은 몸을 돌려, 마치 달릴 듯이 감방에서 나갔다. 간수가 요한을 뒤따랐다.

모로조프는 벽 옆에 오랫동안 움직이지 않고 서 있었다. 그 뒤, 검사는 비틀거리는 걸음으로 침대로 갔다. 그는 두려워하며 죽은 아내를 바라보았다. 그에게 무슨 일이 일어났는가? 바보 같은 야수의 복수심은 벌써 어디로 가 버렸는가? 무엇이 그의 가슴 속에 부풀어 올랐는가? 어떤 알지 못하는 감정이? 위로의 마음인가? 아니다. 위로보다 더, 뭔가가 지금 그의 마음을 아프게, 아프게 쥐어짜고 있었다. 그리고 뻣뻣한 아내의 몸 옆에, 사랑의 희생자 옆에 그는 무릎을 풀썩 꿇었다. 그리고 지금, 검사는 아주 명확하게, 떨리면서도 명확하게 위로를 넘어서는 감정으로 인식하기 시작했다.

"카탸, 카탸,"

검사는 한숨을 지었다.

"지금에야 나는 당신을 '이해하오'. 범죄자는 바로 - '나'였소……"

강에는 칠흑 같은 어둠뿐. 노란 번개가 번쩍했다. 그리곤 다시 더 칠흑 같은 어둠. 귀를 찢는 듯 천둥이 쏟아붓는 장대비 소리를 능가했다. 보트에는 벌써 물이 반쯤 들어

왔다. 갑자기 보트가 흔들렸다. 이제 보트는 강의 반대편에 도착했다. 피자는 번개가 번쩍할 잠깐 사이에 장대비가 때리는 밭을 볼 수 있었다. 밭의 바닥은 노란 밝음 속에서 환영처럼 삭막했다.

그녀는 어부 노인의 손에 뭔가 쥐여주었다.

"어디로 가요? 혼자 움직이면 안 되는데……"

노인은 소리쳤다.

그는 어둠 속에서 피자를 찾아보았다. 다시 번개가 뻔쩍했다. 그녀는 벌써 보트에 없다. 그녀는 방향을 잡았다. 그녀는 걸어간다. 계속 걸어간다. 그녀는 미끄러진다. 넘어진다. 다시 일어선다. 더 달려간다. 밭을 지나, 또 밭을 지난다. 온몸이 젖고, 진흙으로 범벅이 된 채, 피곤해 비틀거리면서, 열이 펄펄 나고 반쯤 정신마저 잃은 채. 어디로? 그녀 자신도 모른다. 가야 한다는 것만 안다. 반드시 도와야 한다. 어떻게? 어떤 방법으로든지! 서두르고 또 서둘러야만 한다.

첫 집들이 이제 보였다. 창백한 가로등이 어둠과 씨름하고 있다. 이젠 비가 조금 약하게 내린다. 감옥. 무서울 정도의 어둠. 침묵. 쥐죽은 듯한 고요. 피곤해진 몸을 벽에 기댄 채 어쩔 도리 없이 서 있었다. 비는 이제 완전히 그쳤다. 신선한 바람이 젖은 이마를 스친다. 그녀는 더 명확히 생각난다. 그 검사와 이야기하고 싶다. 그때 검사는 감옥 안에 있었다. 그녀는 계속 걸어간다. 이제 감옥 문이 끼익하고 열린다. 누군가 나왔다. 남자다. 고개를 숙인 채, 피곤하게 질질 끄는 발걸음으로. 가로등 불빛은 그를 비춘다. 하나님! 그 사람은 정말 알고 있던 검사였다……그다. 모로조프다. 검사는 벽 옆으로 간다. 피자는 검사를 뒤따른다. 그녀는 그를 따라잡기 위해 서두른다. 다시 그녀는 뒤처진다. 모로조프는 아무 눈치도 채지 못하고, 고개를 숙인 채 걸어간다.

갑자기 피자는 절망적인 용기를 내어 그의 앞길을 막는다.

"모로조프 선생님! 신성한 모든 것을 걸고 선생님께 간청합니다. 바르디 선생님께 무슨 일이 있는지 알려 주십시오. 그분은 살아 있나요?"

모로조프는 멈추어 섰다. 고개를 든다. 그의 목소리는 둔탁하고도 이상하게 들렸다.

"당신은 누구요?"

"그건 중요하지 않아요, 여자예요. 거리의 여자이지요. 그건 중요하지 않아요. 다시 간청하건대, 대답해 주십시오. 그분 살아 있나요?"

"그렇소. 침착해요. 당신은 그의 연인이오?"

검사의 목소리는 활발해졌다. 그의 안에 있던, 지금까지 기절해 있던 나쁜 마음씨가 다시 고개를 쳐들었다. 그래 이거다, 아내와 관련해 대단한 사랑의 포기에 대한 설명이 되겠구나 하고 그는 생각했다. 그런데 갑자기 그는 화를 냈다. 그 속임수와 환상에서 깨어난 지루한 감정이 그를 사로잡는다.

"당신은 그의 연인이군."

검사는 피자의 팔을 세게 누르면서 날카롭게 되풀이했다. 피자는 아파 왔지만, 웃었다.

"그는 연인이 없어요. 신성한 사람입니다. 그는 모든 사람을, 예외 없이, 모로조프 선생님도 사랑합니다."

그러자, 모로조프는 다시 감방에서 좀 전에 느꼈던 존경과 놀라움을 다시 느꼈다.

"내가 죽은 아내 말을 듣는 것 같군!"

그는 속삭였다.

피자는 말이 없었다.

"하나님! 무슨 말을 하셨어요? 그럼 부인이……죽었다고요! 당신이……당신이……부인을 죽게 했군요……그럼 요한 선생님은?"

"볼셰비키의 총알에 그 사람은 죽었소. 그리고 그 사람은, 그를 내가 보내야만 했소. 그는 나더러 보내달라고 간청했어요……"

"어디로요, 어디로? 하나님…… 이젠 내가 그분을 결코 볼 수 없나요?"

"루스키이 오스트로프로요."

"맙소사! 그럼, 그 죽음의 열차가."

그녀는 비틀거리다가 반쯤 기절하여 벽 쪽으로 쓰러졌다. 만약 모로조프가 그녀를 붙잡아 주지 않았더라면, 그녀는 넘어졌을 것이다. 그리곤 갑자기 그녀는 그의 앞으로, 기도하듯 두 손을 모으고는 그의 앞으로 엎드렸다.

"선생님, 선생님, 저를 불쌍히 여겨 주십시오! 나도 그분과 함께 가도록 해 주십시오. 저를 불쌍히 여겨 주십시오."

"당신은 미쳤소. 그는 노역하러 갔소. 당신은 죄인이 아니오."

"오, 그러면, 그분은 죄를 지었나요? 그리고 그게 무슨 말입니까? 제가 죄인이 아니라고요! 당신은 틀렸어요. 저는 붉은 군대 군인이고, 당신들과 싸웠어요. 최후의 순간까지 저는 기관총을 쏘았다고요. 전 상처를 입었어요. 이건 충분한 증거가 되지 않나요? 지금 저는 상처를 입고 있어요."

모로조프는 흔들렸다. 그는 자기 아내가 생각났다. 그녀도 똑같은 남자를 놓고 똑같이 흥분하며 그에게 대항했다. 그의 마음은 아팠다.

"집으로 가시오, 아가씨. 나를 대면하지 마시오. 난 당신이 저지른 죄과에 대해 알고 싶지 않소."

그는 걸어가면서 말했다.

피자는 그를 뒤따르다 넘어져, 흙탕물에 뒹굴었다. 절망적으로 그녀는 검사의 뒤에서 외쳤다.

"잔인하군요! 잔인해요! 당신은 저를 가엾이 여길 줄도 모르는군요. 하나님이 당신을 벌할 거요!"

그 절망적인 외침에 모로조프는 되돌아 왔다. 잠시 생각했다. 그리곤 그는 피자의 손을 잡아 일으켜 준다.

"좋소! 갑시다!"

그들은 서두른다. 거리를 지나고 또 다른 거리로 달린다.

정말 먼 길이다. 멀리서 휙 하는 소리가 들린다.

이젠 역사가 보인다.

그들은 마침내 도착한다. 철로 위에는 열차가 보였다.

모로조프는 책임자를 만나러 간다. 피자는 그의 뒤를 따른다.

"루스키 오스트로프 행 열차는?"

"방금 떠났습니다."

절망의 외침.

피자는 철로 위로 달려간다. 저 멀리 붉은 빛이 보인다.

이제 그 불빛도 사라졌다. 점점 작아지는 기차의 덜거덕 거리는 소리만 들려 왔다.

'그분은 이제 영영 여길 떠나가는구나!……그분은 이젠 영원히 가는구나!……'

피자는 미친 듯 절규하며 철로 위에 쓰러졌다.

"이젠 영영 만나 뵐 수가 !……이젠 영영!……"(끝)

저자에 대하여
- 율리오 바기 (Julio Baghy, 1891~1967)

헝가리의 연극배우이자 작가, 시인, 에스페란토 교육자. 에스페란토의 '내적 사상'에 매료된 그는 1차 세계대전 당시 시베리아의 전쟁포로 수용소에서 에스페란토로 시를 쓰고 동료 포로들에게 에스페란토를 가르쳤다. 전후 헝가리로 돌아와 토론 모임과 문학 행사를 조직하며 에스페란토 운동의 지도자 중 한 사람이 되었다. 그는 『Preter la Vivo』(1922)를 비롯한 여러 권의 시집과 12개 나라의 민속 우화를 시로 재해석한 무지개 『Ĉielarko』(1966)를 펴냈다. 작품 『Hura!』(1930)는 프랑스어와 독일어로, 『Nur Homo』와 『Viktimoj』는 중국어로, 『가을 속의 봄』은 한국어, 프랑스어, 헝가리어, 중국어로 번역되었다. 바기의 『가을 속의 봄』을 번역한 중국 작가 바진(巴金)은 이 책에 대한 화답으로 『봄 속의 가을』을 썼고, 2007년 갈무리 출판사에서 이 두 작품의 한국어판을 발간하였다. 여러 에스페란토 잡지사와 협력했으며 1933년까지 <Literatura Mondo>의 공동 편집장이었다. 1956년 바기의 노력으로 헝가리의 문교부령에 따라 헝가리 에스페란토 평의회가 창립되었다.

저자의 작품들

Arĝenta duopo, 1937, (Komuna volumo kun K. Kalocsay)

Aŭtuna foliaro, 1965, 1970

Bukedo, 1922, E.R.A. 15 pĝ.

Ĉielarko, 1966 - versa reverko de fabeloj de 12 popoloj

Dancu Marionetoj!, 1927, novelaro; 1931 aŭtora eldono, 1933 Literatura Mondo

En maskobalo - kvar unuaktaĵoj 1977, HEA

Heredaĵo 1939 La Verda Librejo, Ŝanghaj

Hura! - satira romano 1930; 1986 HEA

Hurra für nichts!' (germana traduko de Hurra! 1933) Innsbruck

Insulo de Espero, daŭrigo de Hura!, malaperinta dum la Dua mondmilito

Koloroj, 1960, PEA

La Teatra Korbo - novelaro, 1924, 1934 Leiden

La Vagabondo Kantas, 1933; 1937

La verda koro - facila legolibro 1937 Budapest, 1937 Rotterdam, 1947 Budapest, 1947 Rotterdam, 1948 Budapest, 1954 Rotterdam, 1962 Warszawa, 1965 Warszawa, 1969 Verona, 1969 Helsinki, 1978

Verona, 1982 Budapest

Le printemps en automne france 1961

Migranta Plumo - novelo 1923, 1929

Ora duopo 1966 Budapest (En komuna volumo kun Kolomano Kalocsay

Pilgrimo - poemaro 1926, 1991

Preter la vivo - poemaro 1923, 1931 Literatura Mondo, 1991 Eldonejo Fenikso

Printempo en la Aŭtuno, 1931 Köln, 1932 Ĉinio, 1972 Dask Esperanto Förlag

Sonĝe sub pomarbo - poema teatraĵo 1956 Warszawa, 1958 La Laguna

Sur sanga tero, 1933, 1991

Tavasz az őszben (Printempo en aŭtuno, hungare) 1930 Literatura Mondo

Verdaj Donkiĥotoj (noveloj kaj skeĉoj, kun unu romaneto), 1933 Budapest, 1996 Wien

Viktimoj - romano el la militkaptita vivo 1925, 1928, 1930, 1991

Viktimoj kaj Sur Sanga Tero reaperis en unu volumo en 1971.

서평

"에스페란토 문학 최초의 반전(反戰) 문학 작품"[15]

빌모스 벤지크(Vilmos Benczik)

『희생자』(Viktimoj)는 출간 이후 가장 많이 발간된 에스페란토 원작 소설이다. 이 소설은 1925년 초판이 발간된 뒤, 연이어 세 차례의 중판이 이어졌고 1971년 제5판이 나왔다. 제5판에는 『희생자』과 『피어린 땅에서』(Sur Sanga Tero)가 합본으로 발간되었다. 지금 독자 여러분은 제6판(1991년) 본을 손에 들고 읽고 있다. 지금 독자가 손에 든 책은 1891년 1월 13일에 태어난 헝가리 작가 율리오 바기(Julio Baghy)의 유명 소설이다.

『희생자』가 이처럼 독자들로부터 많은 사랑을 받게 된 요인은 뭘까?

무엇보다도 큰 요인은 작가가 직접 체험한 것을 바탕으로 작품을 썼다는 점이다. 또 다른 요인으로서는 이 소설은 순정적이고 낭만적 요소를 갖고 있음에도, 에스페란토의 초기 원작 소설들이 저자의 환상에 기초한 창작 작품 위주였다고 한다면, 이 소설은 생동감 넘치는 삶이 고동치고 있다는 점이다.

즉, 이 작품은 작가 자신이 직접 체험한 역사의 현장을 짙은 색으로 그려놓고 있기 때문이다.

작가는 우리를 1918년 초 시베리아 포로수용소로 안내하고 있다. 드넓은 러시아에서, 그것도 유럽 쪽에서 보면, 수천km나 떨어진, 이 소설의 배경인 시베리아에서 볼셰비키 혁명이 일어난 지 채 2달이 지나지 않은 시점을 말하고 있다. 수만 명의 헝가리인, 오스

---

15) 역주: 제6판(1991년)에 쓴 서평인데, 제목은 역자가 붙임. 이 서평은 『Viktimoj』, 율리오 바기 지음, 페닉소 출판사, 제6판, pp 201-207에 실린 것을 옮김.

트리아인, 독일인, 체코인 포로들이 고향으로 돌아갈 가능성이 있는지, 또 어떤 방식으로 귀환할 수 있는지를 전혀 모른 채 고통스럽게 살아가고 있는 땅 시베리아.

뭔가 새로운 것이 시작된 유럽 쪽 러시아에서부터 수천km 떨어진 채 격리된 채 있기에 포로들의 관심은 볼셰비키 혁명이 자신들에게 가족과의 재회를 어렵게 하는지, 쉽게 만들어줄 지 그 점에만 쏠려 있다.

포로들은 혹한과 굶주림이 더해지는 환경 속에서 또 절망적 기다림 속에서 서로를 고통스럽게 한다. 사관후보생이 되고 싶어 한 떠버리 포로와 도글러 사이에 벌어진 사건과 유사한 사건이 빈번히 일어나고, 포로의 머릿속에는 고향에 남겨진 아내와 자식들뿐이다.

독자들은 작품 『희생자』 속 인물들의 행동이 비현실적 상황과 사건들로 가득 차 있다고 비판할 수 있을지도 모른다. 하지만 그 사실성 자체는 허구이다. 수만의 유럽사람들이 '문명 세계'와 단절된 채, 척박한 환경 아래서 아주 먼 곳, 원동 시베리아에 갇혀 2~3년을 이미 보내고 있다고 생각해 보라. (그 세계 문명이라는 것도, 그럼에도, 모든 건강한 의식을 가진 사람이라면 의심해야 한다. 전쟁이야말로 문명 세계 안에서 자행되니. 그 전쟁은 아주 문명화된 행동이 아니지 않은가.)

또 그곳 사람들에겐 지금이 어려운 시기가 시작됨을 모르고 있다. '붉은 혁명' 이전의 시베리아 사람들의 삶은 정말 비참하였고, 가학적인 지휘관들은 자신이 관리하는 포로들을 잔혹하게 대한다. 그런데도 지금은 '전쟁 상황은 아니다.' 그 전쟁터는 이곳 시베리아에서 수천km 떨어진 유럽이니. 충분히 멀다. 그러나, 지금 이 작품 속 주인공들은 러시아 자체의 내전, 즉 시민 전쟁으로, 지금까지 상대적으로 평화의 세계마저도 전쟁터로 만들어 놓았다.

『희생자』는 처음부터 피를 흘리는 잔인한 몇 달을 그림처럼 보여주고 있다. '그림처럼 보여준다'라고 쓴 것은 전혀 우연한 일이 아니라고 본다.

작가 율리오 바기는 자신의 원래 직업인 배우에 충실해, 이 작품을 전형적 서사와 같은, 영웅담을 기술해 가는 방식으로 쓰는 대신에, 극작가의 시각으로 써 내려가는 방식을 선택하고 있다. 이 소설의 적어도 80% 정도가 대화체로 구성되어 있다. 아주 정밀하게 만들어진 대화체 문장들이다. 그래서 독자들은 쉽게 이 작품을 드라마(극본)로 만들 수도 있겠다고 생각할 정도이다.

다른 시각에서 보면, 서사 형식으로 쓴 부분들도 연극 극장의 배경에 해당하고, 그것들이 극장 감독이나 무대장치 감독들에게는 이 소설이 근본적으로 '서사적으로 이야기되는' 부분들이 아주 부족하다고 보이겠지만, 부분적으로는 더 자주 상세하고 또 더욱 자주 아름답게 만든 지시사항처럼 보이기도 한다.

그러니, 작품 『희생자』는 영웅담 형식이 아니라 드라마나 연극 대본과도 유사하다고 볼 수 있을지도 모른다.

주인공 요한 바르디 - 필시 작가 율리오 바기와 동일 인물일 것이다. -이 인물을 독자에게 소개하는 것을 위해 쓴, 이 작품의 전반부 몇 장(章)에서는, -아마도 작가는 영웅담을 서술해가는 방식으로 전개할 생각을 아직 못했을 수 있겠다. 다시 말해 만일 이 작품을 서술(설명)과 이야기 전개 방식이 능숙하지 못한 연극 대본 작가가 작성했으니 그가 전달하고자 하는 정보는 부자연스러운 대화체로 표현될 수밖에 없다. **"그러나 어느 여인이 예술가인 자네를 사랑하지 않겠는가?"** -라고 하는 작중 인물 도슈키의 말에서 우리는 그 점을 알게 된다. 바르디가 젊은 배우라면 일반적으로 여성들과의 교제에서 성공한 경험이 있음을 도슈키의 말을 통해 알 수 있다. 피자가 제2장에서 그 사실을 완전히 발설해 놓고 있다.

"그래요, 선생님은 예술가이기도 하지만, 아주 착한 사람이기도 해요."라고 확인해 주고 있다.

다시 도슈키는 말한다. **"자네가 어느 민족의 구성원 치고 동정하지 않는 사람이 있었는가? 민족의 구성원이라면 누구나 다 동정하는 자네가 바로 에스페란티스토이자 인류인일세······"**

이 문장들은 주인공 중 한 사람인 도슈키가 바르디 자신을 향해 하는 말이고 또 기본적으로 독자에게, 또, 실은, 관객(대중)에게 전달되고 있다.

그렇다.

관객(대중)에게 정말 영웅담을 써 내려가는 작가야말로 온전히 자신의 원하는 바를 독자에게 쉽게 전달할 수 있을 터이다.

영웅담을 써 내려가는 방식을 사용하지 않음으로써 또는, 그렇게 써 내려가지 못하는 비지배성으로 많은 장애물을 낳게 되니, 이 작품은 그런 방식의 장치물의 한 가지 중요한 특색이 빠지게 되어버린다. 즉, 뉘앙스를 가진 표현이 빠져 있음을 말하는 것이다.

소설 속 인물들은 정치적으로는 검거나 희다.

때로는, 그럼에도, 한 인물에게 동시에 좋은 면과 나쁜 면이 동시에 존재한다. 그렇게 분명하고도 날카롭게 분리해 놓았기에 회색 톤으로는 절대 뭉쳐놓지는 않는다.

영웅담을 써 내려가는 방식의 요소가 적다는 것이 오히려 이 소설의 명성은 한층 높인 결과를 가져왔다. 왜냐하면, 연극 대본 방식의(수많은 대화 속에서 언제나 이런저런 일이 벌어진다.) 이 작품은 독자로 하여금 이 작품을 끝까지 읽지 않으면 못 배기게 만들어 버린다.

정말 독자라면 이 작가의 소설을 읽으면서 '다음에는 무슨 내용이 펼쳐질까?' 하는 궁금함을 도저히 참을 수 없다.

작품 속 각 인물의 개성이 영웅담의 부족한 요소를 메꿔놓는다. 그 개성은 마찬가지로 뉘앙스의 부족한 표현을 대신할 더 중요한 요소로의 진전은 불가하다.

그러나 독자들은 실제 "전형적" 인물을 구분해 보려고 한다.

예를 들어, 복잡하지 않고 단순한 심정을 가진 헝가리 포로 중 세 사람 -요제포 바코쉬(헝가리 제5 경기병 하사), 베이스 톤의 케체멘, 사투리를 써서 대화하는 트란실바니아의 요초- 이 나오고, 떠버리(사관후보생), 부정직한 장교(프로케치 육군 대위), 악한 여인(카챠), 하층민 하녀(마루샤), 정직한 장교(히팅거 육군 소령) 잔인한 러시아 장교(호랑이 별명을 가진 메드베듀크), 천사 같은 여인(메드베듀크의 아내 제냐), 직업적이고도 비겁한 남자(카챠의 남편 모로조프 검사), 단순한 마음일 것 같지만 실제로는 매우 현명하고 철학가 같은 유대인 (이조르 스테이너), 또 물론 모범적인 요한 바르디도 나온다. 우리는 바르디가 '삶의 곁에서' 걸어가고 있지만, 그의 태생적으로 선한 태도가 그에게 현실 상황에의 적응을 어렵게 만든다는 것을 느끼게 된다.

작중의 이 인물들은 분명히 좀 전형적인 인간형이긴 하지만 2차원적은 아니다. 나는 그들을 피도 눈물도 없는 종잇장과 같은 인물이라고는 규정짓고 싶지 않다. 그들이 2차원으로만 공들여 만들어지는 인물 같아 보이지만, 그 인물 하나하나의 개성 대부분이 3차원 속에서도 한 가지씩의 특색을 갖고 있다. 그런 인물들 대부분은 일정 정도는 희화화된 측면이 있기는 하다. 하지만 그렇다고 코믹의 의미는 아니다. 캐리커처는 한 인물에서 언제가 강조하는 그 인물이 가진 여러 특징 중 한 가지의 분명한 특색을 강하게 만들어 놓는다.

그 중 특별한 역할을 하는 작중 인물은 도슈키와 피자이다.

도슈키는 작가 율리오 바기가 도슈키를 좀 통속극의 생생한 인물로 구분하려고 하였지만, 내가 보기엔, 그 인물은 요한 바르디의 또 다른 면인 왓슨(Watson) 박사[16]와 다를 바 없을 것이다.

그리고 열다섯의 나이인 소녀 피자에 대해서는 그녀 삶을 파괴하는 것은 (정말 파괴되었을까?) 전쟁과 육체를 탐하는 남자들이다. 하지만 바르디 고백하기를, 그녀가 도스토옙스키(Dostojevskij)의 작품 속 인물인 소냐를 빌어왔다고 했다. 즉 피자는 소냐의 복사판이라 할 수 있다.

---

16) 역주: 존 H. 왓슨(John H. Watson) (1852년~1929년)은 아서 코난 도일의 추리 소설 《셜록 홈스 시리즈》의 등장인물이다. 셜록 홈스의 친구이자 전기 작가. 이 시리즈의 대부분의 작품은 왓슨이 쓴 것으로 되어있다.

소설의 스토리에 초점을 맞추면, 물론 요한 바르디가 주인공이다. 비평가들은 이와 같은 비사실성에 대해 공감하지만, 그들은 그 점을 적절하게 자신의 기분에 따라 표현해 놓고 있다.

비평가 타르코니(Totsche Tarkony)는 그를 간단히 '절반의 신'과 같은 인간형으로 규정한다. -그의 깊은 지성이 엄정한 판단을 하도록 해주고 있다.

또 다른 비평가 볼톤(M. Boulton)은 그 문제를 이미 좀 더 뉘앙스 있게 대면한다. 볼톤은 자신이 만나 본 작가 율리오 바기와, 작품 속 인물인 바르디를 구분할 수 없다고 고백하고 있다. 또 작가를 개인적으로도 잘 아는 볼톤은, 살아있는 율리오 바기가 작중 인물 바르디의 비진설적 특색을 매우 잘 진실하게 표현했다고 고백하고 있다.

볼톤은 다음과 같이 쓰고 있다.

"나는 자신을, 그럼에도, 믿지 않고 있다고 고백해야 한다. 나는 바르디가 그 소설 속 개성의 특색을 어느 정도까지 독립적으로 표현해 내는데 성공했는지 객관적으로 가늠할 수가 없다. 내가 바르디를 읽을 때마다, 나는 작가인 율리오 바기를 몇 그램(g) 더한 모습을 보게 된다."

나도 똑같은 딜레마에 빠졌음을 고백하고 싶다.

나는 볼톤과 내가, 요한 바르디에 대해 읽을 때마다 우리가 작가 율리오 바기의 성품의 몇 g을 더하는 것보다는 율리오 바기가 가진 성품의 몇 kg을 더해야 할 것으로 믿는다.

그렇게 나는 바르디 라는 인물을 허구적 인물이 아니라, -그 소설 속 인물을 대하면, 그가 언제나 좀 그렁그렁한 목소리의, 실제 율리오 바기가 내 귀에 대고 말하고 있음을 느낀다.

좀 객관적으로 말하자면, 나는 다행히도 율리오 바기의 알려진 실제 개성이 모든 자신의 작품에 자신의 후광처럼 던져 놓고 있다고 말하고자 한다.

작품들 속의 다른 더 젊었을 때의 모습이라고- 혹은 덜 다행스

럽게도- 그의 작품들에서는 더 적절하게 취급할 수 있겠다. 그런데
도 나는 그 작품들을 부러워하지 않는다. 그 작품들을 공감하게 만
든다고 말하는 편이 낫겠다. 왜냐하면, 만일 율리오 바기의 작품들
을 대하고, 내가 그 작가를 만나고 또 그의 작품들을 대하면서 그런
공감적 감동의 감정이 자신에게서 생겨나지 않은 독자라면, 그 독자
는 작가를 전혀 이해하지 못한 채, 가난한 채로 남게 될 것이다.

바로 그 점이 바르디에 대해 내가 아는 바다. 더 내가 보탤 말
이 없다.

필자인 나로서는 『희생자』의 가장 기억할 만한 인물로는 트란실
바니아 출신의 유대인이자 상인인 이조르 스테이너이다. 어떤 의미
로서는 그는 미카엘로 미혹의 모습이다. 그 점을 비평가 프란시스
(J.S. Francis)가 에스페란토 원작 문학을 전체적으로 살펴보고서
가장 기억할 만한 인물로 찾아내기도 했다. 이조르는 실제로는 전형
적인 인물이다. 그는 유대인 배척주의가 유대인들에게 퍼붓는 비난
의 모든 요소를 가지고 있다. 하지만 이 모든 것은 특정하면서도 이
해심 있는 조명에서 나온다. 어떤 형식으로든 이 소설 전개의 주요
부분을 말하게 하는 이가 이조르 스테이너이다. 그가 자신이 전쟁터
에서 좋은 무기를 사용하지 않는 이유를 설명할 때, 이 소설 전체에
서 가장 핵심적 사항을 말하고 있다. 그의 논리는 간단하면서도 탁
월한 작품인 『순례자』(Pilgrimo)에서 '이바쵸'라는 시에서 잘 드러
내고 있다. 나는 그 점을 더 길게 이야기하고 싶은 유혹을 물리칠
수가 없어 이렇게 정리해 본다.

"중사가 참호 속에 내 자리를 정해 주었을 때, 나는 여기서 저렇게
많은 사람이 총을 쏘아 대니, 한 사람이 더 쏘나 한 사람이 덜 쏘나
마찬가지일 것이란 생각이 들더군요. 내 총알이 이 전쟁을 끝낼 수
있으리라고 내가 알면야, 총을 쏜 뒤 내가 죽는다 해도 총을 쏘았겠
지요. 하지만 총알 한 개가 아무 도움이 되질 못 합니다요. 그래 봤
자, 소리만 더 요란하고요. 그러자 또 다섯 명의 자식들 생각이 나

더군요. 그때에는 네 명이었지만. 그리고 아마 지금쯤 양초에 불을 켜 놓고 있을 아내 생각도 나더군요……다섯 아이를 둔, 그 당시에는 네 명이었지만, 불쌍한 아내 말입니다. 그러니 난 총을 못 쏘았지요. 난 생각하기를, 저 적군인 러시아군의 참호 속에서도 아이들이 넷인 나와 비슷한 처지의 유대인이 있을 것이고, 그도 총을 못 쏠 거라고 생각했지요. 왜 우리는 서로 총질해야 합니까? 왜 우리는 아이들을 서로 고아로 만들어야 합니까? 털보 아브라함께서 내게 총 쏘는 일이 마르마로스에서 정직하게 장사하는 것보다 더 이익이 많은지 물으시면, 내가 뭐라 대답하겠어요? 그런 이유로 난 총을 안 쏜 겁니다!"

위에 언급된 -원본과 좀 다르지만- 문맥은 위엄 있고도 심오한 평화의 염원이 들어있고, 간단하면서도 실제 사람들이 토론의 여지 없이 펼치는 평화 논리이기도 하다. 이 문맥은 이데올로기라는 것이 전혀 무모함을 열렬히 입증해 주고 있다. -그들은 이 건강한 사람의 생각을 신으로 숭배하게 만든다.

『희생자』의 갑작스럽고도 피비린내 나는 사건들을 자주 양념처럼 내놓은 것은 유사한 철학적 대화이지만, 그것이 이 이야기의 진전을 늦추지는 않는다. 진실로 사건들을 늘 고대하는 독자들조차도 자신의 두 눈을 그것들로부터 뛰어넘을 수 없다. 왜냐하면, 그런 철학적 대사들은 온전히 자연스럽게, 또 능숙하게 엮어놓은 인물들의 입에서 대화의 정상적 흐름으로 나온다. 이 대목에서는 작가의 능숙함을 칭찬하지 않을 수 없게 한다.

이 소설의 주인공들은 모두 예외 없이 '희생자들'이다. 이 책 제목에서도 우리는 이를 느낄 수 있다. 전쟁의 희생자들이다. 비인간적 세계의 희생자들이다. 그 세계에서는 인간의 가장 동물적이며 비인간적인 면이 문화라는 사슬을 깨고 뛰쳐나와, 인간 자신이 갖는 모든 환상을 파괴해 버린다.

율리오 바기는 '다양한 색깔을 가진' 잔혹한 그 세계 속에서 차이를 구분해 놓지 않는다. 그는 이런저런 정치의 변호인이 아니다. 그에게는 붉음을 가진 사람이나, 하양을 가진 사람이나 마찬가지다. 그런 인물 각자가 모든 사람의 관심의 대표자가 아니라, '부분적' 관심의 대표자일 뿐이다. 그래도, 작가의 공감하는 불꽃은 분명히 붉음을 가진 이에 가 있었다. 필시 그 때문에 이미 시도해 보았고 결과적으로 실패한 옛 질서를 대표하는 하양을 가진 이들에 비해, 인류를 위한 뭔가 출구가 된다고 생각하여, 적어도 '원칙의' 상징으로 내세울 수 있겠다고 생각한 것일 것이다. 하지만, 그 시스템이, 그때 생긴 시스템은 이미 자신의 종말을 체험하고 있는 바로 오늘날, 이 시점에서, 이 작가의 소설을 살펴보는 것은 흥미로운 일이다.

필시 사람들은 반드시 이 소설의 언어 감각에 대해 뭐라고 말할지도 분명하다. 이 소설이 언어 표현이 틀림이 없다며 완벽하다고는 말할 수 없다. 헝가리어 영향도 받았고, 문법적 오류도 간혹 보이지만, 그럼에도 율리오 바기의 이 작품은 에스페란토가 정말 살아 숨쉬는 언어로 표현되어 있고, 이 작가의 문학 언어가 작가 자신의 풍부한, 거의 매일의 실제 언어사용을 바탕으로 확고하고도 분명하게 자리 잡고 있다.

율리오 바기는 수용소에 자신이 갇힌 시절에도 에스페란토를 사용했고, 시베리아에서 헝가리로 귀국한 이후에도 자신의 온 삶을 에스페란토에 받쳤다. 그는 진실로 이 언어-그 당시 아주 독특한 일인- 속에서 살았던 인물이다. 그런 생명력은 작품 속 대화에서 자주 볼 수 있다. 그의 언어는 자연스러워 실험실 냄새는 전혀 나지 않는다. 에스페란토는 그의 대화에서 성숙한 자연어처럼 보인다. 율리오 바기의 언어에서는 헝가리어를 제외하고는 그는 필시 다른 언어를 잘 하지 못했다. (그는 어느 정도 러시아어로 말할 줄 알았다. 하지만 그의 언어지식은 피상적이고 꼭 필요한 것만 할 줄 알았다. 1964년, 그 점을 나는 그 작가를 만나 뵈면서 확인할 수 있었다.) 작가의 언어 표현에는 인도유럽어를 '수입'한 요소들도 없고, 그는 언제나 에스페란토 안에서 자연스럽게 내적으로, 또 에스페란토 특유의 표현을 찾아냈다.

그는 상대적으로 아주 복잡한 사건들을 자신이 보유하고 있는 국제어 에스페란토어의 낱말 지식과 문법적 기능을 바탕으로 잘 표현할 줄 안다. 그가 사용하는 말들은 다양한 에스페란토 계층에서도 쉽게 이해할 수 있고, 즐겨 읽혔고 이해되었다. 율리오 바기가 표현한 언어 예문들은 지금도 유효하고 본받을 만하다는 것은 과장이 아니다.

『희생자』는 작가가 시베리아에서 헝가리로 귀국한 지 5년 만에 지은 작품이다. 그 정도 시간이면 그가 체험한 것의 신선함이 사그라지는 데는 충분히 짧은 시간이지만, 자신의 체험을 소화시키고 중요한 것과 중요하지 않은 것을 구분해 내는 데는 충분한 시간이기도 하다. 그러기에 5년이란 나중 사건들의 함축 속에서 작가 자신의 체험을 적절히 자신의 손으로 배치하기엔 충분한 시간이기도 하다.

작품 『희생자』는 우리가 살아온 20세기의 첫 세대가 맨 처음 희생자가 된 시절의 자신의 아픔을 제대로 잘 표현하고 있다. 왜냐하면, 20세기는 오늘날까지도 여러 세대에서 '희생자'의 모습을 되풀이해서 보여주고 있기 때문이다.

율리오 바기의 소설 『희생자』는 분명히 여전히 흥미를 불러일으키고 또 많은 곳에서 시사점이 많은 교훈을 알려주는 작품이다.(*)

옮긴이 소개
- 장정렬 (Ombro, 1961~)

경남 창원 출생. 부산대학교 공과대학 기계공학과와 한국외국어대학교 경영대학원 통상학과를 졸업했다. 한국에스페란토협회 교육이사, 에스페란토 잡지 La Espero el Koreujo, TERanO, TERanidO 편집위원, 한국에스페란토청년회 회장 등을 역임했고 에스페란토어 작가협회 회원으로 초대되었다. 현재 한국에스페란토협회 부산지부 회보 TERanidO의 편집장이며 거제대학교 초빙교수를 거쳐 동부산대학교 외래 교수다. 국제어 에스페란토 전문번역가로 활동 중이다. 역서로 『봄 속의 가을』, 『산촌』, 『꼬마 구두장이, 흘라피치』, 『마르타』 등이 있다. suflora@hanmail.net

-역자의 번역 작품 목록

-한국어로 번역한 도서

『초급에스페란토』 (티보르 세켈리 등 공저,
한국에스페란토청년회, 도서출판 지평),

『가을 속의 봄』 (율리오 바기 지음, 갈무리출판사),

『봄 속의 가을』 (바진 지음, 갈무리출판사),

『산촌』 (예퀀젠 지음, 갈무리출판사),

『초록의 마음』 (율리오 바기 지음, 갈무리출판사),

『정글의 아들 쿠메와와』 (티보르 세켈리 지음, 실천문학사)

『세계민족시집』 (티보르 세켈리 등 공저, 실천문학사),

『꼬마 구두장이 흘라피치』 (이봐나 브를리치 마주라니치 지음,
산지니출판사)

『마르타』 (엘리자 오제슈코바 지음, 산지니출판사)

『국제어 에스페란토』 (D-ro Esperanto 지음, 이영구 /장정렬 옮김,
진달래 출판사)

『사랑이 흐르는 곳, 그곳이 나의 조국』 (정사섭 지음, 문민)(공역)

『바벨탑에 도전한 사나이』 (르네 쌍타씨, 앙리 마쏭 공저, 한국
외국어대학교 출판부) (공역)

『에로센코 전집(1-3)』 (부산에스페란토문화원 발간)

『에스페란토 고전단편 소설선(1-2)』 (부산에스페란토문화원
발간)

-에스페란토로 번역한 도서

『비밀의 화원』 (고은주 지음, 한국에스페란토협회 기관지)

『벌판 위의 빈집』 (신경숙 지음, 한국에스페란토협회)

『님의 침묵』 (한용운 지음, 부산에스페란토문화원)

『하늘과 바람과 별과 시』 (윤동주 지음, 도서출판 삼아)

『언니의 폐경』 (김훈 지음, 한국에스페란토협회)

『미래를 여는 역사』 (한중일 공동 역사교과서, 한중일 에스페란

토협회 공동발간) (공역)

www.lernu.net의 한국어 번역

www.cursodeesperanto.com.br의 한국어 번역

Pasporto al la Tuta Mondo(학습교재 CD 번역)

https://youtu.be/rOfbbEax5cA (25편의 세계에스페란토고전 단편
소설 소개 강연:2021.09.29. 한국에스페란토협회 초청 특강)

-진달래 출판사 간행 역자 번역 목록-

『파드마, 갠지스 강가의 어린 무용수』(Tibor Sekelj 지음, 장정
렬 옮김, 진달래 출판사, 2021)

『테무친 대초원의 아들』(Tibor Sekelj 지음, 장정렬 옮김, 진달
래 출판사, 2021)

<세계에스페란토협회 선정 '올해의 아동도서'> 작품『욤보르와
미키의 모험』(Julian Modest 지음, 장정렬 옮김, 진달래 출판사,
2021년)

아동 도서『대통령의 방문』(Jerzy ZAWIEYSKI 지음, 장정렬 옮
김, 진달래 출판사, 2021년)

『국제어 에스페란토』(D-ro Esperanto 지음, 이영구/장정렬 공
역, 진달래 출판사, 2021년)

『크로아티아 전쟁체험기』(Spomenka Štimec 지음, 장정렬 옮김,
진달래 출판사, 2021년)

『헝가리 전래동화 황금 화살』(Elek Benedek 지음, 장정렬 옮김,
진달래 출판사, 2021년)

『사랑과 죽음의 마지막 다리, 틸라를 찾아서』(Spomenka Štimec
지음, 장정렬 옮김, 진달래 출판사, 2021년)

『상징주의 화가 호들러의 삶을 뒤쫓아』(Spomenka Štimec 지음,
장정렬 옮김, 진달래 출판사, 2021년)

옮긴이의 말

 율리오 바기의 장편 소설 『희생자』를 우리글로 옮기면서 가졌던 궁금함은 이런 것입니다.
'낯선 시베리아. 피비린내 나는 전쟁터에서 전쟁포로가 된 이 소설의 주인공들은 무엇으로 자신의 삶을 지탱해 갈까?
전쟁과 혁명의 소용돌이 속에서 1920년 전후의 시베리아에서의 혹독한 시기를 견디어낸 포로들의 삶을 보면서, 우리는 평화를 어떻게 유지해야 할까?
이 러시아 내전과 소용돌이 속에서, 혹시 당시 일제하에서 기미독립운동을 이끌어 온 우리나라 독립운동가들의 모습은 있을까?
또 낯선 사람들과의 상호 이해를 위해 할 수 있는 일이 뭘까?'

 이 소설은 그에 대한 한 가닥 희망의 메시지를 전해 주고 있습니다.

『희생자』와 『피어린 땅에서』 그리고 『초록의 마음』

역자는 이 작품들이 한 사람의 아이디어에서 출발했음을 잘 알고 있습니다.
에스페란토 사용자들이 가장 널리 사랑하는 작가 율리오 바기.
작가는 자신의 6년간의 전쟁포로 체험을 독자에게 소설 형식으로 희곡 형식처럼 전하고 있습니다.
아픔도 전하고, 삶도 전하고, 세상의 메시지를 전하고, 시베리아를 축으로 유럽사람들의 관심과 우정, 또 러시아 동쪽과 서쪽의 포악성을 전하고 있습니다.

어떤 언어이든 우리가 배움의 첫걸음을 내디디면 문법서와 사전과 문학 작품을 대하게 되고, 이들을 발판으로 해서 배우는 이들은 더 굳건한 언어 사용자가 됩니다.

태어나서 배우는 어머니말(모어)에서 시작하여, 학교에서 배우는 영어를 비롯해, 학원이나 사회에서 배우고 익히는 외국어 학습에도 이러한 기본 책자들, 특히 문학작품의 활용은 중요합니다.

오늘날에는 우리의 세계관은 스마트폰이라는 손안의 작은, 걸어 다니는 도서관이자 정보 저장 창고를 통해 그 범위가 더욱 확장되기도 합니다.

오늘 독자 여러분이 손에 든 작품은 폴란드 안과 의사인 자멘호프 박사가 창안한 국제어 에스페란토의 시각으로 세상을 관찰하게 하고, 그 세계 속에서 사람들이 소통하는 모습을 접하는 기회입니다.

거시적으로, 국제적으로, 한반도에 사는 동시대의 독자 여러분은 이 작품을 통해 평화가 왜 소중한지, 평화를 지키려는 마음이 왜 중요한지를 다시금 되새기는 계기가 되리라 봅니다.

어떤 작품, 어떤 관점의 책을 보는 가에 따라, 우리는 오늘의 세상에서 자신의 세계관, 삶을 펼치는 첫걸음이 될 수 있습니다.

그게 문학 작품을 읽는 이유가 될 수 있지 않을까요?

작가 율리오 바기는 동유럽 헝가리 사람이지만, 저 먼 시베리아까지 험난한 삶을 살아오면서, 한반도와 인접한 블라디보스토크 등지의 시베리아에서 제1차 세계대전의 광풍과 러시아 내전이라는 시공간 속에서 그것도 포로수용소에서 포로로 삶을 살아야 했습니다. 6년간의 포로 생활을 통해 러시아인을 비롯해 동서양의 다양한 포로들을 만나면서, 그 속에 피어나는 삶, 투쟁, 선의, 악의, 모험, 전쟁 속에서 우리 사람들은 어떤 삶과 인생관을 갖고 살아가는지, 또한 작가가 추구하는 바가 뭔지를 일련의 작품들 -『희생자들』, 『피어린 땅에서』과 『초록의 마음』- 을 통해 우리에게 전하고 있습니다.

작가 율리오 바기는 우리 독자들을 제1차 세계대전, 러시아 내전의 소용돌이 속에서 다국적 포로들이 자신의 미래가 어찌 될까, 언제 꿈에 그리는 고향으로 돌아갈 수 있을까, 전쟁 이전의 삶으로 되돌

아갈 수 있을까? 하는 여러 질문 속으로 안내하고 있습니다.

당시 우리나라도 나라 잃은 설움으로 고통의 나날을 보내던 국민은 1919년 3월 1일을 맞아 기미독립운동이라는 역사적 사건을 만방에 알리게 됩니다. 이 기미독립운동은 1945년 해방을 통해 첫 열매를 맺었습니다. 그러나 곧 6.25라는 동족상잔의 비극을 맞게 됩니다. 그로부터 70년이 지났어도, 한반도는 남북으로 갈리어, 서로 통행도 하지 못하고, 이산가족의 아픔은 아직도 지속되고 있습니다. 이를 우리는 극복해 통일로 나아갈 것인가?

우리와 국경을 맞닿은 시베리아, 일제의 억압을 피해 만주, 시베리아로 피신하여, 나라를 되찾으려는 독립운동가들의 숨결이 들려오는 시베리아가 배경이 된 작품들: 『**희생자**』와 『**피어린 땅에서**』 그리고 『**초록의 마음**』.

약 100년 전의 역사 현장인 이 작품들 속으로 들어가면, 우리 독자는 참혹한 포로수용소에서도 인간다운 삶을, 자신의 자유의지의 삶을 고대하고, 자신들이 열망하는 '귀국할 날, 귀향할 순간'을 고대하며, 그 힘든 포로 생활을 견디어내는 과정을 볼 수 있다.

이 작품 『**희생자**』 안에는 국제어 에스페란토를 매개로 선의의 삶을 지켜나가는 이가 있는가 하면, 폭력만이, 자신이 가진 권력만이 이 세상의 지배 도구로 착각하고 악의를 자행하는 이가 있는가 하면, 온통 세상을 적대시하며 살아가는 인간 도살자들의 모습도 있다.

우리 독자가 이와 같은 전쟁의 회오리 속에 빠진다면, 우리는 무엇으로 어려움을 극복할 수 있을까요? 죽음만 기다린 채 있어야 하는가요? 주어진 환경 속에서 뭔가 개척할 수는 없는가요? 작가 율리오 바기의 체험에서 나온 이 작품을 통해 오늘날 우리는 뭘 얻을 수 있을까요?

전쟁 공포인가요?

내일을 살아갈 어려움인가요?

인내인가요? 희망인가요?

선의의 마음인가요? 선의의 행동인가요?

악의를 품어야 하는가요? 그 악의를 행동으로 보여야 할까요?

시베리아 포로수용소에서의 삶을 생생히 그려낸 작가 율리오 바기의 체험 보고서!

저자 자신의 작품 『희생자들』(1925년)과 『피어린 땅에서』(1933년)과 『초록의 마음』(1937년)은 러시아 내전이라는 배경으로 인간애를 다룬 작품입니다.

『희생자들』(1925년)에서 다루지 못한 이야기를 『피어린 땅에서』(1933년)의 줄거리에 담고 있습니다.

이에 비해 상대적으로 가벼운 작품 『초록의 마음』은 에스페란토를 학습하는 학교를 이야기하면서, 그 이야기 자체가 언어학습자에게는 좋은 모범 사례가 됩니다. 에스페란토와 이 언어의 강의와 학습, 또 에스페란토와 연관된 사상과 감정들을 중심으로 이야기를 이끌어가고 있습니다.

이 세 작품을 한번 시간 내어, 함께 읽어 보시면, 백 년 전의 시베리아의 역사의 거울을 대하게 됩니다.

헝가리 부다페스트의 <문학세계> 잡지에 연재된 에스페란토 원작 소설 『희생자』는 선풍적인 인기를 누렸습니다. 그러니 나중에 이 작품이 책으로 출간되었을 때, 많은 사람이 곧 이 책을 구입한 것은 전혀 놀라운 일이 아닙니다.

비평가 L. 할카(Halka)는 자신의 서평[17]에서 이 작품 『희생자』이야말로 에스페란토 문학 최초로 전쟁을 다룬 소설이라고 말하고 있습니다. 이 작품은 모든 에스페란토 작품 중에서도 가장 큰 성공을 거둔 작품이고, 전 세계에서 수천 명의 독자를 갖게 되었습니다. 이 소설 작품은 세계를 뒤흔든 세계 제1차 대전이라는 정치변혁의 시대에서 희생된 사람들, 즉 시베리아 전쟁포로들의 순교자적 삶과, 인간으로 상상할 수 없을 고통을 서술해 놓고 있습니다.

저자 율리오 바기는 박진감 넘치는 현실성(현재성)으로 서술하고 있습니다. 더구나, 작가 자신 또한 그 많은 희생자 중 한 사람이기도 합니다. 그 희생자들에게 피비린내 나는 광풍이 불어옵니다.

이 작품은 우리에게 감동도 주지만 삶에 대한 근본 의문을 가지게 하기도 합니다. 이 소설 속 몇몇 장면은 일단 읽고 나면, 절대로 잊혀지지 않을 정도이다. 이 작품의 문체는 모범적이고, 고전적이기도 하다.

비평가 빌모스 벤지크 (Vilmos Benczik)는 자신의 서평에서 이 『피어린 땅에서』라는 작품이 『희생자』 보다는 다소 더 잔인하고도 피어린 사건들을 제시하고 있음에도, 『희생자』에 비해 여기서 작가 율리오 바기는 다소 강한 색깔을 사용하고, 의심의 여지없이 믿음이 가는 인간의 반응과 생각의 제시에 더 많은 관심을 가지고, 전체적으로 그의 작가로서의 여러 기술 방식이 더 다양해지고 뉘앙스도 풍부해졌다고 말합니다.

저자 율리오 바기의 작품 속의 배경인 1918년으로부터 100년이 흐른 지금, 율리오 바기의 탁월한 작품 『희생자』와 『피어린 땅에서』, 『초록의 마음』을 국어로 번역해 놓으니, 에스페란티스토로서도 자긍심을 갖게 하고, 문학을 사랑하는 한 사람으로서도 율리오 바기라는 큰 인물을 이해하는 소통의 통로를 만들어 놓은 것 같아 사뭇 마음이 가볍고, 이 번역서를 들고 이웃을 나들이해도 좋을 듯합니다.

---

17) 역주: http://www.tekstoj.nl/lm/lm31-1/recenzo.html#viktimoj.

반면, 역자는 근심도 있습니다. 그게 뭘까요?

그로부터 1세기가 흐른 오늘날, 시베리아 바로 아래 자리한 한반도 상황의 지정학적, 정치적 불확실성은 우리 한국인의 염원인 통일, 평화, 자유를 우리 세대에 한반도에 구현해 낼 수 있는가?

절대적으로 소중한 자유와 평화를 담보하고, 전쟁의 소용돌이에 빠지지 않아야 하는 그런 나라를 우리가 만들어 갈 수 있을까?

이제, 제 번역 이야기는 마치려고 합니다. 이 작품의 번역 과정을 묵묵히 지켜봐 준 가족, 책으로 나오는데 기꺼이 응원해주는 친구들, 에스페란토 사용자인 동료, 같은 시대를 함께 고민해 가는 독자 여러분께 감사의 인사를 드립니다. 부족한 번역작품을 책으로 만들어 주시는 진달래출판사 오태영(Mateno)대표님께도 감사의 뜻을 표합니다.

독자 여러분은 이 책을 통해, 나름의 국제적 시각과 인권과 자유를 한 번 생각해 보는 시간이 되기를 기대해보면서, 역자로서의 소임을 마쳤다고 보고합니다.

2021년 10월 9일 한글날에
한글로 나래를 펼쳐봅니다.
역자 장정렬